Expedição ao Inverno

COLEÇÃO PARALELOS
dirigida por J. Guinsburg

Supervisão editorial J. Guinsburg
Preparação de texto Alexandra Fonseca
Revisão Marcio Honorio de Godoy
Capa e projeto gráfico Sergio Kon
Produção Ricardo W. Neves
Sergio Kon
Luiz Henrique Soares
Raquel Fernandes Abranches

Aharon Appelfeld

expedição ao Inverno

TRADUÇÃO, POSFÁCIO E NOTAS
Luis S. Krausz

Fundação Filantrópica
Vicky e Joseph Safra

Título do original:
Massa el ha-Horef

CIP-Brasil. Catalogação-na-Fonte
Sindicato Nacional dos Editores de Livros, RJ

A656e

Appelfeld, Aron, 1932-
Expedição ao inverno / Aharon Appelfeld; tradução e posfácio Luis S. Krausz. - São Paulo: Perspctiva, 2011.
(Paralelos ; 28)

Tradução de: Massa el ha-horef
ISBN 978-85-273-0936-3

1. Ficção hebraica. I. Krausz, Luís S. II. Título. III. Série.

11-7069 CDD: 892.43
11-7070. CDU: 821.411.16'08-3

20.10.11 28.10.11 030810

1ª edição - 1ª reimpressão
Direitos reservados em língua portuguesa à

EDITORA PERSPECTIVA S.A.

Av. Brigadeiro Luís Antônio, 3025
01401-000 São Paulo SP Brasil
Telefax: (11) 3885-8388
www.editoraperspectiva.com.br
2022

Esta edição tornou-se possível graças à compreensão e ao apoio cultural da Fundação Filantrópica Vicky e Joseph Safra.

1

Meu nome é Kurt. Com o passar dos dias, meu nome se corrompeu, e todos me chamam de Kuti. Quando tinha quatro anos de idade, estava parado no quintal. Um menino se aproximou de mim e perguntou: "Como vai, Kuti?"

"Bem", eu quis dizer, mas a palavra ficou bloqueada na minha garganta e eu mordi meus lábios.

"Você não fala?"

"Eu falo", eu quis dizer, mas não consegui.

"Diga pai", ele me desafiou.

Sacudi minhas mãos e o espantei.

Minha mãe morreu na hora em que nasci. Ao que parece, a última dor dela ficou no meu corpo, debaixo de minha pele. Não existe dor eterna, mas existe uma dor que se propaga cedo de manhã ou sob um sonho profundo. Às vezes passa-se um mês e eu não sinto nada. Depois da morte de minha mãe, muitas mãos cuidaram de mim. Eu não me lembro delas. Às vezes me parece que eram dedos ossudos. Até o dia de hoje, esses dedos me marcam. Há um ano, uma mulher alta, vestida com roupas pobres, me encontrou e me disse: "Kuti, eu fui sua babá. Seu pai não foi capaz de me pagar, mas eu não abandonei você. Dei a você bom leite. Agora me dê uma esmola".

Enfiei minha mão no bolso, dei a ela todas as moedas que tinha, e me afastei dali.

Depois que completei quatro anos, meu pai se casou com uma mulher, e o nome dela era Hanna. Ela se inclinava sobre mim e me fitava com olhos inquisitivos. Era uma mulher alta, assim como meu pai, até mesmo mais alta do que ele. Ela costumava ficar em pé junto à janela e perseguir com o olhar os passarinhos no quintal. De tempos em tempos, ela apanhava um punhado de migalhas de pão, abria a janela e as espalhava.

Eu não via meu pai com muita frequência. Com o passar do tempo ficou claro para mim que ele era um representante comercial que viajava. Costumava aparecer junto à porta no lusco-fusco do entardecer ou ao raiar do dia.

Daqueles anos, lembro-me da janela dupla, das flores de papel na floreira da janela, e do lenço azul com o qual Hanna enfeitava seu pescoço. O lenço arredondava o seu rosto. Às vezes ela aparecia sem lenço, com os cabelos soltos, e assim seu rosto parecia mais alongado.

E tenho mais uma lembrança daqueles anos: uma boneca de cartolina com aparência de coruja, pendurada sobre a minha cama, e um urso gigante, que meu pai me comprou na casa de um fazendeiro, feito de pele de ovelha. Ao urso eu devotava um grande amor. Costumava me aconchegar no seu pelo branco e dormir o sono dos justos. Hanna costumava dizer: "Kuti dorme um sono sem sonhos, e por isso o sono dele é tranquilo". Gostava de ouvir a voz dela. Ela era especialmente agradável para mim, e me conduzia, devagar, aos mais suaves recônditos do sono.

Certo dia, o urso desapareceu. Por muitos dias eu o procurei. Acordava sem ele e chorava. Hanna estava certa de que eu estava doente. Mediu minha febre e tentou me fazer adormecer.

Certa noite, vi o urso num sonho, e me pus a chorar. "Aqui não há urso, aqui não há animais malvados", suplicou Hanna para me tranquilizar. Eu não estava com medo do urso. Eu ia em sua direção, com o ânimo ardente, mas ele, sem motivo, me virou as costas. "Urso, aonde você vai?", abriu-se minha garganta fechada e falei como todos falam. O urso não sabia que um milagre tinha acontecido comigo, e não parou ante a minha voz. Pedi a ele para voltar e para falar, mas minha voz foi cortada na minha garganta. Levantei-me e tentei alcançá-lo, porém os passos do urso eram mais largos do que os meus, e a distância entre nós cresceu e aumentou.

Esse era um sonho que voltava sempre. Desde o anoitecer, o choro ficava apertando minha garganta. Eu queria dizer, "volte para mim", mas exatamente essas palavras ficavam retidas na minha garganta. Hanna supunha que uma doença oculta me atormentava. Ela não sabia que eu estava doente de saudades. As saudades me estrangulam e é por isso que minha pele fica azulada quando tusso.

2

Daquele mesmo tempo lembro-me de Mundisch, um cãozinho comprido de cabeça triangular e pernas curtas. Toda vez que eu saía de casa ele se prostrava e vinha rastejando na minha direção. Por horas a fio, eu me sentava e cochichava com ele. Nos dias frios, quando eu era proibido de sair para o quintal, Mundisch se punha de pé junto à janela e me divertia lá de fora.

O urso branco que me foi tomado ainda voltava à minha memória. Me parecia que Mundisch o traria da floresta e que nós ficaríamos outra vez juntos. Uma vez até mesmo ouvi Mundisch latir para mim: "O urso está procurando você, convide-o a entrar". Abri a porta, mas o vento me golpeou o rosto e não vi nada. Hanna disse: "Mundisch tem por Kuti um amor de alma!" Me alegrei com a combinação de amor e alma e me diverti com o pensamento de que, quando o urso voltasse de seus passeios, Hanna haveria de abrir a porta e de trazer os dois para mim.

Um dia Mundisch desapareceu do quintal. Trevas baixaram sobre o meu mundo. Por causa do grande desespero, mordi meus lábios. Hanna, cujos olhos não se afastavam de mim, espantou-se e chamou os vizinhos. Os vizinhos subiram para junto da minha cama e me olharam de perto, estupefatos. Queria dizer que tinha dores e queria rasgar a minha roupa[1].

A vizinha velha acariciou minha testa, olhou nos meus olhos e sentenciou: "O menino está com saudades da mãe".

"Mas a mãe dele morreu", disse Hanna, com voz trêmula.

"O menino sabe disso", disse a velha com voz clara. "Mas não consegue controlar a saudade".

À noite sonhei que uma mulher alta, vestida com um chapéu de abas largas, se aproximava da casa, trazendo o urso branco na mão direita e Mundisch na mão esquerda. Ela se aproximou da janela, abriu-a e disse: "Eu sou a mamãe". Não corri em direção a ela porque estava emocionado com o urso branco e com os pulos de Mundisch. Apesar disso, olhei de perto para o rosto dela, que se parecia com o rosto de Hanna. Havia nele um ar suave de perplexidade.

"Onde você o encontrou?", perguntei, e me alegrei porque as palavras saíam da minha boca.

"Na floresta", disse a mulher, e sua perplexidade se transformou em choro.

"E você é minha mamãe?"

"Certo, meu querido", disse ela, com a voz trêmula.

"E quando você virá para junto de mim?"

"Ah! Se eu pudesse!"

Fiquei aterrorizado com essa frase simples e disse: "Por que até hoje você nunca veio para junto de mim?"

"Mas você está me vendo", disse ela, e desapareceu de minha vista.

Esse foi meu primeiro encontro com mamãe. Quis contar o sonho para Hanna, mas fiquei com vergonha. Me pareceu que Hanna não o compreenderia, ou que talvez fosse brigar comigo.

Os dias passaram e a dor pelo desaparecimento de Mundisch não foi apagada de meu coração. Todas as vezes que me

1 Rasgar as roupas é, na tradição judaica, uma maneira de expressar o luto.

lembrava dele, uma torrente de dor me inundava. Certa noite, minhas dores se intensificaram. Tirei a camisa e a cortei em pedacinhos. Hanna ficou preocupada comigo e disse: "O que você fez?"

Fiquei muito envergonhado e escondi a cabeça debaixo do cobertor.

3

Aos cinco anos de idade, senti as palavras na boca, e me parecia que se eu abrisse a boca elas fluiriam. Estava enganado. As palavras permaneciam bloqueadas na minha garganta. Às vezes, depois de muito esforço, uma palavra saía da minha boca e Hanna ficava jubilante. "Graças a Deus ele fala."

No verão, eu brincava com os meninos no quintal. Brincávamos de futebol ou de queimada. Eu gostava de bolas e gostava de jogar. Por causa do futebol, os meninos gostavam de mim e se apegaram a mim.

"Você é forte", disse um menino.

"Eu?" disse. Achei que ele estava me bajulando.

"Quem ensinou você a jogar futebol?", ele perguntou, para me bajular.

"O urso", eu disse. Era fácil para mim responder com palavras isoladas.

"Que urso?"

Não disse a ele, evidentemente.

Explicações e demonstrações não estavam ao alcance das minhas forças. Se há uma palavra em minha boca, eu me esforço e termino de pronunciá-la. Praticamente nunca via meu pai. Na maior parte dos dias, aqui, chove ou neva. É difícil partir e é difícil voltar. Eu não sentia saudades dele. Ele costumava voltar cansado e deprimido e me ignorava. Seu olhar dirigia-se, vez por outra, para mim, mas ele não estava interessando em mim. O sono dele no sofá era profundo e triste e parecia, por algum motivo, que ele ficara preso numa armadilha.

Hanna gosta de mim e à noite, quando tusso, ela se levanta, me levanta e me dá leite quente para beber. Papai fica com raiva. Qualquer movimento meu, para não falar de minha fala ou do meu choro, o tira do sério. Para mim, é melhor quando ele está nas estradas. Hanna tem paciência comigo. Quando não está chovendo, ela abre a porta e saio para o quintal.

Às vezes ela pega um livro e o lê para mim. É agradável ouvir sua voz. Hanna é uma mulher calada. Ela manuseia as coisas com cuidado, e quando algum objeto cai de suas mãos, ela se ajoelha e recolhe os cacos.

Quando papai está viajando, Hanna me mima com comidas saborosas e se senta junto de mim. Mas me sinto completamente feliz é na praça, perto do nosso quintal. Quando os meninos saem da escola e se reúnem ali, jogo futebol com eles. Para mim é difícil falar, mas futebol, como se vê, eu sei jogar bem. Meu time sempre vence. Fico esperando por essa hora a manhã inteira. Quando jogo futebol, meu corpo corre, e eu me esqueço da gagueira. Todos correm atrás de mim, mas ninguém me alcança.

Certa vez, a palavra "mamãe" saiu da minha boca. Hanna ficou espantada, aproximou-se da mesa e, de pé ao meu lado, disse: "Eu sou Hanna". Quis pedir desculpas a ela e levei a palma da minha mão à boca. Mas quando as noites se tornam escuras e as tempestades raivam lá fora, ela entra na minha cama e se aconchega ao meu lado. Meio acordado, eu sinto os cheiros do corpo dela e o rosto dela junto às minhas costas. Quando Hanna dorme do meu lado, durmo tranquilo.

Antes que a luz brilhasse na janela, ela saía da minha cama e voltava para a cama dela, mas o calor que permanecia era agradável e me cobria ainda por uma hora inteira.

4

Ao mesmo tempo, comecei a perceber que as pessoas evitam olhar para mim, que me faziam perguntas por meio de gestos das mãos, ou que ficavam paradas na minha frente, espantadas. Não sabia se isso era por afeto ou por pena. Esse interesse me deixava nervoso, mas também, de tempos em tempos, despertava em mim uma sensação de importância.

À tarde Hanna costumava ler nosso livro para mim, e me conduzia para terras distantes, quentes, nas quais os homens e os animais vivem juntos. Eu não fazia perguntas, só escutava atentamente. Hanna ficava surpresa com a minha atenção, interrompia a leitura e perguntava: "Você está entendendo?" Claro que estava entendendo, só não conseguia dizer até que ponto estava entendendo. A maioria dos gagos é retardada ou débil mental. Eu estava entendendo, e tudo o que não entendia, minha imaginação completava.

Nos meus sonhos profundos - e é estranho ver até que ponto me lembro deles -, eu era um príncipe montado no urso branco, e não um menino pobre que causa espanto. Ainda hoje me lembro de uma certa sensação de superioridade estúpida, e é difícil para mim compreendê-la.

Certa manhã, ergui os olhos e vi meu pai e Hanna de pé, ao lado da minha cama. Eles pareciam preocupados. Estava doente, é claro. Meu corpo estava febril e meus olhos só se abriam com dificuldade. Mais uma vez Hanna tentou arrancar uma palavra da minha boca. Ao final, pronunciei a palavra "água". Durante os dias em que estive doente, Hanna não saía de perto da minha cama. Ela lia para mim trechos do livro *Terras Distantes* e contava sobre a vida dos elefantes e macacos. A doença e a visão desses horizontes se confundiam. À noite eu nadava no rio, subia em árvores, caía em buracos profundos.

Hanna pousava panos molhados na minha testa e continuava a ler, e naquele instante me parecia que eu viera parar ali por engano. Fora exilado de uma terra quente, onde ninguém falava. Só gritavam, mugiam e se rejubilavam quando a alegria os preenchia.

Lembro-me ainda de outra impressão daqueles dias. Eu estou tomando leite e vomito. Hanna está sentada ao meu lado e dorme. Eu tento evitar que ela acorde, mas não consigo. Hanna segura a minha testa e murmura suavemente. Não compreendo o que ela diz, mas sinto o temor dela. Lembro-me dos dedos dela, dedos longos e vermelhos. Ela se sentava ao meu lado, me olhava de perto e perguntava: "Por que você não fala?" Sentia seu olhar e sabia o que ela estava me pedindo. Às vezes ela fazia uma pergunta e ficava observando se eu lhe responderia.

Às vezes minha boca se abria e palavras saíam, como se eu fosse uma espécie de máquina que está quebrada e subitamente começa a funcionar. Isso era, evidentemente, apenas um instante: logo a abertura voltava a se fechar.

Já reparei: o esforço em falar não abria minha boca, mas aumentava a força dos meus punhos, e então eu conseguia erguer coisas pesadas. Essa força que brotava intensificou-se com o passar dos dias e se espalhou pelos meus braços e ombros. Surpreendi Hanna e ergui um balde cheio de água. Hanna colocou as duas mãos na cabeça e falou: "Deus misericordioso!", mas eu tinha saído correndo. Uma vez um menino me provocou e disse para mim: "Kuti Schmuti[2]!" Eu o segurei e o golpeei. Depois disso nunca mais ele me provocou.

Quando eu tinha seis anos de idade, ficou claro que eu era mudo. Hanna olhava para mim, suplicante. "Tente, Kuti. Se você tentar, vai falar". Meu pai logo perdeu as esperanças. "Ele é mudo e não há o que fazer", declarou. Ouvi essa sentença judicial quando ele estava postado na entrada da casa, a caminho das estradas. Curiosamente, as palavras dele não enfraqueceram minhas mãos. Sempre que eu falava comigo mesmo, dizia: "Kuti, você ainda vai levantar sacas pesadas, vai carregar baús cheios de metal, e todos vão se alegrar com você". Essa voz era clara e despertou novas forças em mim.

Houve também horas das quais me esqueci. A neve cai lá fora e sinto os flocos macios nas palmas da minha mão, mesmo eu estando dentro e a neve, fora. O contato com a neve sempre me deliciou. Durante o inverno, não era permitido sair de casa, por motivos evidentes. Durante o inverno, tempestades fortes raivam naquelas montanhas e elas arrancam árvores e arrastam animais. As tempestades não agarram somente as crianças, mas também os adultos. Não há uma tempestade parecida com outra. Há tempestades que caem sobre as pessoas e há tempestades que arrancam árvores. As casas são baixas, feitas das pedras que há no lugar, pedras grandes, negras como rochas de carvão. Às vezes me parecia que a ambição das tempestades não era matar as pessoas nem arrancar as árvores, e sim sacudir as casas. Elas se atiram sobre as casas com fúria, como se tivessem recebido ordens de fincar os dentes nos telhados.

2 Como há muitas palavras em ídiche que começam com o fonema "sch", preceder qualquer nome ou palavra com este fonema lhe empresta um tom judaico, evidentemente utilizado de maneira irônica e ofensiva, aqui, pelo interlocutor de Kuti.

5

Hanna começou a me contar histórias sobre terras distantes e, às vezes, a ler preces. As preces eu não compreendia, mas a voz dela, à noite, tinha um timbre macio que penetrava em mim devagar.

"Por que você me lê preces?", olhei para ela.

Hanna compreendeu a minha pergunta e disse: "Eu rezo para Deus, para que ele coloque palavras na sua boca, para que você seja capaz de falar".

"Onde está Deus?"

"Ele está em toda a parte", disse Hanna, e me abraçou.

Desde aquele dia, em que Hanna contou para mim que reza para Deus, vejo Deus ao lado da árvore de acácia que há no quintal, e me parece que Ele me olha e tenta consertar o defeito da minha fala. Às vezes me parecia que o defeito era muito pequeno e que com um movimento simples seria possível repará-lo; porém, na maioria das vezes, quando me esforço e tento fazer as palavras saírem da minha boca, sinto que os canais da fala estão obstruídos. Esse esforço só me causa dores.

Os meninos da minha idade vão à escola; só eu fico em casa. Ao que parece, os mudos estão livres da escola, e permanecem em casa. Às vezes me parece que fui punido sem ter culpa, e então tenho vontade de reclamar em voz alta. Hanna me compreende e diz: "Não são conhecidos os caminhos de Deus".

Hanna não vai à casa de orações no Schabat, mas o rosto dela é como o rosto de alguém crente. Ela persegue com o olhar os pássaros que estão nas árvores. Se acontece de um gato ou um cão aparecer no quintal, ela lhes oferece uma tigela com restos de comida. Na noite de sexta-feira, ela acende velas. Quando papai está em casa, ela não as acende. Todo tipo de coisa religiosa tira papai do sério, e mais de uma vez eu o ouvi dizer: "Eu não gosto dessa magia". Quando ele diz "magia" me parece que está falando de um tipo de doença da qual é preciso se curar. Hanna escuta, abaixa a cabeça e fica sem resposta. Ela evita falar com papai e às vezes tenho a impressão de que eles simplesmente não se falam, mas quando papai sai para as estradas, a boca dela se abre e ela me conta coisas maravilhosas.

"Por que papai não acredita em Deus?" abriu-se a minha boca, por algum motivo.

"Há pessoas que não o veem", ela disse, e o espanto cobriu seu rosto.

"E eu o verei?"

"Tenho certeza que sim", disse Hanna, e riu.

Desde que Hanna me assegurou que verei Deus, eu o procuro e espero pela volta dele.

À noite sonhei que Deus entrava em meu quarto, estava em pé ao lado de minha cama e me chamava pelo meu nome. Me admirei porque o grande Deus onipotente me surgiu na forma de um menino. Contei o sonho para Hanna. Hanna o compreendeu e disse: "É porque você é menino".

Perto do anoitecer, fico em pé junto à janela e observo os meninos que voltam da escola. Essa é uma hora excitante. Assim que os meninos vêm, saio para jogar futebol na praça, junto ao quintal. Uma ou duas horas de jogo embriagam os meus músculos e tenho certeza que consigo correr para lugares distantes.

"E eu não irei à escola?" as palavras saíram da minha boca.

"Não com todos os malandros."

"Eu sou solitário."

"Com mais duas crianças."

"Aprender o quê?"

"A ler, a escrever, a falar."

"O professor bate."

"Por que bater?" disse Hanna e sorriu. "Você é um menino bom e especial."

A notícia, apesar de tudo, não me alegrou. À noite eu sonhei que o professor descia minhas calças e me surrava. Quis me livrar das suas mãos fortes, mas não consegui. No fim, caí dentro de um buraco profundo e acordei.

6

Ainda naquela mesma semana fui enviado ao professor Altschüller para estudar com ele. Éramos três alunos numa classe, os três com o mesmo defeito: a fala. O menino Schimeon era gordo e gago, e só com muita dificuldade alguma palavra saía de sua boca. Às vezes, por causa de tanto esforço, seu rosto ficava vermelho e ele sufocava. Era duro ver os esforços que ele fazia para falar. O professor achava que, se o exortasse, o ajudaria a falar. Suas exortações realmente o levavam a esforçar-se muito: seu pescoço se retesava, mas as palavras não saíam de sua boca. Às vezes acontecia de Schimeon dominar sua gagueira e emitir algumas palavras, mas logo voltava o mesmo bloqueio.

"Deus do céu! Dê a fala correta a Schimeon", eu rezava antes de meu sono, e esperava que Deus ouvisse a minha prece e tirasse o defeito dele - e também o meu.

O outro menino que estudava conosco chamava-se Dan. Ele tinha a minha altura e com dificuldade a voz saía da boca dele. No começo, todos estavam seguros de que ele era completamente mudo. Um especialista foi trazido e determinou que realmente ele era mudo, mas que tinha as raízes da fala em estado de latência, e que era possível despertá-la, e assim, às vezes, alguma palavra saía de sua boca, clara e compreensível.

Subitamente, palavras isoladas saíam de sua boca, sempre que o professor Altschüller era rigoroso com ele e dizia: "Se você quiser, você pode. Não seja preguiçoso". Ouvir essas palavras do professor desperta em Dan uma risada forçada. Por causa dessa risada, de tempos em tempos ele leva um tapa.

Também para mim é difícil responder às palavras. Às vezes, no lugar de uma palavra, sai de minha boca um mugido, que faz estremecer o meu corpo. "Não é para mugir, Kuti", Altschüller volta a dizer, como se estivesse ao alcance das minhas forças emitir algum som diferente. Os esforços me deixam tonto e tenho vontade de vomitar.

"Olhe bem para mim e repita a palavra", diz Altschüller, paciente. Eu olho, mas não consigo. Às vezes me esforço para minha boca não fechar, mas me sinto como se meu corpo inteiro fosse de metal.

Às duas da tarde volto para casa, encolhido e deprimido. Hanna tenta me animar com comidas quentes, mas me sinto sufocado e é difícil para mim ficar sentado junto à mesa e fazer as lições de cálculo. Só quando as crianças vêm para a praça eu desperto, me levanto e saio na direção delas. Não há nada de melhor do que futebol. Desde que comecei a estudar, meus pés não correm mais tão depressa quanto antes, mas ainda assim eu sei conduzir a bola muito bem. Meu time ganha sempre.

"Como vai a escola?" pergunta-me Hanna. É difícil para mim explicar como é a gaiola na qual me encontro, minha identificação com meus colegas sofredores, meu esforço, do qual não vejo resultados. Há alguns dias, no meu caminho da escola, um menino me provocou, gritando em minha direção: "Kuti Schmuti". Corri atrás dele, o derrubei e o espanquei. Depois disso, tive a sensação de ter exagerado.

Antes, Hanna costumava ler para mim antes de dormir. Agora, eu pouso a cabeça no travesseiro e adormeço. Na terra da noite, sou livre. Lá tenho montanhas, vales e rios. Na terra da noite não há impedimentos para a fala: as palavras fluem e as pessoas me entendem. Às vezes me parece que, por causa dessa falta de entendimento, minha fala se corrompeu. Se isso for verdade, não posso ficar com raiva de Altschüller. Ele quer corrigir o nosso defeito, libertar o que está trancado em nosso corpo.

"Falem meninos, falem!" ele nos exorta em voz baixa, como se entendesse que com raiva não conseguirá nada. Mas, o que fazer? As súplicas também não adiantam quando a fala está presa em sua garganta e nenhum esforço é capaz de tirá-la dali. Evidentemente, quando nascemos, um anjo bateu nas nossas testas[3] e arrancou-nos, além da memória, também a fala. Daí vêm todos os nossos problemas.

3 O autor aqui faz referência a uma lenda judaica, do *Midrasch*, segundo a qual os bebês apreendem os ensinamentos da *Torá* ainda dentro do ventre materno, porém os esquecem ao serem tocados na testa por um anjo no instante de seu nascimento. Daí a necessidade do estudo, para recuperar o que foi esquecido nesse instante.

7

Nós estudamos todas as manhãs até às duas horas. Os esforços de Altschüller em libertar nossa fala aprisionada não produzem milagres. Schimeon é uma cabeça mais alto do que nós, e sua gagueira é mais severa do que a nossa. Altschüller fala com ele devagar, e isso só aumenta ainda mais a gagueira dele.

Lembro-me com saudades das manhãs que passava com Hanna, sentado no quintal, jogando com cinco pedrinhas. Desde que comecei a estudar, meu corpo ficou tenso e os meus dias se escureceram. Às vezes, finjo que estou doente e fico em casa. Hanna cozinha uma sopa gostosa e bolinhos de queijo e nós comemos juntos a refeição.

Papai volta irritado das estradas e descarrega sua raiva em Hanna, mas eu também não fico longe dos olhares dele – olhares alertas que assustam. Tenho medo que ele veja meu rosto. Quando ele está descansando na cama, de olhos fechados, imagino os caminhos de lama que ele percorreu com suas galochas e meu coração se enche de pena dele.

Quando Papai está em casa, não posso me fazer de doente: tenho que sair depressa para a escola. O professor Altschüller é meticuloso, mas quando ele para de nos exigir respostas e se senta e lê para nós livros do *Pentateuco*, seu rosto se ilumina. Tenho vontade de me ajoelhar e de pedir suavemente: "Altschüller, não nos force a repetir as palavras".

Às vezes me parece que talvez fosse possível persuadi-lo, mas, ao que parece, ele recebe ordens para ser rigoroso conosco e talvez não seja isso, talvez seja simplesmente um costume no trato com os gagos. Todos acham que têm obrigação de repreendê-los.

Quem mais sofria entre nós três era Dan. Cada vez que o ofendiam, seu corpo se encolhia e ele emitia um grunhido. Por que pedir dele algo que está além do alcance das suas forças? "Ele presta muita atenção! Ele resolve os exercícios de cálculo!", eu queria gritar, mas não conseguia.

Desde que meu pai me mandou para a escola, não tenho mais vontade de brincar com cinco pedrinhas. Às vezes, vou para detrás da casa para picar lenha. Depois de duas ou três horas de trabalho, a tensão nos meus membros se reduz, eu me sento à mesa e como minha refeição.

"Como foi na escola?", Hanna volta sempre a perguntar. É difícil para mim contar sobre as ofensas e os insultos e sobre os meus esforços, sempre iguais. Às vezes, me parece que a escola é a casa do nosso castigo. Não é por acaso que todas as noites sonho que a escola está pegando fogo e que nós três saímos de lá e olhamos de longe para o incêndio. Tenho vergonha de contar esse sonho para Hanna.

Minha alegria volta só no campo de futebol. No campo, meus pés fluem, eu conduzo a bola com agilidade, luto para cruzar o campo, marco um gol. Meu time sempre ganha. Às vezes me parece que meu futuro está no futebol. Quando eu crescer, vou viajar para Stroginetz ou para Czernowitz, para me juntar a um time de futebol. No futebol, pode-se conquistar a fama sem precisar falar.

Hanna acha que primeiro eu devo aprender cálculo, leitura e escrita, e depois disso aprender mecânica.

"Por que mecânica?"

“Você é ágil e suas mãos são fortes”, ela diz, e sorri.

Depois que Hanna disse que devo estudar mecânica, eu me vejo, em sonhos, abrindo torneiras e pressionando pedais, coberto de fuligem.

Enquanto isso, os dias são deprimentes. Dan é excelente em cálculos e em escrita, mas sua excelência não o salva dos insultos. Nas últimas semanas quase não saem palavras de sua boca. Schimeon se esforça, sua face escurece, seus olhos se arregalam e parecem prestes a sair das órbitas. Nos últimos tempos, notei em Schimeon expressões súbitas de amargor. Certa vez, ele agarrou a mão de Altschüller e o impediu de lhe dar um tapa no rosto. Como se vê, Schimeon é muito forte. Certa vez Altschüller se enfureceu com o pobre Dan. Schimeon saltou e tentou salvá-lo. Por isso foi castigado com muitos golpes.

Desde que Altschüller o golpeou, um certo ódio vermelho flameja nos olhos de Schimeon. Tenho medo das reações dele no futuro. Às vezes me parece que, se ele explodir, será difícil contê-lo. Altschüller não o olha nos olhos e o ignora, e a cada dia torna mais pesado o seu fardo e ameaça que, se ele não se esforçar, vai ser como um animal. Schimeon tenta responder, mas não consegue pronunciar uma sílaba sequer.

8

Depois disso chegou o inverno e papai voltou das estradas e me trouxe um casaco quente e botas. Papai é um enigma para mim. Às vezes ele me olha como um estranho e às vezes me olha como se estivesse procurando a causa do meu defeito. Para mim é difícil me aproximar dele. Todo contato com ele é um atrito. Às vezes, uma queimadura.

"O que você está estudando?", ele pergunta, e espera para ver se digo alguma palavra. Eu fico parado, em silêncio, do lado dele, sem saber por quê. Certa vez ele estava na praça e acompanhava o jogo de futebol, e por um instante me pareceu que ele se orgulhava de mim. Me enganei. Sua raiva é permanente. Hanna sofre mais com ele. Quando ele está com raiva, palavras incompreensíveis saem de sua boca. Antigamente, Hanna chorava. Agora, o rosto dela está paralisado. A tristeza o tornou amarelo.

Apesar da chuva, papai saiu para as estradas. Não tive pena dele. Fiquei contente por ficar com Hanna. Quando papai sai, o silêncio volta a casa. O rosto de Hanna se abre e ela se senta ao meu lado. Ficar perto dela é agradável, e ela volta a ler o livro *Terras Distantes*.

No dia 16 de novembro completei oito anos. Não fui à escola. Hanna preparou um bolo e nos sentamos junto à janela e vimos a chuva e a água escorrendo dos telhados. Hanna me perguntou o que eu queria ser quando crescesse. Eu disse imediatamente: "Jogador de futebol". Hanna riu e eu ri com ela. No dia seguinte, também não fui à escola. Disse que meu pé estava doendo e Hanna me deixou ficar em casa. Quando eu me sinto mal, ou quando estou triste, Hanna dorme comigo. O corpo dela é suave e transmite um calor agradável.

Em meu coração, rezo para que papai não volte, para que eu fique só com Hanna. Hanna não me proíbe nada. Ao contrário, tudo o que faço lhe agrada. Quando jogo na praça, ela fica em pé olhando, e se orgulha de mim. Mas na escola a tensão não tem pausa. Quando Altschüller insulta Dan ou estapeia seu rosto, ele se encolhe e ri uma risada distorcida. O riso tira Altschüller do sério e ele grita. A sorte de Schimeon é mais difícil do que a nossa. O corpo dele estremece de tanto esforço. Altschüller não tem pena dele e se enfurece. "Você não prepara as lições de casa de cálculo e você não faz as cópias do livro. Eu não vou lhe fazer nenhuma concessão!" Schimeon, evidentemente, não responde, mas o branco dos seus olhos fica vermelho, o vermelho cobre seu pescoço e eu temo que, em mais um instante, seu corpo gordo exploda e todos fiquemos debaixo dele. Altschüller, ao que parece, não vê o que vejo e continua a pressioná-lo. E certa vez, quando Altschüller estava furioso com ele e o xingou de burro, Schimeon se exaltou de repente e, com um movimento preciso e forte, agarrou o pescoço de Altschüller e não o largou mais. Tudo aconteceu em segundos. Quando nos levantamos, Altschüller já fora estrangulado, estava morto, e Schimeon fugira.

Por um instante, Altschüller ficou deitado no chão, com a boca aberta. Imediatamente vieram pessoas, se ajoelharam, tentaram ressuscitá-lo. Depois disso o irmão de Altschüller atacou Dan, estapeou seu rosto, o derrubou no chão e o chutou. Tentei salvá-lo. Fui atacado com chutes também.

Não havia dúvidas sobre quem estrangulara Altschüller. Mas a culpa imediatamente recaiu também sobre mim e Dan.

Quando voltei para casa, Hanna perguntou, com medo: "O que aconteceu?" Tentei lhe explicar, mas não consegui.

Fiquei sentado em casa e temia qualquer batida na porta. O medo de que em mais um instante viriam e me prenderiam me paralisava. Queria fugir dali, mas meu corpo estava pesado, como se fosse de metal. "Não tenha medo, você não tem culpa." Eu sabia, mas ainda assim comecei a tremer.

9

A notícia do assassinato passou de boca em boca. Agora procuram, febrilmente, o assassino. O assassino desapareceu, como se tivesse sido raptado pela tempestade. Já duas vezes vieram interrogar a mim e a Dan. Os investigadores tiveram pena de mim, mas não de Dan. Eles lhe deram tapas na cara e o chamaram de mentiroso.

Desde o assassinato, as palavras ficam presas na minha boca e só com dificuldade consigo dizer alguma coisa. Me afasto das pessoas e fico sentado no mato. Dan vem me visitar em segredo. Ele está tão magro e tão fraco que não sei de onde as pessoas tiram coragem para bater nele. Eu quero dizer muitas coisas a ele, mas só com muita dificuldade consigo dizer "não tenha medo". Quando ele vê meu afeto, seu rosto se acalma por um instante e uma espécie de novo sopro de vida arredonda seus olhos graúdos. Seus olhos são cheios, ao contrário do seu corpo fraco. Eu os observo, e tenho medo deles. Desde que não tenho mais aulas, entro no clube de xadrez que fica debaixo do hotel Ar das Montanhas. Lá, homens magros e pálidos se apinham junto aos tabuleiros, bebem café, fumam, jogam ou acompanham os jogos atentamente.

Desde o assassinato de Altschüller, me tornei alvo de olhares. Até mesmo os homens no clube, absortos no jogo, se detêm quando erguem os olhos dos tabuleiros e me olham. "Sou gago, mas não sou assassino", quero lhes dizer. Porém, meus olhos não são capazes de me defender. Sem palavras fluentes, você está desarmado e qualquer golpe atinge seu alvo. Claro, não sou só eu que estou em perigo. Na noite passada, atacaram um homem gago, o golpearam e o acusaram de um monte de coisas.

Sonho que um dia partirei daqui para a grande cidade de Czernowitz. No clube de futebol, me examinam e imediatamente veem: meus pés são firmes, meu corpo é sólido, eu alcanço o gol sem medo. Todas as noites eu sonho que estou correndo junto com os atacantes do time e que marco um gol. Estranho, os sonhos de futebol reforçam em mim a fé de que um dia desses minha boca vai se abrir e serei capaz de falar.

Dan não ousa sonhar. Quando digo a ele que penso em viajar a Czernowitz, ele faz um gesto com os ombros, como se dissesse: "Eu não". As humilhações que ele sofreu destruíram seu desejo de sonhar. Eu quero dizer a ele: "Você tem o direito de sonhar, Czernowitz não é no céu".

Ontem à noite, quando estava a caminho de casa, por acaso encontrei o irmão de Altschüller. Primeiro, me pareceu que ele queria me fazer uma pergunta, mas logo ficou claro para mim que não se tratava de uma pergunta, e sim de uma torrente de palavras. "Amigo dos assassinos", ele gritou, e agarrou minha mão, como se estivesse prestes a sacar uma faca e me abater. Não sacou uma faca, porém veio para cima de mim e quando tentei escapar das suas mãos ele me atirou no chão e me chutou. Voltei para casa pingando sangue. Hanna apressou-se em limpar as minhas feridas e cobri-las com ataduras. Fui para a cama e ouvi Hanna dizer: "Coitado do menino, o que querem dele? Deus não vai perdoá-lo por tê-lo chutado".

Estranho, não fiquei com raiva, disse para mim mesmo: "dentro de um ano, dentro de dois anos, assim que crescer e for adulto, vou para Czernowitz. Em Czernowitz vou me matricular no clube de ginástica Spartacus. Vou treinar corrida, levantamento de pesos e escalada de corda. A distância entre o Spartacus e o clube de futebol Leão Furioso é muito pequena".

"No que você está pensando, Kuti", Hanna interrompeu meus pensamentos.

"Em nada."

"Está doendo?"

"Não."

O pensamento de que Hanna estava prestando atenção em mim e que tentava suavizar minha humilhação me emocionou. Quis falar e dizer: "Hanna, nós vamos ser amigos para sempre. Mesmo quando eu estiver em Czernowitz, mesmo quando o meu nome se tornar famoso".

10

Já pelo fim do inverno meu pai desapareceu e ninguém sabia do seu paradeiro. Voluntários desceram da montanha para procurá-lo. Mais tarde juntaram-se dois rastreadores rutenos[4] aos que o procuravam. Não trouxeram boas notícias: desde as tempestades que ele não era visto nas aldeias.

Hanna chorou, mas eu, Deus me perdoe, não chorei. Por algum motivo me parecia que ele estava em alguma aldeia, escondido, para ver se eu choraria por ele. Só no início da primavera, quando camponeses encontraram o corpo dele num vale, o medo tomou conta de mim e eu estremeci. Um *minian*[5] de enlutados veio à noitinha e me rodeou. Ao que parece, eles esperavam que eu chorasse, mas não chorei.

Depois da morte de meu pai a casa ficou cheia de gente. As vizinhas serviam café. O cheiro do café e o cheiro dos cigarros não saíam da casa vazia mesmo depois de todos irem embora. Hanna ficava sentada no chão enrolada num cobertor, seu

4 Rutenos é como eram conhecidos os ucranianos nos tempos do Império Austro-Húngaro.

5 *Minian* é como se chama um grupo de pelo menos dez pessoas, considerado o número mínimo de homens que devem se reunir para que possam ser feitas as preces judaicas.

rosto escondido e paralisado. As pessoas falavam com ela; ela não pronunciava uma sílaba sequer. Eu ficava sentado ao seu lado, sobre um banquinho, ou ficava em pé num canto.

Um dos velhos colocou um *Sidur*[6] em minha mão e disse: "Segure isso pelo menos".

Segurei o *Sidur*, ciente da minha vergonha: nem mesmo o Kadisch[7] eu era capaz de recitar. Um dos mercadores, para quem papai costumava vender mercadorias, disse o Kadisch. Ficou claro que ele tinha dificuldade de falar as preces, mas ainda assim ele fazia questão de vir todos os dias. Certa noite ele se aproximou de mim e perguntou. "Você estuda?" Fiz que não com a cabeça. Ele olhou para mim e disse: "Você precisa estudar muito". Era como se ele tivesse esquecido que eu era meio mudo.

O resto dos participantes do *minian* também eram comerciantes e ficou claro que eles não rezavam habitualmente. O líder das rezas era um judeu velho que só com dificuldade conseguia ficar sobre os próprios pés. Ao fim das rezas os mercadores se aproximavam dele e o abençoavam com genuflexões. Ele voltava os olhos para eles, como se estivesse dizendo: "É uma vergonha que somente a morte seja capaz de reunir vocês para rezar". Eles, ao que parece, não compreendiam a repreensão do velho, baixavam as cabeças e deixavam a casa.

Assim se passaram os dias da Schivá[8]. Depois da Schivá, a casa esvaziou-se e Hanna ficou sentada no divã onde meu pai costumava dormir quando voltava de suas jornadas. Minha alma estava vazia. Olhava nos olhos de Hanna e pedia a ela que me contasse no que estava pensando. Ao que parece, também da sua boca as palavras haviam sido cortadas.

6 Livro de rezas hebraico

7 Kadisch é a reza que os enlutados dizem em memória de um finado. O filho do finado tem o dever de rezar o Kadisch por seus pais.

8 Schivá: os sete dias de luto que se seguem à morte de alguém, observados por seus familiares diretos.

Só dias depois da Schivá voltei a ver meu pai, em sonho. Me parecia que ele galgava uma montanha alta, coberta de gelo brilhante. Escalava, escorregava, mas se levantava e tentava outra vez. Surpreendia-me a persistência dele. Ele se voltou para mim e disse: "Durante todos esses anos andei por essas estradas por causa da necessidade de sustento. Achei que a morte fosse me redimir dessas errâncias. Me enganei. Em vez das estradas aí de baixo, que eu percorria todos os anos, agora tenho que escalar o gelo. A morte, é evidente, não faz diferença nem traz libertação. É uma continuação, ainda mais dura. Quem acreditaria!" Uma espécie de sorriso cobriu o seu rosto, como o sorriso distorcido de Dan. Despertei do sonho e gritei por Hanna.

À noite, vou à casa de orações. Ali rezam pobres, cegos, homens com mãos decepadas e alguns citadinos, que ficam de pé junto à parede. Os citadinos tentam se acercar das preces, mas não sabem como. Ali, à minha volta, estão homens que não têm raiva de mim, e ainda mais: uma nota de dinheiro é empurrada para dentro de minha carteira e me é oferecido um filão de pão. Depois da reza, eu volto para casa com uma cesta cheia de mantimentos.

Às vezes, fico para ouvir as histórias do pregador cego. Ele conta histórias do *Pentateuco* e acrescenta a elas palavras de sabedoria. Sua voz agradável me acompanha ao longo de todo o caminho até em casa.

Desde a morte de meu pai, Hanna emagreceu. Seu rosto está paralisado e ela pouco fala.

Às vezes, tenho vontade de perguntar a ela: "Por que você não fala? Se você não falar, vai ficar como eu. Os gagos sofrem. Você não pode imaginar o quanto eles sofrem".

Às vezes ela baixa o olhar e olha para mim como se dissesse: "Preparei um jantar para você. Você não comeu nada o dia inteiro". Eu me envergonho: desde a morte de meu pai, meu apetite aumentou e eu como prato após prato e peço mais.

11

Depois do Pessakh[9], ninguém mais veio à nossa casa e os donativos de caridade também praticamente acabaram. Hanna agora faz economia e só prepara o que é estritamente necessário. No último ano, meu corpo cresceu: as pessoas dizem que pareço ter doze anos de idade. Carrego baldes de água, mudo móveis de lugar, corto madeira no quintal. Mas a fome me enfraquece. Eu faço excursões pelas montanhas e divago. Às vezes, um feirante ou um estalajadeiro me pede para ajudar a carregar baús ou caixas fechadas. Eu carrego e recebo meio filão de pão, ou um pedaço de queijo. O desejo de morder o pão me consome, mas domino a tentação e levo o pacote para Hanna. Hanna divide o pão e dá um pedaço maior para mim.

Mas na maior parte dos casos os feirantes não querem a minha ajuda. Ninguém gosta dos gagos - especialmente de mim. Todos se lembram do assassinato de Altschüller e se lembram que fui testemunha. Quem não tem palavras na boca está exposto a todos os males. Às vezes tenho o desejo de me livrar do meu defeito e de gritar: "eu sou forte, eu sou capaz de transportar baús. Os gagos também foram criados à imagem de Deus e não são monstros".

9 Designação hebraica da Páscoa, que comemora a saída dos judeus do Egito

É uma pena que não permitem a meu amigo Dan fazer excursões comigo. Ele é um menino adotado e o vigiam. Mas às vezes o deixam sair comigo, então nós vamos até os cumes das montanhas. Com Dan do meu lado, às vezes consigo pronunciar alguma sequência de palavras. Quando as palavras deixam minha boca, ele se alegra, bate no meu ombro e ri.

Numa dessas excursões encontramos dois homens estranhos, que pareciam contrabandistas e pareciam querer nos fazer algo de mau. Ao que parece, não eram homens decentes. Saímos dali. Dan, evidentemente, é ágil e corre depressa.

Depois de Pessakh, as montanhas se encheram de estrangeiros, mercadores, intermediários, e homens cuja profissão é difícil de se saber. Os pobres vivem em carroças cobertas e, quando chove, eles as cobrem com lonas, para evitar que a água caia para dentro.

A morte de meu pai não foi esquecida. Ontem à noite um dos mercadores se aproximou de mim e me disse: "Seja meticuloso com suas idas à casa de orações. Seu pai foi um homem direito e decente. É uma pena que a vida não lhe tenha sorrido. Todos os que fizeram negócios com ele sabem que a palavra dele era verdade e que as garantias dele eram confiáveis. Ele não enganava ninguém".

"Eu vou", assegurei.

"Você precisa ser cuidadoso", ele disse, e sua seriedade era tanta que até me causava dor.

Mas as ideias do meu pai não eram como as ideias do mercador. À noite, ele me aparecia e me pedia para não ir à casa de orações. "Na sinagoga, eles envenenam as pessoas para que não vejam e não ouçam. Você está proibido de ir a lugares assim. Você precisa aprender uma profissão e não ser comerciante. O comércio conduz o homem para o inferno."

Acordei em pânico.

Eu saio de casa de manhã e volto à noite. Fico sentado junto à mesa e Hanna me serve um prato com batatas e ricota e se senta ao meu lado. Às vezes, me parece que ela também tem problemas de fala. Mas à noite se abrem as trancas de seu coração. Ela se senta comigo e fala. Há alguns dias, contou que nasceu não longe daqui, num vale, e que em sua infância gostava de olhar para a nossa montanha. Ao que parece, sua infância não foi feliz. Os detalhes ela não me contou.

Os sonhos, à noite, não se calam. Nos meus sonhos, ainda me querem obrigar a dar respostas e me obrigar a falar. Eu tento, e tanto esforço me sufoca. Esses medos, ao que parece, vão aumentar sempre, ainda que nos últimos meses eu tenha crescido, ainda que os meus músculos estejam fortes.

Ontem à noite tive uma longa conversa com Dan. Evidentemente, pessoas como nós também são capazes de manter longas conversas. Claro, não com qualquer um. Eu disse a ele que ele não tinha motivo para desesperar-se, mas parece que não consegui convencê-lo. Ele é excelente em cálculos e em escrita. Se for capaz de dominar o medo que tem das pessoas que falam, se tornará um grande homem. Mas Dan não confia em si mesmo. Seus medos e sua mudez se revelam na sua boca e no seu queixo, e quando digo a ele: "Você sabe fazer contas melhor do que todos nós", ele dá de ombros. Tenho vontade de gritar: "Dan é inteligente, ele conhece toda a tabuada, ai de quem o ridicularizar!"

12

Depois disso ficou-se sabendo que o assassino do professor Altschüller, o jovem Schimeon, fora apanhado e trazido para cá. A notícia ganhou asas e a montanha virou uma grande confusão. Cada vez que algum de nós era pego roubando alguma coisa ou numa explosão de raiva, todos nós éramos acusados.

Procurei Dan para adverti-lo, porém não o encontrei. Entrei no clube de xadrez. O rumor também chegara ao clube. Já reparei: o jogo de xadrez não para, ainda que os boatos sejam perturbadores. Olham os detalhes, examinam-nos por todos os lados, mas não param de jogar.

"Agarraram-no finalmente", anunciou um jogador, cantarolando.

"Não tenho certeza", respondeu seu adversário no mesmo tom.

"Agarraram-no e prenderam-no."

"Assassinos não são pegos com facilidade."

"Dois comerciantes o viram com os próprios olhos."

"Os olhos podem se enganar."

Eu escuto e estremeço ao pensar que à noite virá uma carruagem, e que no seu interior Schimeon estará amarrado.

A carruagem avançará vagarosamente e, quando chegar à praça, serão ouvidas as correntes nas mãos e nos pés dele, e ele será obrigado a caminhar até a sede da polícia. Esse pensamento levou o pânico até as minhas pernas. Há um ano, trouxeram para cá um assassino, fizeram-no descer da carruagem e o fizeram marchar acorrentado pelas mãos e pelos pés. Subitamente, vi Schimeon com clareza, como antes, quando estudávamos juntos, e a vermelhidão dos seus olhos tremia de raiva.

Voltei para casa e contei a Hanna. Hanna achava que, àquela hora, eu deveria permanecer em casa, pois em horas como aquelas costumavam atacar os gagos e bater neles. Mas eu não tinha medo. A vontade de ver Schimeon dominou o medo em mim e eu disse a Hanna que não podia abandonar Schimeon. Ela, ao que parece, compreendeu minha intenção, porém começou a insistir para eu não sair.

Não dei ouvidos aos pedidos dela e saí.

Quando cheguei à praça, já havia gente esperando pela chegada da carruagem, e entre os que esperavam estavam a viúva de Altschüller e seus três filhos. Enquanto todos aguardavam a carruagem, alguns mercadores deram com um gago chamado Schmulik. Schmulik era conhecido por suas explosões de ódio: ele costumava despejar sua raiva nos homens e nos meninos. Naquele instante, os comerciantes acharam que era o momento apropriado para revidar. E revidaram.

Enquanto isso, a carruagem aproximou-se, trazendo o assassino. Era uma carruagem aberta; dois cavalos belgas a puxavam. Na praça, os dois gendarmes que conduziam a carruagem a detiveram e começaram a lidar com o prisioneiro. Em primeiro lugar, tiraram as correntes de suas mãos e colocaram nelas outras correntes. Depois, tiraram as correntes grandes dos pés, substituindo-as por correntes menores. O prisioneiro desceu sozinho da carruagem e ficou parado, de pé. O chapéu de presidiário que cobria sua cabeça escondia as feições jovens de seu rosto, e ele parecia um homem baixinho.

"Ande", ordenaram-lhe os dois gendarmes, e sacaram suas armas.

O prisioneiro marchava vagarosamente, e ficou claro que ele já estava habituado a caminhar acorrentado. Os homens que estavam postados ao longo da rua observaram sua marcha em silêncio e com atenção. Era o Schimeon que eu conhecia, e apesar disso não era ele. Seu rosto estava bronzeado, até mesmo queimado, e nos seus olhos brilhava uma tranquilidade oca.

Um dos homens rompeu o silêncio e gritou: "Deem a ele um pouco de água, vocês não veem que ele está sedento?" Ao ouvir o grito, os gendarmes dirigiram seus rifles para o corpo do prisioneiro e o homem que gritava se calou. Depois disso, vi as costas de Schimeon. Os muitos meses de fuga realmente o haviam transformado. Ele se parecia com um camponês ruteno baixinho, de ombros largos, a quem uma vida de trabalhos encurvara as costas.

13

Pouco a pouco os contornos da montanha se tornam claros para mim. No inverno, os movimentos são limitados, as casas ficam enfiadas debaixo dos seus telhados. A neve cai sem trégua, o comércio se reduz, e só raramente chega até aqui um trenó com mercadorias. Porém, não se preocupe, a vida não para. No clube de xadrez, joga-se com ardor; no café, serve-se café até a madrugada; só o bar fecha à meia-noite. Os garçons expulsam os bêbados e estes os insultam e vomitam, acabam por se levantar e vão para casa ou para os hotéis.

À noite, quando meu sono se vai, me ponho de pé junto à janela e ouço o burburinho que vem do café e imagino que, um dia desses, eu também me sentarei ali. Mas imediatamente me lembro que o café é território reservado aos que falam; e não é para os gagos. Esse pensamento anda pela minha cabeça, me enche de tristeza e é difícil adormecer.

Na primavera, mais exatamente um mês depois de Pessakh, o lugar se enche de gente e de bancas. Lá se vendem casacos, sapatos, pulôveres, chapéus de lã, e até mesmo meias de seda. E há bancas de pão, de peixes defumados, de açúcar e de sal. Para falar a verdade, não há coisa que não se encontre ali. Às vezes, a montanha se parece com uma feira, à qual vem gente de todos os cantos da Terra, judeus e não judeus, para vender e para comprar. Ali há burburinho o dia inteiro, mas à noite a venda também não para. À noite não se vê a altura das pessoas, mas se vê seus rosto e suas mãos. Tudo acontece depressa, com agilidade, mas silenciosamente. O barulho vem só de um canto da montanha, dos currais dos mercadores de animais. Os mercadores de animais são homens altos e fortes e introvertidos.

Na minha infância, tinha certeza de que a montanha era apropriada apenas para os comerciantes. Mas aos poucos aprendi que nela existem lugares onde não há comerciantes. Por exemplo, as casas distantes, vizinhas das montanhas abertas, chamadas estalagens e hotéis. Há hotéis elegantes e também estalagens mal cuidadas. O acesso aos hotéis elegantes é por estradas com pedregulhos, e eles são cercados de árvores. Junto às estalagens mal cuidadas ficam cavalos e carruagens, e a lama alcança os joelhos. A cada dia descubro um novo canto. Às vezes puxo Dan para longe do centro. As excursões com Dan me levam a descobrir coisas que eu nunca tinha visto. Dan é sensível para com as pessoas. Imediatamente, ele percebe que os comerciantes não hesitam em bater num animal atrelado. Gestos súbitos ou violentos o assustam. Eu confio na sua atenção e no seu olhar penetrante. Ele logo descobre quem deles pode nos causar algum dano. Quando ele repara num homem mau, agarra minha manga.

Dan pergunta: "Qual será o destino de Schimeon?"

"Não o matarão", saíram facilmente as palavras da minha boca.

"Eles matam os assassinos."

"Os pequenos eles não matam, só os prendem."

Eu lhe pedi para tirar o medo do seu coração.

Dan inclinou a cabeça, mas ao que parece o medo não o deixou.

Demos a volta pela estação de polícia e chegamos ao café. O café estava apinhado de gente. Os garçons passam com bandejas carregadas de sanduíches. Estava preocupado por não ter uma moeda para pedir dois sanduíches pequenos: um para Dan e um para mim.

Às vezes, depois dos passeios, um feirante me chama para ajudá-lo a transportar as mercadorias dele da carruagem para o armazém. Eu gosto desse trabalho e o faço de boa vontade. Depois do trabalho, o feirante me dá uma nota de dinheiro ou um filão de pão. Hanna sai em minha direção com alegria. Desde a morte de meu pai, ela mudou. Às vezes, me parece que sente saudades das irmãs dela, que vivem no vale, e eu tenho medo que um dia ela me abandone. Hanna, ao que parece, desistiu disso, e falou: "Nós sempre ficaremos juntos". O rosto dela aparenta integridade e sinceridade, e eu acredito nela. Ela se lembra de meu pai em intervalos distantes. Quando pronuncia o nome dele, seu rosto fica sem expressão. Curioso, eu não sinto a morte dele. Nos meus sonhos, ele sempre aparece bravo ou com a alma amargurada. Sua boca pronuncia palavras destrutivas e recuo para não ser atingido.

14

As estações do ano não se sucedem com facilidade. Os dias do frio são longos e o verão é breve. Eu dou voltas e voltas em meio aos feirantes, procurando trabalho. Às vezes a sorte me sorri. Eu carrego baús, móveis, tiro água de poços, não desprezo nenhum trabalho. As pessoas não gostam de meninos pobres, e muito menos de meninos gagos, mas ainda assim me empregam. Nós vivemos com o mínimo, precariamente, mas não sem satisfações. Quando a tempestade raiva lá fora, Hanna se deita na minha cama e me abraça, e assim durmo até de manhã.

Nos últimos tempos, encontrei trabalho fixo no Ar das Montanhas, um hotel bem cuidado. Sou menino de recados e meu dever é estar à disposição dos hóspedes. Com um sino à mão, eles me chamam. E vou correndo. A vida, assim, se transformou e não a entendo. Quando as pessoas se levantam tarde, por exemplo, levam-lhes café da manhã no quarto. Há mulheres com vestidos decotados e meias de seda. As crianças também não são como nós. Vestem roupas bem cuidadas e passadas e falam somente alemão.

Eles são judeus? A essa pergunta, o dono do hotel responde em alto e bom som: "Sim!"

Eles vieram de longe e subiram para cá para ver o homem milagroso.

"O que faz o homem milagroso?"

"Você não sabe?"

Um colega de trabalho, Max, menino de recados como eu, já trabalha aqui há dois anos. Ele conhece todos os segredos do lugar e me revelou que o velho Iechiel é conhecido em toda a região por causa de seu poder de arrancar a melancolia do coração das pessoas, e que as pessoas também vêm a ele para receber conselhos e bênçãos. As pessoas se apegam a ele. Quem vem a ele uma vez, volta.

"Eles são religiosos?"

"Não, mas às vezes acontece que durante as férias aqui eles começam a rezar."

Naquele instante, me lembrei dos homens na casa de oração, que ficavam em pé junto à parede. Que perplexidade completa havia nos rostos deles, como se vissem coisas que eu não via.

Durante a maior parte do dia, eu fico correndo entre os quartos e o escritório e entre o escritório e a cozinha. De tempos em tempos, saio para o correio ou para a garagem de carruagens para chamar uma carruagem. À noite Hanna me ensina alemão. Em sua juventude, Hanna aprendeu alemão. Ela sabe escrever e lê. Eu gosto de ouvi-la ler. Quando ela lê, me parece que está me contando coisas maravilhosas.

Sete dias eu trabalho durante o turno do dia e meu colega no turno da noite. Passada uma semana, nós trocamos. Às vezes, à noite, ele vem me visitar, ou eu vou visitá-lo. Quando os hóspedes estão contentes com o nosso serviço, eles nos dão uma moeda ou uma barra de chocolate. Há também hóspedes generosos, que nos dão uma camisa ou um suéter. Os hóspedes irritados gritam conosco a cada engano ou mal-entendido.

"Não há o que fazer. Esse é o nosso sustento", diz Max, com ares de adulto.

Há alguns dias uma mulher se aproximou de mim e me pediu para dizer algo. Entendi a pergunta dela, porém não fui capaz de responder. Em vão me esforcei para fazer uma palavra sair de minha boca. Ela viu meus esforços, e me deu uma moeda.

Desde que trabalho, as prateleiras da cozinha não estão mais vazias. Hanna cozinha e quando volto para casa à noite, uma mesa posta me aguarda. É uma pena que eu não seja capaz de contar a ela em detalhes aquilo que os meus olhos viram e aquilo que meus ouvidos escutaram, mas Hanna me conta. Durante a maior parte do dia ela apronta a casa para o inverno e já consertou as janelas duplas.

O trabalho não me deixa tempo para divagações. O hotel está cheio. Para cá vêm hóspedes não só de Sudchava, mas também de Bucareste e de mais longe. Se a minha fala não ficasse presa na minha boca, meu destino seria diferente. As pessoas gostariam de mim. A opinião de Hanna mudou. Na opinião dela, a confiança começa com a fala. A fala, às vezes, é da boca para fora. É duro para mim aceitar que a fala ficará para sempre presa na boca. Eu me esforço em falar, mas cada vez é a mesma decepção. Mais de uma vez eu digo para mim mesmo: Kuti, cale a boca e nem tente. Por mais que você insista, não vai conseguir pronunciar uma frase completa. Eu digo, mas não cumpro. Ontem à noite eu estava na casa de orações. Um homem com o pé amputado aproximou-se de mim e disse: "Na casa de orações não se olha. Na casa de orações se reza". A raiva queimava em mim, mas as palavras ficaram presas na minha boca.

15

Eu trabalho e me parece que os hóspedes estão satisfeitos com os meus serviços, mas nem sempre tudo funciona tranquilamente. Ontem à noite, no meu caminho para casa, dois moleques me atacaram de surpresa. Um deles me segurou e o outro me golpeou. Fiquei assustado com o ataque súbito, mas reagi rápido, me livrei deles e lhes dei umas boas pancadas. Os dois fugiram, para salvar suas vidas.

Hanna perguntou: "O que aconteceu?" Contei a ela o que fui capaz de contar. Meu coração estava contente, pois minhas mãos e meus pés fizeram o que lhes mandei fazer. Às vezes, sinto que aquilo que minha boca obstruída não consegue fazer minhas mãos e pés fazem. Lembrei-me do professor Altschüller, que costumava dizer para nós que, se nos esforçássemos, falaríamos. Naquele tempo, me parecia que só uma cirurgia haveria de curar a obstrução que tenho em minha boca.

Hanna presta muita atenção à minha fala gaga, como se isso não fosse um defeito e sim uma vantagem oculta. "Hanna", eu quero dizer a ela, "a gagueira me causa grandes sofrimentos". Hanna me olha como se dissesse: "você ainda não sabe o que está oculto dentro de você. Você ainda há de fazer coisas admiráveis".

"O que você está dizendo? Sem a fala fluente, um homem dá cabeçadas nas paredes", tentei dizer, em voz alta.

"As pessoas falam, mas você esculpe palavra por palavra."

"Esse esculpir apenas me enfraquece", quase disse.

"Mais um pouco e você será capaz de falar", disse Hanna com alegria.

Na semana em que estou no turno da noite, Hanna lê para mim, de manhã, o livro *Alemão para Principiantes* e depois eu copio trechos. Hanna observa com atenção. Ela acha bonita a minha escrita. Eu não concordo, e desanimo. Quando Hanna me vê melancólico, ela se levanta e diz: "Venha e coma uma coisa boa". E logo ela me oferece duas fatias de pão com manteiga. Meu pai, coitado, costumava trazer de suas viagens muita pressa e muito medo. Nossas refeições não eram tranquilas. Mas agora, nós passamos uma hora à mesa, e às vezes duas horas. Hanna me conta tudo o que viu durante o dia e narra também lembranças da infância. Eu presto atenção. Ela, ao que parece, gosta que eu preste atenção, e continua. Se eu conseguisse falar mais, também contaria a ela sobre o hotel bem arrumado: o que acontece lá de dia; o que acontece lá à noite.

Durante o dia, o hotel fica tranquilo a maior parte do tempo. As pessoas dormem até tarde, e não fosse pelos telegramas urgentes, ninguém acordaria antes do meio-dia. Mas à noite o hotel se torna febril. Palavras duras escapam do interior dos quartos e soam como longos discursos diante de um público numeroso. Às vezes, as frases são curtas e soam como reprimendas severas. Também há explosões de medo e fugas súbitas. Ontem à noite, uma mulher fugiu de seu quarto e os homens correram atrás dela, agarraram-na e a trouxeram de volta à força. Meu amigo Max já conhece alguns dos segredos do hotel, mas também ele se surpreende às vezes.

Ontem à noite, uma mulher agarrou meu braço e perguntou: "Quem é você?" Eu quis responder: "Sou um menino de recados", mas as palavras não saíam da minha boca.

“Por que você está com tanta vergonha?”, ela perguntou, suavemente.

“Eu sou gago”, quis dizer, mas evidentemente não consegui.

Ela beijou a minha testa de um jeito estranho e deu uma risada forçada.

Já reparei. As pessoas aqui brigam, gritam e às vezes até rosnam. Mas logo estão se beijando com fervor. É difícil para mim compreender essa confusão. As vozes estremecem, mas também se arrependem. Eu tento contar para Hanna. Hanna me compreende, mas não como eu queria que ela me compreendesse.

16

Sonhei que meu pai voltou de suas viagens e imediatamente começou a me culpar por meu comportamento inadequado. Hanna saiu em minha defesa e contou a ele que trabalho num hotel e que é graças ao meu trabalho que há mantimentos em casa. A horta do quintal realmente frutifica no verão, com tomates e pepinos, mas isso não é o suficiente para nos alimentar no outono. Papai ouviu as palavras dela e perguntou se nós dormimos no mesmo quarto.

"Kuti ainda é um menino", tremeu a voz dela.

"Ele não é um menino. Ele é um rufião."

Hanna ergueu sua voz e disse: "Kuti é um menino único em seu gênero. A gagueira dele não é uma gagueira normal. É preciso prestar atenção à voz dele. Durante todos esses anos você o ignorou".

Papai volta e me ataca no meio da noite. Às vezes ele aparece com o jovem Schimeon e juntos eles parecem dois ladrões que não hesitariam em esganar suas vítimas. Às vezes Hanna me defende, e às vezes eu mesmo me defendo, e é bom quando o dia chega e me salva desses apuros.

O outono está em seu auge e o hotel está lotado. O turno do dia é mais fácil do que o turno da noite. Há dias em que os hóspedes só acordam depois do almoço e por um momento parece que teremos uma noite tranquila. Mas essa sensação é um engano. Chega a noite e a agitação toma conta do hotel, e imediatamente começam as discussões amargas.

Ontem à noite uma jovem chamada Henni sumiu e todos se voluntariaram para procurá-la.

Vasculhamos o terreno em volta do hotel. O clube de xadrez e o café. No fim encontraram-na numa ruína, ao lado dos currais dos mercadores de animais. O pai da jovem ficou tão feliz que, de tanta alegria, chorou como uma criança. O chefe dos funcionários a cobriu com um cobertor e a conduziu nos braços de volta para o hotel.

Quando comecei a trabalhar aqui, me parecia que os judeus da cidade eram pessoas silenciosas e satisfeitas. Agora eu sei que o silêncio deles é da boca para fora. Nos quartos paira uma raiva tremenda. As brigas às vezes se alongam noite adentro, até o raiar do dia.

Numa noite dessas, a cozinheira me deixou embaraçado ao perguntar: "Por que você não vai ao homem milagroso?"

"Eu?"

"Ele vai lhe devolver a fala, vi com os meus próprios olhos gente a quem ele devolveu a fala."

"Eu sempre fui gago", tentei explicar-lhe.

"Ele vai tirar a gagueira de você. Você não vê? As pessoas vêm de longe para estar com ele. E não é à toa que vêm!"

"O que fazer?", saíram as palavras de minha boca.

"Inscreva-se na lista."

"Para dizer o que a ele?"

"Os gagos não são obrigados a falar. O homem milagroso já vai dizer o que você deve fazer."

A vida no hotel é estranha e, às vezes, misteriosa, e é difícil saber quem é crente e quem tem dúvidas. Uma vez escutei um dos hóspedes dizer: "Eu sempre acreditei em Deus e só nos últimos anos comecei a tomar atitudes práticas". Me espantou a expressão "atitudes práticas". Todos os dias ouço expressões diferentes e variadas. E nem mesmo tento compreendê-las.

À noite, vi o homem milagroso sentado numa cadeira macia, rodeado de vigias. Ele voltou-se para mim e perguntou se eu costumo rezar. Quis responder, mas a minha boca estava travada. Então ele se voltou para os vigias e mandou baterem em mim. Tentei me salvar das mãos deles, e acordei em pânico.

17

Hoje completei doze anos de idade e, para comemorar essa data, Hanna assou um bolo de maçã, estendeu uma toalha sobre a mesa e nos sentamos para festejar. Nos últimos meses, Hanna mudou. Os cabelos dela estão presos e deixam à mostra o seu pescoço formoso. Eu gosto de olhá-la e de observar seus movimentos. Olho-a diretamente nos olhos e não preciso me esforçar para dizer nada. Ela olha para mim e reconhece os meus pensamentos. Sabe, por exemplo, se os hóspedes do hotel me trataram com ternura ou se me xingaram. "Não ligue para eles. Eles realmente são pessoas ricas, porém amargas." E acrescentou: "Não é por serem tão ricos que eles vêm aqui". E realmente, no dia a dia, eu aprendo com as angústias deles. É o choro, e não o riso, que impera ali.

Ontem à noite uma mulher alta e bonita saiu de seu quarto e se dirigiu ao jardim do hotel. Me parecia que ela ia dar uma volta pelos canteiros de flores e depois se sentar num banco. Me enganei. Ela começou a vomitar. Chamei a irmã dela, que imediatamente acorreu para acalmá-la. Depois que ela se acalmou, disse: "Por que vocês me trouxeram aqui? Eu não suporto esse lugar e não suporto esse curandeiro. Esse curandeiro me deixa louca". A irmã falou com delicadeza e tentou convencê-la de que muitas pessoas tinham sido ajudadas pela cura, enumerando os nomes daqueles que haviam sido curados.

"Me levem de volta para casa", a mulher gritou, ignorando as palavras da irmã.

"Nós logo voltaremos", pediu a irmã, tentando convencê-la.

"Ainda hoje à noite."

"Não há carruagens à noite."

"Você vai se arrepender; eu vou sumir", ameaçou a mulher com uma frieza de espírito assustadora.

Antes eu tinha ouvido o pai dela gritar, um velho vestido meticulosamente, e ele também lhe falou, mas ela insistiu: "Eu quero ir para casa".

"Nós estamos todos aqui. A casa está vazia", disse o velho pai, olhando nos olhos dela.

"Se não formos para casa eu vou sumir", ela respondeu, ameaçando.

O pai baixou a cabeça e se resignou.

Na mesma noite eu chamei uma carruagem e toda a família - o pai velho, a mãe velha e as duas irmãs - partiu pela estrada. Ajudei o cocheiro a pegar as malas e os baús. A irmã que eu chamara botou na minha mão um punhado de moedas.

Porém, a maioria dos hóspedes não deixa o lugar às pressas. Ao contrário, há hóspedes que residem aqui já há dois ou três anos e eles não pensam em ir embora daqui. Herbert Drucker já reside há mais de três anos no hotel, visita de tempos em tempos o homem milagroso e escreve longas cartas para seu irmão e para sua irmã. Eu o vejo de tempos em tempos no clube de xadrez e no café. Na véspera do Schabat e no Schabat ele vai à casa de orações. Ao que parece, ele sabe ler o *Sidur*, mas é difícil para ele seguir o líder das rezas. Na hora da reza, ele folheia o *Sidur* ou pede para que lhe mostrem a reza que o *chazan*[10] está entoando. Às vezes me parece que sua situação peculiar

10 Cantor litúrgico.

o diverte, ou talvez ele se divirta com os que estão rezando e andam com muletas, com os poucos cegos e com os muitos pobres aflitos.

Herbert Drucker é um homem rico e distribui *tzedaká*[11] com mão generosa, e não é em vão que os homens vão atrás dele. Às vezes me parece que não gostam dele, mas sim do dinheiro dele. Max e eu o ajudamos de boa vontade. Quando ele se sente fraco ou quando tem dificuldade para respirar, nós chamamos o enfermeiro. Ele brinca e diz: "Se o enfermeiro me encontrar vivo, é um sinal que viverei, e se me encontrar morto, ele será o décimo para o *minian*, e também isso será para o bem".

No último Purim, ofereceram por conta dele orelhas de Haman[12], frutas secas e vinho na casa de orações, como se fossem oferendas a um rei. Os rezadores habituais, e não só eles, se reuniram, beberam e comeram. Ao final, os bêbados agarraram as garrafas e não houve outro jeito senão chamar a polícia. E houve tumulto e houve golpes. Drucker, que no começo estava se divertindo, por fim subornou os guardas para que não prendessem os bêbados.

Nossa situação financeira é um descanso para a mente. Hanna faz compras no mercado e nas mercearias e nós comemos no mínimo duas refeições por dia. É uma pena que Hanna não seja minha mãe ou minha irmã. Eu tenho vontade de abraçá-la e de beijá-la e de dizer a ela que ela é bonita.

11 Caridade.

12 Pastéis doces assados, recheados de geleia, nozes ou doce de sementes de papoula, em forma de orelhas, que lembram o cruel ministro do rei Ahaschverosch (nome hebraico, também conhecido por seu nome latino, Assuero, e pelo grego, Xerxes), que tentou massacrar os judeus da Pérsia e cuja história, narrada no livro bíblico de *Est*er, é lembrada na festa de Purim.

18

Resolvi marcar uma hora com o homem milagroso, e fui. A casa dele se parece com a maior parte das casas da montanha. O quintal é descuidado, e há algumas carruagens estacionadas a alguma distância da entrada. A porta estava aberta e na abertura estava postado um vigia, alto e forte, que mais se parecia com um negociante de madeiras do que com o encarregado de organizar encontros com o homem milagroso.

"O que você deseja?", voltou-se para mim o vigia, com voz grave.

"Gostaria de ver o homem milagroso", arranquei as palavras de dentro de mim.

"Quem é o seu pai?", perguntou o vigia, com firmeza.

"Não tenho", vieram as palavras em minha ajuda.

"E sua mãe?"

"Também não tenho", responderam, ajudando, as palavras.

"E quem vai pagar a taxa?"

Tirei um punhado de moedas que estavam no meu bolso e as mostrei.

"Me dê as moedas", disse ele, e me registrou num grande livro de registros.

Quando saí daquele corredor, fui tomado por uma tremedeira, como a tremedeira que me deu na hora em que me apresentei ao dono do hotel para pedir trabalho. Para minha sorte, naquele dia havia muito serviço, com hóspedes novos chegando ao hotel. Chamou a minha atenção, especialmente, um homem alto, meticulosamente vestido, que falava alto, com uma voz quase estridente. Ele se voltou para uma das funcionárias, uma ucraniana bonita, e explicou a ela, delicadamente, o perigo que havia com a ascensão de Hitler. A funcionária ficou assustada e tentou sair de perto dele, mas o homem bloqueou seu caminho e, quando ela tentou fugir, a perseguiu. A pobre foi salva pelo supervisor. Ele se aproximou do novo hóspede e com palavras firmes, porém corteses, explicou-lhe que a jovem era uma funcionária ucraniana que não entendia alemão e que não fora à escola. O hóspede não entendeu a explicação do supervisor e argumentou que ela também precisava saber o que se passava. O supervisor não se irritou. Repetiu: "A funcionária não entende nada, não vale a pena desperdiçar palavras com ela". O hóspede, ao que parece, não se conformou. Fez um gesto estranho com a mão e voltou para o seu quarto.

Todas as semanas chegam pessoas esquisitas. O dono do hotel não se surpreende. Há hóspedes que proferem palavras grosseiras, contrariando o regulamento do hotel. Há outros silenciosos, cujas bocas não pronunciam um som sequer. O dono do hotel, deve-se dizer em seu mérito, não se irrita. Ele repete: "Meus senhores, aqui é necessário paciência". Ao hóspede que veio advertir sobre a ascensão de Hitler ele disse: "Não serei capaz de mudar o regime na Alemanha, mas posso lhe arrumar um banho quente". Imediatamente o convenceu.

À noite, contei a Hanna que marcara uma hora para ver o homem milagroso.

"Você fez bem", ela disse, e olhou para mim, compreensiva.

Sobre a minha tremedeira não consegui lhe contar nada.

Jantamos e Hanna me contou que recebera um cartão de suas irmãs. Talvez uma de suas irmãs viesse visitá-la.

Um tremor diferente passou por mim: Hanna também haveria de me abandonar algum dia.

Durante a noite, o homem milagroso apareceu no meu sono e me assustou. Ele me fez perguntas que eu não sabia como responder. Não me lembrava nem mesmo do nome de minha mãe. O homem milagroso arregalou seus grandes olhos e disse com voz forte: "Você nem mesmo se lembra do nome de sua mãe. Sua mãe entregou a você a vida dela e você nem mesmo se lembra do nome dela". Acordei em pânico.

"Venha comigo", disse Hanna, despertando de seu sono e me acariciando com as duas mãos. Quando Hanna me acaricia com as duas mãos, sinto um prazer suave, que aos poucos penetra no meu corpo, o dia inteiro. Esse contato furtado é o nosso segredo. Não falamos sobre ele, mas ele nos torna companheiros, com seu silêncio agradável. No dia seguinte, sinto que meu corpo está forte, que meus músculos estão retesados e que a luz do dia me faz bem aos olhos.

Ontem à noite, no caminho para casa, vi numa das bancas de roupas um par de meias de seda. Me ocorreu que aquelas meias serviriam nos pés de Hanna. Comprei-as sem negociar o preço. Quando as dei a Hanna, ela me criticou. "O que você fez?" Em meu coração eu sei que ela se alegrará ao calçá-las.

19

O trabalho no hotel prossegue conforme sua ordem: uma semana estou no turno do dia, uma semana no turno da noite. Hóspedes partem. Outros vêm no lugar. Além disso, o outono nos cerca e os mercadores de animais locais transportam o gado aos mercadores de animais das cidades e o longo crepúsculo se enche de mugidos de medo. Subitamente apareceu a irmã de Hanna. Imediatamente percebi que ela é mais velha do que Hanna. Envolta num casaco de pele simples, seu olhar é como o de um homem desconfiado.

"Este é Kuti", Hanna me apresentou.

"Você estuda?", ela perguntou. Ao que parece, não sabe que eu sou gago.

Hanna veio em meu socorro e explicou a ela que eu trabalho no hotel, que as pessoas estão satisfeitas com o meu trabalho, e que ganho bem.

Ouvindo as palavras a irmã disse: "Um menino grande".

"Completou doze anos."

"Você vai à escola?", ela perguntou, sem motivo.

"Eu vou", brotaram as palavras de minha boca.

Ela parou de perguntar, mas eu sabia o que ela viera fazer ali. A raiva que estava trancada em meu corpo pedia para sair, mas me contive e disse comigo mesmo: melhor ficar longe de casa do que ver, com ódio, como a mulher grande esparrama suas palavras.

Fui ao hotel e contei a meu amigo Max.

Max olhou para mim com um olhar ágil e disse: "Você precisa pensar na separação".

"De que você está falando?"

"Hanna decerto vai acabar se casando", ele falou, como se me enfiasse um punhal afiado no corpo. Minhas mãos tremeram e eu quis gritar: "Não é verdade".

"Acredite em mim, assim será", disse ele, sem misericórdia.

Depois disso, saí andando pela rua principal. Fazia frio e o café estava transbordando de gente. Olhei para os novos hóspedes e para Laufer no meio deles. Ele parecia o mais alto de todos. Talvez porque estivesse usando um chapéu. Estava postado no meio do salão e falava. Sua voz, que no início soava baixa, ergueu-se e ele gritava: "Vocês estão enganados. A história não vai absolvê-los". Dois garçons altos tentavam persuadi-lo a sentar-se em seu lugar, mas ele se recusava. Ao final, cedeu, tirou o chapéu e baixou a cabeça sobre sua xícara de café. Seu olhar estava tranquilo, como se tivesse esquecido o que anunciara aos outros instantes antes.

Como me alegrei quando voltei para casa e não encontrei a irmã de Hanna ali! Hanna preparou um jantar e nos sentamos para comer. Não perguntei nada, mas Hanna não escondeu de mim que sua irmã lhe pedira, com insistência, para voltar para a família. Seu pai estava doente e o sustento da casa estava difícil.

A resposta de Hanna soou como uma recusa, mas ainda assim a suspeita de que logo ela me abandonaria penetrou no meu coração. A suspeita cresceu dentro de mim quando, depois da refeição, ela me perguntou se eu gostaria de viajar com ela para o vale. Senti que isso não era uma pergunta, e sim um teste, e disse: "Eu não quero ser um fardo".

"O que você está dizendo? Você é como meu filho."

Me alegrei que ela disse "como meu filho", porém não tinha certeza de que era isso o que ela queria dizer.

Quando repeti: "Eu não quero ser um fardo", Hanna começou a chorar. Era um choro profundo, que me comoveu. Não sabia o que dizer. Pedi desculpas e beijei a mão dela.

20

É outra vez inverno. No hotel reina uma agitação diferente. Os hóspedes temporários se foram e só ficaram os hóspedes permanentes. Pode-se reconhecer os hóspedes permanentes por sua aparência e também por sua atitude. Eles não ficam folheando o calendário nem ficam se queixando que o tempo voa. Eles vivem assim, sem pensar no tempo. Fazem amizade com os moradores do lugar; frequentam o clube de xadrez; o café; às vezes o bar. Uma vez por mês, mais ou menos, eles veem o homem milagroso. A vida, assim, gravita em torno do homem milagroso, ainda que a maior parte dos filhos do lugar já não mais acredite nele. Só os pobres, os aflitos e pessoas vindas de longe acreditam e o seguem.

Às vezes me parece que a crença dos pobres e dos doentes se torna mais forte a cada dia que passa. Se a casa do homem milagroso não fosse cercada e trancada, eles penetrariam em seu interior, agarrariam o velho e o conduziriam para a rua. Mais de uma vez vi homens junto à casa dele chamando: "Rabi Iehiel, Rabi Iehiel", como se esperassem que o velho cego se libertasse de sua fraqueza e de sua cegueira para se levantar, sair e ficar junto deles.

Apesar de tudo isso, tenho medo. Saber que dentro de mais um mês vou estar na frente dele, sem disfarces e trêmulo, não me dá sossego. Em meu coração tenho vontade de falar com os vigias e cancelar minha hora marcada. Hanna diz: "Você precisa vê-lo. Ele é capaz de curar sua fala. E a fala abrirá o seu caminho para o coração das pessoas".

No inverno eu sinto que minha fala fica ainda mais difícil. A pressão não é apenas na garganta e na boca. O meu corpo inteiro se esforça e retesa. Às vezes, tenho vontade de esmurrar a grade que cerca o hotel, e de entortá-la. O supervisor me aconselhou a circundar a montanha correndo. Disse que se eu fizer isso, me dará a chave da sala de ginástica.

O supervisor se afeiçoou a mim. Ele gosta de homens altos e atléticos, e todas as vezes que me vê, diz: "Seu lugar é no campo de treinamento. Os judeus não praticam esportes e é daí que vêm todas as doenças deles". Já reparei que ele respeita o homem milagroso, mas que não respeita os vigias. Certa vez ele me disse: "O homem milagroso, ao que parece, é um homem de Deus, mas os vigias são impostores. Eu não acredito neles, nem nos murmúrios deles".

Eu me afeiçoei aos vigias, ainda que haja algo muito materialista em seu modo de vida. Eles estão sempre mordiscando sanduíches ou bebericando de um copo, e o tempo todo eles estão pedindo desculpas, como se não fossem capazes de defender o lugar que têm que defender. E de fato os pobres encontraram, no ano passado, um buraco na parede da casa, e por meio desse buraco estendem suas mãos e pedem esmolas. Os vigias têm pena deles e, no fim, lhes dão uma moeda. Quando as festas de aproximam, cada pobre recebe uma nota de dez. Os vigias conhecem os pobres por suas mãos, e não se enganam. Na primavera e no verão, muitos homens rodeiam a casa do homem milagroso. Dentre eles, homens estrangeiros e violentos. Mais de uma vez a multidão tentou penetrar pela porta trancada, e mais de uma vez um homem se ergueu e espancou um dos vigias. Não é nenhum milagre que agora eles tenham que recorrer a agentes de segurança. Mas quando um homem entra, ele é recebido com rosto iluminado. Os vigias lhe dizem uma bênção e lhe oferecem um copo de chá, e bolachas.

E apesar disso estou com medo. Parece-me que o homem milagroso enumerará tudo o que fiz de errado, e me repreenderá. Não satisfeito com isso, ainda acrescentará todos meus pensamentos impuros. Há algum tempo, vim à casa dele enviado por um dos hóspedes. Um dos vigias sussurrou nos meus ouvidos e disse: "Faça seus atos com fé". Eu não sei se ele sussurra isso a todos os meninos, ou se só foi para mim, porque descobriu os erros que cometi.

Um sonho horrível me perturbou ontem à noite. Voltando do trabalho, encontrei a casa aberta. Dentro, tudo estava em seu devido lugar, só Hanna não estava. Hanna deixara um bilhete na mesa. "Meu querido," - estava escrito - "fui obrigada a viajar. Me desculpe. Amo você para sempre. Hanna".

Não contei o sonho para Hanna, mas Hanna sentiu que meus pensamentos não eram como os de costume e perguntou: "O que foi, Kuti?"

"Nada." Tentei esconder dela o pesadelo. Sentei junto à mesa e copiei um trecho do livro *Alemão para Principiantes*. Depois Hanna leu para mim o que eu copiara. Não havia um erro sequer. Hanna ficou contente e me beijou na testa. Todos os gestos de Hanna me emocionam. É difícil para mim imaginar a vida sem ela.

21

O fim de fevereiro se aproximava e o meu medo crescia a cada dia que passava. Pensar que dentro de três dias eu estaria diante do homem milagroso me dava um arrepio nas costas. Hanna me assegurou que o homem milagroso não haveria de me repreender, e que ele ama os homens, e tem piedade deles.

"Como você sabe?", eu quis perguntar a Hanna. Mas não consegui.

"Na verdade, nunca o vi, mas ouvi falar muito sobre ele", ela me disse em voz baixa.

"Por que papai o desrespeitava?", saíram as palavras de minha boca.

"Seu pai, você deveria saber, acreditava no esforço do homem por melhorar."

Não acompanhei o pensamento dela até o fim. Hanna é minha boa amiga. Na maioria das vezes, me esqueço que ela foi mulher de meu pai. Sei que esta é uma amizade diferente e talvez proibida, mas o que fazer? Às vezes sinto que ela foi enviada para me tirar do desespero.

E o dia marcado chegou. Vesti roupas limpas e fui me apresentar ao homem milagroso. O vigia me recebeu sem me insultar, me mandou entrar no corredor de espera – um corredor comprido e mal cuidado, e colocou um *Sidur* na minha mão. Ao que parece, esse é costume quando vêm gagos do meu tipo. Dão a eles um *Sidur* ou um *Pentateuco*, que eles devem conservar na mão.

Perto de mim, uma mulher estava sentada com o filho pequeno num banco. O menino reclamava e a mãe tentava silenciá-lo, levando o dedo aos lábios. O menino, de repente, começou a chorar. A mãe se levantou e tentou outra vez silenciá-lo. Enquanto isso, eles foram chamados para entrar, e o choro do menino parou, de uma só vez.

Estava sentado sozinho no corredor, sem pensar em nada. Meus joelhos tremiam e eu sentia uma pressão no peito. Se eu tivesse forças para me levantar, teria me aproximado do vigia, e pedido a ele para me libertar desse compromisso. Estava sentado e o *Sidur* tremia em minhas mãos.

A sessão com a mulher e o menino foi muito demorada. Depois, ficou claro que o homem milagroso iria me fazer perguntas difíceis. Que eu iria ficar envergonhado e que minha boca ficaria paralisada. Fiquei com medo que ele me perguntasse sobre minha ligação com Hanna e sobre o prazer que sinto quando estou perto dela. O homem milagroso sabe de tudo e não há como desmentir. Já vi homens saindo da sala dele chorando como crianças. Há algum tempo, vi um homem saindo da casa dele. Seu rosto estava vermelho e a baba escorria do seu lábio inferior. Ele tentava enxugar-se com um lenço, mas a baba continuava a escorrer.

De repente ouvi meu nome e me levantei. Os medos que viviam em mim nos últimos dias desceram e paralisaram minhas pernas. Tornei a ouvir meu nome. Agora a cabeça de quem chamava se tornou visível: era um vigia magricelo, e que me apressou para entrar.

Ele me agarrou pelo braço e me sentou na cadeira. Na cama ao meu lado estava recostado o homem milagroso, apoiado em dois travesseiros, com os olhos fechados.

"Qual é o seu nome", ele se virou para mim. Suas pálpebras vibravam.

Me esforcei e o meu nome saiu de minha garganta.

"E qual é o nome de sua mãe?"

Tentei dizer o nome de minha mãe, mas comecei a gaguejar. Ao me ouvir gaguejar, os lábios do velho estremeceram e, por um instante, me pareceu que ele também tinha dificuldade em falar. "Minha mãe morreu quando eu nasci", eu queria dizer. Mas nenhuma palavra saiu de minha boca.

O velho não me apressou. Ele prestava atenção, com seus olhos fechados. O silêncio me envolvia. Senti que o velho se inclinava em minha direção, como se quisesse auscultar meus órgãos internos. Seu rosto fechado estava tenso e suas pálpebras, trêmulas. Subitamente ele abriu a boca e disse: "Todas as manhãs, quando os judeus se levantam para rezar, você deve escrever, com letras bem nítidas, num caderno, o primeiro verso da reza da manhã. Na hora da reza da tarde, registre no mesmo caderno o primeiro verso da reza da tarde, e também na reza do anoitecer faça assim. Faça dessas escritas um compromisso fixo, de manhã, à tarde, à noite. Esforce-se para escrever com letras legíveis e preste atenção para não faltar nenhuma letra. Assim suas rezas vão se juntar às rezas da comunidade de Israel". Depois de uma pausa, ele complementou: "Conserve o caderno num lugar limpo". Suas pálpebras se abriram muito e expuseram uma linha vermelha. Ele levou a mão à minha cabeça; suas pálpebras olharam para mim.

E assim acabou a sessão. Fora, a luz do inverno atingiu meus olhos e me ofuscou. Sabia que estava longe de mim mesmo, porém não sabia quão longe. A dor veio mais tarde, no corredor do hotel.

22

Havia muito trabalho no hotel, e só ao entardecer, no caminho para minha casa, voltei a sentir o olhar cego do homem milagroso em mim. Eu não tinha nenhuma dúvida de que ele tinha examinado o meu interior. E não sabia se deveria me alegrar com isso.

Hanna me recebeu emocionada e logo perguntou: "Como foi?" Contei a ela tudo o que fui capaz de contar. Sobre a mesa, uma toalha estava estendida. Nos sentamos para comer. No meio da refeição, Hanna caiu no choro. Era um choro súbito, que cortava o ar da sala. Não sabia por que ela estava chorando e gaguejei: "Não se preocupe, Hanna. Eu vou escrever os versículos conforme me ordenou o homem milagroso". Minha gagueira, ao que parece, melhorou. Hanna ergueu a cabeça e disse: "Desculpe. Não sei o que está acontecendo comigo".

Ainda na mesma noite, me sentei à mesa para copiar o primeiro versículo da reza da noite. Desde o tempo em que estudava com o professor Altschüller, não escrevia uma letra em hebraico. As letras grandes do *Sidur* pareciam admoestar-me. Ele me advertira sobre a importância de copiar tudo sem erros. Meu coração não estava alegre. Aquilo me parecia um castigo pelos erros que eu tinha cometido anos antes. Hanna achava que o contato com as letras era uma bênção. Não entendi bem o pensamento dela. Mesmo assim, todos os dias, tenho a hora apropriada para o caderno. Três vezes por dia eu copio. Hanna acompanha de longe e não interfere.

Sem nenhum motivo, tenho visões da escola de Altschüller. Schimeon, Dan e eu. A gagueira de Schimeon era forte. Altschüller, ao que parece, não via o perigo. Ao final, Schimeon libertou o que levava preso dentro dele, e fez o que fez. Agora, já faz seis anos que ele está preso. Seus pais vêm visitá-lo uma vez por semana. Antes as pessoas lhes perguntavam de Schimeon. Agora eles saem da prisão cabisbaixos. Ninguém mais lhes pergunta nada. É como se todos já concordassem com a ideia de que ele será castigado para sempre. Quanto a Dan, há um ano viajou para visitar seu tio em Czernowitz. Nunca mais voltou.

Minha escrita diária é um esforço. E além do esforço, não sinto nada. Para me refazer do cansaço, dou a volta na montanha correndo. Rudolf está satisfeito com a minha corrida e me dá as chaves da sala de ginástica. Na sala de ginástica há escadas de corda, pesos e bicicletas fixas. Cada vez que ele me dá a chave, ele me diz: "Não vá pelo caminho dos judeus. Na ausência de exercícios corporais, o corpo se deteriora". Rudolf se destaca dos outros. Sua função é supervisionar os funcionários e cuidar da ordem, mas ele presta outros serviços também: carrega sacos pesados, baús e móveis, e se for preciso também carrega aleijados e doentes, vigia as carruagens dos hóspedes e os cocheiros, que em sua maior parte são bêbados e se metem em brigas. Mas a força de Rudolf e sua cortesia aparecem inteiramente quando ele tem que tratar com hóspedes que perturbam a ordem, gritam ou atiram objetos. Ele sabe como acalmá-los, e se é necessário levantar a voz, ele levanta a voz. Tudo ele faz com muito profissionalismo, como se tivesse estudado numa escola de boas maneiras. Mas ele não estudou numa escola de boas maneiras. Ele serviu no exército austríaco por cinco anos sucessivos e atingiu o grau de sargento. Sua força está no interior de seu corpo, mas suas boas maneiras vêm dos tempos de exército. No exército ele aprendeu a barbear-se meticulosamente e a manter seu uniforme sempre limpo e passado, e a conter suas palavras. Suas boas maneiras não são sinal de fraqueza, mas de contenção das suas forças abundantes.

Na minha opinião, o supervisor é agnóstico, mas se alguém quer acreditar, por que incomodá-lo? Mesmo assim, ele não acredita em Deus. Nem acredita nos homens. Não acredita em Deus porque não pode vê-lo, e não acredita nos homens porque os vê e porque sabe que são propensos ao pecado. Ele acredita na ordem e nas boas maneiras. A ordem, ele responde e argumenta, é como uma rédea. Sem ordem a vida se torna uma confusão, sem clareza, e é impossível alcançar o conhecimento. O problema é que a maior parte dos que vêm ao hotel desprezam a ordem, são gente barulhenta e propensa a explosões de ódio.

Quando Rudolf perde a calma, baixa o tom de sua voz e diz: "Senhor, vá direto ao assunto, falatório não me interessa. O que o senhor deseja? Não fui eu quem disse ao senhor para vir para cá". E se o hóspede continua, ele lhe diz: "Isso, meu senhor, isso o senhor vá contar para o homem milagroso. Eu apenas supervisiono a ordem. À noite, aqui, é preciso fazer silêncio".

A relação dos hóspedes com ele é cheia de ambivalências. Há hóspedes que se afeiçoam à sua retidão, à sua aparência ereta e ao seu amor pela ordem. Mas há hóspedes a quem a simples presença de Rudolf tira do sério. Vários hóspedes já deixaram o hotel por causa de sua aparência intimidadora. "Quando há um homem assim por perto eu não consigo respirar. Prefiro me hospedar num asilo de indigentes do que ficar perto desse sujeito", disse uma mulher a uma funcionária antes de se aproximar do balcão de recepção e antes mesmo de trocar uma palavra com Rudolf. A visão dele a assustava tanto que ela deixou o hotel imediatamente. A mim ele não assusta. Gosto de olhar para ele no saguão; gosto do seu jeito de falar. Às vezes me parece que ele deveria ser o meu professor, mas esse é um segredo que, por enquanto, eu guardo dentro de mim.

23

Minha rotina diária agora é longa e meticulosamente organizada. Eu começo a manhã copiando o primeiro versículo da reza da manhã. Copiar não é fácil para mim, principalmente por causa do medo de errar. Certo, nos últimos dias eu escrevo com mais facilidade, mas ainda assim o medo ainda me assombra.

Depois do café da manhã, corro para o trabalho. As tarefas no inverno são diferentes das que tenho a cumprir nas demais estações do ano. No inverno, o correio se atrasa e os hóspedes, preocupados, enviam mais e mais telegramas. Também aumentam, no inverno, as necessidades de enfermeiros e médicos. Em resumo, cada estação com seus trabalhos.

Se a minha fala fosse correta, minha vida seria mais fácil. A fala é o que me incomoda. A maioria das pessoas fala fluentemente e só na minha boca as palavras se quebram. Eis que sou como todos os homens, vejo e ouço, mas o defeito da fala me torna diferente aos olhos deles. Às vezes, os meninos caçoavam de mim e imitavam minha gagueira. Agora, eles não ousam, mas não são poucos os hóspedes, especialmente os temporários, que se desviam de mim. Eu pouco falo, mas o pouco que sai de minha boca basta, evidentemente, para confundir.

Só Hanna gosta da minha gagueira. Quando falo, ela me olha com muita atenção e compreende minha intenção. Hanna me assegura que copiar os versos no caderno me trará bênçãos.

"Como?"

"Eu não sei", ela responde, temerosa. "Mas o sentimento me diz que isso ajudará". Seja como for, eu não sinto nada, só o fardo e o trabalho. Quando Hanna fala comigo, as palavras dela entram em meu coração e eu desejo ser melhor, ajudar os pobres, amparar os inválidos, trazer coisas que a alegrarão. Mas quando Hanna diz: "Você deve preocupar-se consigo", isso me amedronta muito. Temo que em breve ela me abandonará e descerá para junto de sua família no vale. "Hanna", eu quero gritar de dentro de mim, "me diga tudo, me diga o que você quiser, mas não me diga 'Você deve se preocupar consigo mesmo' ".

Há alguns dias, chegaram ao hotel três irmãos que, à primeira vista, pareciam três comerciantes bem estabelecidos. Evidentemente, meus olhos me enganaram. O irmão do meio, e ao que parece não só ele, fora contaminado pela melancolia, e por esse motivo eles vieram até aqui. Desde o primeiro dia, me trataram com afeição. Me deram duas notas de dinheiro e me ofereceram uma barra de chocolate. De um modo geral, as pessoas não se relacionam com os gagos; elas têm medo de mim, ou se desviam de mim. Mais de uma vez um hóspede se voltou para mim e se afastou depressa, como se tivesse sido tomado por um medo súbito. Eu já estou acostumado aos olhares espantados, ou aos olhares que se desviam. Muitas vezes quero me levantar e gritar: "Eu não sofro de uma doença contagiosa; eu só sou gago". A aversão aos gagos, ao que parece, está profundamente arraigada no coração dos homens. Mas há também homens como esses irmãos, nos quais minha gagueira desperta afeição. Até mesmo o mais doente dos irmãos, cada vez que entro no quarto dele, inclina a cabeça na minha direção, como se estivesse tentando me ajudar a dominar o bloqueio que há em minha boca.

Mas nem todos os dias são dias de luz. Há dois dias, eu trouxe o café da manhã a um dos hóspedes. O hóspede me perguntou alguma coisa e tentei responder. Evidentemente gaguejei. O hóspede, ao que parece, ficou assustado comigo e começou a pronunciar palavras confusas e imediatamente começou a me empurrar para fora. Tentei evitar o empurrão dele, mas quando começou a bater em mim, não consegui me conter e lhe dei um soco de volta. O soco, ao que parece, o machucou. Ele gritou e me acusou de tê-lo agredido.

Evidentemente, diante do dono do hotel, Rudolf estava ao meu lado e disse: "Eu conheço Kurt muito bem. Ele é um jovem disciplinado. Esse senhor, até onde sei, é propenso a explosões de ódio". Curiosamente, o homem recebeu a sentença de Rudolf sem se mover. Um sorriso travesso e infantil passou pelo seu rosto, como se ele tivesse sido apanhado tentando enganar alguém.

Todo esse assunto, ainda que tenha terminado bem, não me alegrou, e à noite não contei nada a Hanna. Não me parecia que tinha do que me orgulhar com isso.

24

A neve derreteu e a primavera já está chegando. Os judeus que observam as tradições preparam suas casas para o Pessakh. Aqui e ali surge um homem, e há uma *kipá* sobre sua cabeça, mas os comerciantes, os donos das bancas, para não falar dos comerciantes de animais, se divertem no café ou no bar. Ninguém mais os levará de volta à fé. Em seu tempo, o homem milagroso costumava sentar-se na porta de sua casa, chorando por causa daqueles que abandonaram a religião, e os chamava de "meus filhos perdidos". Agora ele mal consegue se levantar da sua cama. Agora sua voz está fraca e é difícil ouvi-lo.

Na casa de Hanna não se respeitavam as tradições. O pai dela organizava greves e incendiava indústrias e oficinas, mas Hanna tem uma certa ligação secreta com a fé de seus antepassados. Mais de uma vez ela me perguntou como foi na sinagoga, ou se já sinto os preparativos para o Pessakh.

Duas vezes por semana circundo a montanha correndo e depois disso treino na sala de ginástica. Rudolf está satisfeito comigo e diz: "Você está apto para o exército. Todos os jovens têm que servir o exército. Só os judeus escapam". Eu não tenho certeza de que o serviço militar é adequado para mim. No exército se fala, se dá ordens, se explica e se repreende. E eu não sou capaz de fazer nada disso. O futebol me parece bem melhor para mim. No futebol tudo é impulso, agilidade, habilidade com a bola. Ninguém tem que falar.

Hanna me diz que não posso me desesperar. Ainda há de chegar um dia em que vou falar como todos os outros. Eu copio as rezas cuidadosamente, todos os dias, mas não entendo como essas cópias vão consertar a minha fala. Hanna diz que há coisas mais poderosas do que a nossa inteligência, e que não podemos ignorá-las. Certo, eu também sinto às vezes que coisas misteriosas ocorrem comigo. Por exemplo, os três irmãos que chegaram há poucos dias e cujas almas se ligaram à minha alma. Para minha surpresa, eles prestam atenção na minha gagueira e olham para mim como se eu fosse uma espécie de milagre. Ou o sr. Drucker. Todas as vezes que ele me encontra, me diz uma palavra boa ou me dá uma moeda. Ele também me olha com uma afeição misteriosa. Sem qualquer motivo, parece que há pessoas que gostam de mim. Mas o grande mistério da minha vida é Hanna. O pensamento de que um dia desses ela vai descer para o vale, vai me abandonar e se casar, esse pensamento é tão amargo que eu o estrangulo com toda a força.

Há algum tempo Rudolf me perguntou: "O que o homem milagroso mandou você fazer?"

Contei a ele.

"E você faz o que ele mandou?"

"Sim."

"Os judeus não sabem como andar por um caminho reto. Sempre há essas curvas no pensamento deles."

Rudolf não fala para difamar o homem milagroso. Mas os ensinamentos dele o tiram do sério e mais de uma vez eu o ouvi dizer: "Uma ordem unida arrumaria os pensamentos de vocês. Eu tiraria os judeus uma vez por dia para a ordem da manhã. Tudo neles se transformaria. Em vez de ficar discutindo o *Talmud*, haveriam de fazer algo de útil". Deve-se dizer de Rudolf que ele tem como mérito não ver indignidade em nenhum tipo de trabalho. Ele faz o seu trabalho fielmente, ajuda os hóspedes, carrega os doentes e acalma os furiosos. Às vezes eu sinto que ele tem muita vontade de repreender algum dos hóspedes, como se costuma fazer no exército, mas toda vez que a raiva cresce dentro dele, ele baixa o tom de voz e restringe suas palavras. Nunca ele ergueu a mão contra um hóspede rebelde. Eu, de minha parte, aprendi a aparecer no hotel com roupas limpas e com sapatos engraxados. Rudolf me vigia com seus olhos de águia e nunca faz nenhum comentário sobre esse assunto. Mas meu amigo Max, por algum motivo, não é cuidadoso com sua roupa e Rudolf o repreende de tempos em tempos. Suas reprimendas são cheias de ódio, é preciso dizer.

Entrementes, Drucker fez um gesto belíssimo: trouxe à montanha um caminhão cheio de pacotes de comida *kascher*[13] para o Pessakh, e agora os pacotes são distribuídos segundo uma lista em ordem alfabética.

Dentro de mais uma semana será Pessakh. O frio passa por entre as bancas, porém, os pacotes que contêm *matzot*[14] e vinho já espalharam muita alegria entre os pobres. Drucker não se vangloria de seu gesto, porém, os pobres e os miseráveis veem nele um pai misericordioso, e cada vez que ele aparece na rua ou na casa de orações eles pedem para beijar a mão dele. Drucker recua diante disso. Agora, quando ele passa na rua, eles agitam suas bengalas e muletas e gritam: "Drucker, Rei de Israel".

13 Que significa adequado, conveniente, usado principalmente, mas não exclusivamente, em referência à alimentação que segue as regras dietéticas estabelecidas na *Bíblia* e pela tradição.

14 Plural de *matzá*, pão ázimo.

25

Às vezes me parece que o mais coitado de todos aqui é o sr. Laufer. É um homem alto e de boa aparência, que à primeira vista parece um comerciante bem estabelecido que veio para visitar o mercado. Não sei como veio parar aqui. Seja como for, durante a maior parte do dia ele permanece nas ruas, no café ou no clube de xadrez, e adverte a todos sobre o desastre iminente. Quando fica parado na rua, fazendo suas advertências, toma uma postura ereta e parece algum padre que percorre as aldeias e faz pregações aos camponeses. Há padres assim que aparecem por aqui de tempos em tempos. Todos os dias ele se levanta para advertir a todos de que Hitler é uma ameaça não só para os judeus, mas para toda a humanidade. Suas palavras soam distantes e remotas, como se não tivessem nenhuma ligação com esse lugar. No café e no clube de xadrez discutem com ele e lhe dizem que nem mesmo Napoleão conseguiu chegar a essa montanha.

Às vezes, quando retoma a calma, ele se senta no café e cochicha com as pessoas em voz baixa, como se tivesse se esquecido de sua missão. O sr. Laufer, é evidente, pertence à família Laufer, conhecida por sua riqueza. Mas sua riqueza se foi. Ele certamente se hospeda no nosso hotel, mas vive modestamente. Não tem serviçais, e suas refeições, ele as faz fora do hotel: compra sanduíches numa banca ou frutas no mercado.

No começo, ele argumentava contra o homem milagroso. Desde que o viu pessoalmente, não diz mais nada que possa ofendê-lo. Certa vez eu o ouvi dizer: "Esse homem chegou até nós de um outro tempo. Tentei contar a ele sobre Hitler, mas ao que parece ele também não ouve. Se ele ouvisse, se ergueria de sua surdez e gritaria: 'Hitler é o perigo, e não a melancolia. Voluntariem-se para divulgar e não fiquem escravizados pelos seus próprios umbigos. Há coisas mais importantes no mundo do que os sussurros da melancolia'".

Os três irmãos, ao que parece, acreditam no homem milagroso. Com o passar do tempo de sua permanência no hotel, fiquei sabendo que os dois irmãos saudáveis também sofrem um pouco de melancolia, e que eles também pediram ajuda ao homem milagroso. Também a eles ele ordenou aprender as letras hebraicas e algumas rezas breves. Suponho que os irmãos ficarão aqui por pelo menos uma estação inteira. Já percebi: o homem milagroso não produz milagres aqui, ainda que se fale disso. A quem vem para cá, ele pede para permanecer por algum tempo. Como já disse, há pessoas que ficam aqui por uma estação, por duas estações, às vezes por um ano inteiro. De manhã, o hotel mais parece uma escola onde se ensina letras exóticas e onde se repetem preces. O aprendizado das letras é um dos primeiros deveres que o homem milagroso impõe aos que vêm a ele.

Um outro assunto: o esquecimento. O esquecimento é a raiz e a causa de muitas doenças, segundo o homem milagroso. Há judeus cujo esquecimento chega até o fundo do poço. Por dias inteiros o homem milagroso chora por causa do esquecimento. Várias vezes foi ouvido gritando: "O esquecimento, o esquecimento!" Vêm aqui pessoas que já há duas gerações estavam afastadas do judaísmo e da *Torá* dos judeus. E há outros que até esqueceram que uma vez foram judeus.

O homem milagroso pede a eles, primeiro, que aprendam as letras e, em alguns dias, preces breves. Uma vez ele surpreendeu os irmãos: voltou-se para eles e lhes disse: "Leiam o Graetz, leiam o Dubnow[15]. Também eles contam o que foi feito a nosso povo. Até eles ensinam a amar aos judeus. Sem amor aos judeus, não há conserto para nós".

O homem milagroso é um velho digno, cego e fraco. Mas há dias em que ele desperta, se levanta de sua cama e se senta na cadeira. Há algumas semanas ouviram-no voltar-se para um judeu e dizer: "Tirei de você todas as roupas estrangeiras, todas as perplexidades. Agora você é um judeu em todos os seus 248 órgãos[16]".

"Ainda assim, tenho medo de descer daqui", disse o homem com voz trêmula.

"Você não tem o que temer."

"E não esqueça as rezas."

"As rezas já habitam todos os seus órgãos. Ainda que você se esqueça, seus órgãos não esquecerão. Seus órgãos sabem que não existe lugar onde Deus não esteja."

"Por que, se é assim, eu tenho medo?"

"Você tem medo do esquecimento. O esquecimento seduziu você e afastou você de você mesmo. Mas agora você está outra vez consigo mesmo."

"Obrigado", disse o homem com voz fraca.

"Não me agradeça."

A voz era clara e todos a ouviram, mas não muitos entenderam. Quando contei isso a meu amigo Max, ele não acreditou em mim. Me acontece, às vezes, ouvir claramente coisas que os outros não ouvem, ou que eles ouvem de maneira diferente.

15 Dubnow e Graetz foram historiadores judeus que publicaram histórias do povo judeu em vários volumes, no fim do século XIX. Formados na tradição germânica da *Wissenschaft des Judentums*, eles têm uma visão científica e antirreligiosa que privilegia os aspectos éticos da tradição judaica e repudia todos os aspectos irracionais da vida religiosa.

16 Segundo a tradição talmúdica, os seres humanos têm, ao todo, 248 órgãos.

26

Como se diz, assim como plantei, colhi. Certa noite Hanna me contou que recebeu uma carta de sua irmã, e que sua irmã lhe pedia para voltar para casa. O pai delas estava doente e desenganado.

Não sabia o que dizer, e perguntei: "E você vai?"

"E o que eu posso fazer?"

"Não viajar", e todos os meus músculos se retesaram.

"Venha comigo", ela disse, com delicadeza.

A dor me torturou a noite inteira. O pensamento de que Hanna voltaria para o vale, me abandonaria e me esqueceria, penetrou pelos meus dedos e os meus punhos se fecharam. Me levantei da cama. Hanna me olhou e indagou: "O que eu posso fazer?"

Cada vez que eu sinto um desastre se aproximar, minha gagueira se agrava. Não consigo pronunciar uma palavra sequer. Numa hora assim, se um homem mau me maltrata, ou se um jovem caçoa de mim, eu o espanco. Mais de uma vez persegui algum menino e bati nele. Mas agora dou voltas na montanha correndo, e me exercito na sala de ginástica. Duas ou três horas de treino e minha raiva está curada.

Ontem à noite estava sentado junto à mesa, e copiava o primeiro verso da prece da noite. Subitamente senti algo que nunca sentira antes - uma espécie de alegria. Não entendia o que estava copiando, mas o simples ato de copiar provocava uma comoção na minha alma. Hanna sentiu minha alegria e perguntou: "O que está acontecendo?" Não sabia como explicar a ela e disse: "Nada".

Na manhã seguinte, a alegria não voltou. Copiei e fui para o trabalho. Desde que Hanna anunciou que sua irmã lhe mandou uma carta, minhas palavras estão desaparecendo, minha garganta está encolhida e cada vez que quero dizer uma coisa minhas mãos fechadas querem ajudar, mas elas não me ajudam. Eu sinto que o meu corpo tenso reforça a minha gagueira e fico como uma coisa envergonhada. Um corpo como o meu não combina com gagueira, ao que parece. Se eu tivesse um corpo mais delgado ou mais baixo, a gagueira combinaria com o meu corpo. O corpo, por todos os demônios, em vez de me ajudar, como ele faz de tempos em tempos, torna-se um obstáculo para mim, estica minhas cordas vocais e fecha a minha boca.

Nós nunca falamos sobre o pai doente de Hanna, porém, a doença dele paira sobre nossa casa como uma nuvem permanente. Para esquecer a ameaça todas as semanas dou uma nota de dinheiro à minha babá. A mulher aceita a esmola de minha mão e me abençoa: "Meu bom filho, que Deus te abençoe com a fala certa". Depois vou à casa de orações. Mudos e gagos não são bem-vindos na casa de orações. Várias vezes os que rezavam atacaram um mudo, simplesmente porque ele lhes parecia não ter fé na oração. Eu vou à casa de orações para tentar impedir a partida de Hanna. Nos últimos dias, Hanna lava as minhas roupas e logo em seguida as passa. Às vezes me parece que os pensamentos dela estão em outro lugar. Se eu tivesse palavras, não deixaria de persuadi-la, mas como não as tenho, fico parado como um Golem[17], e mordo meus lábios.

17 Criatura de forma humana, feita de barro e animada por meio de uma fórmula encantatória, do folclore judaico da Europa Central.

“Não vá”, brotaram as palavras de meu corpo.

“Recebi outra carta. O que posso fazer?”

À noite sonhei que um rio negro separava Hanna de mim. No rio, flutuavam balsas cheias de soldados e de equipamentos. Laufer estava postado à beira do rio e gritava: “Eu disse a vocês, e vocês não acreditaram em mim, caçoaram de mim. Esses soldados são apenas a linha de frente. Depois deles, virão as tropas”.

Despertei do pesadelo e o contei a Hanna. Hanna olhou para mim e disse: “Nós ficaremos sempre juntos, nem mesmo um rio negro nos separará. Você virá me visitar e eu virei visitar você”.

Por algum motivo eu disse: “Agora eu gosto de copiar os versos da oração”.

“A oração é um presente do além. Preste atenção nela.”

Quis chorar, mas me controlei. Calcei os sapatos e saí para correr em volta da montanha. Corri e com facilidade cobri a distância. E por um instante me pareceu que se eu corresse todos os dias, minha garganta se abriria e as palavras fluiriam de minha boca e assim eu poderia dizer a Hanna: “Não desça para o vale, o vale é perigoso, do vale não é possível escapar. Permaneça aqui e cuidarei de você”.

27

O Seder[18] nós celebramos sem palavras. Algumas vezes eu tentei dizer o Kidusch[19], porém as palavras ficaram presas na minha boca. Hanna fez as bênçãos em meu lugar e a voz dela me emocionou. Lembrei-me, subitamente, dos conselhos do professor Altschüller, o falecido: o conselho dele era falar em voz baixa e às vezes era útil. Contei para Hanna sobre os três irmãos, sobre Drucker, sobre Laufer. Hanna prestou atenção e perguntou sobre eles. Conversar sempre me aproxima dela.

Em algumas casas ainda estão celebrando o Seder, abençoando e lendo a *Hagadá*[20], mas na maior parte das casas já não há mais qualquer lembrança da festa. O clube de xadrez e o café estão abertos. Só o bar fecha nas festas. Hanna e eu estávamos alegres por celebrar a festa juntos. A festa sempre traz consigo algo como uma brisa fresca. Mas o que fazer? Hanna também tem dificuldades em ler as letras hebraicas. Eu leio e paro. Ainda assim, a refeição foi festiva. A fala, que voltara a mim de maneira parcial, quase compensava a minha vergonha.

18 Jantar ritual de Pessakh.
19 Bênção sobre o vinho.
20 Livro que contém a história da libertação dos judeus do cativeiro no Egito, liderados por Moisés, e as rezas apropriadas para o jantar de Pessakh.

Depois do Seder, me pareceu que Hanna estava adiando sua partida. Ela continuava a lavar e passar, a caiar as paredes e a pintar as prateleiras, mas não de maneira febril, como antes. Ela não voltou a dizer: "A casa precisa estar limpa". Eu fiz de tudo para tentar convencê-la. Comprei um casaco de pele para ela. Hanna ralhou comigo e, mais tarde, caiu no choro.

Então, o dono do hotel me chamou, me disse que estava satisfeito com meu trabalho e que aumentaria o meu salário. O dono do hotel não é daqui. Há alguns anos ele veio para cá porque sofria de períodos difíceis de depressão. Na juventude, ele estudou engenharia, mas as depressões recorrentes abatiam sua vontade e ele parou de estudar. Seus pais o levaram de clínica em clínica. Ao final, veio ter com o homem milagroso, hospedou-se num hotel pobre e cumpriu as instruções dele. O tempo foi passando e ele se acostumou ao lugar. Depois de dois anos de permanência na montanha, comprou uma construção dilapidada e estabeleceu o hotel. O hotel dele é a fama do lugar. Ainda hoje ele não é um homem de muitas palavras, mas o que ele faz se vê por seu hotel. Os quartos são espaçosos, limpos e com vista para o horizonte. As refeições são simples, porém nutritivas. Ele costuma dizer: "Dê primeiro ao corpo o que ele precisa. Um corpo doente não pode servir de morada para a alma". Todas as vezes que falam do homem milagroso, ele inclina sua cabeça. Parece que o respeito dele pelo velho não tem limites. Uma vez ao mês ele vai vê-lo. E quando volta de lá, uma luz resplandece no seu rosto.

Voltei cedo e contei a Hanna que o dono do hotel aumentou meu salário. Não sei o que fazer para persuadi-la, o que lhe comprar para convencer seu coração. Hanna não diz mais: "O que eu posso fazer?" Ela limpa a casa e os preparativos dela me deprimem. Eu sei que, um dia desses, ela vai partir e vai me deixar: "Eu sou obrigada a descer. Adiei a descida tanto quanto pude. Agora não há jeito". Meus pensamentos deixam meu corpo tenso, retêm as poucas palavras que há em minha boca, e temo que se um menino me desafiar eu o espancarei.

Nenhum menino me provocou, mas um dos hóspedes, que ouviu a minha gagueira, se enfureceu comigo e gritou: "Vá embora daqui, demônio". Não sei se foram os gritos dele ou a palavra demônio, ou se foi o tapa que ele me deu, mas imediatamente o meu punho se cerrou. Seja como for, dei um soco nele.

Por sorte Rudolf, que estava na entrada do hotel, viu tudo e testemunhou. Em todas as estações do ano encontra-se aqui algum hóspede irritadiço, a quem minha gagueira tira do sério. Na maior parte das vezes, ele me ataca de maneira súbita, de algum canto escondido, ou ao sair de repente do banheiro. Eu me assusto, seguro o hóspede e saio, mas às vezes, em vez de me atacar de surpresa, um hóspede se põe a correr atrás de mim e me xinga. O conselho de Rudolf é deixar para lá o louco, que ele se acalmará. Mas dessa vez não fui eu que reagi, e sim minhas mãos que se fecharam.

O hóspede, é claro, se queixou e Rudolf testemunhou a meu favor. O dono do hotel não reclamou comigo, mas fez uma observação que me causou muita dor. Ele disse: "Quando um hóspede está irritado ou nervoso, não fale com ele. Ouça e faça exatamente o que ele está pedindo, não reaja". Fiz que sim com a cabeça, porém, em meu coração, eu disse: "mais uma semana e eu vou pegar Hanna e nós vamos para Czernowitz. Em Czernowitz vou me inscrever no clube de esportes Spartacus. Um jogador de futebol não precisa falar. Vou avançar em direção ao gol como uma pantera".

28

No dia seguinte, quando voltei para casa, encontrei um bilhete sobre a mesa. No bilhete estava escrito em letras de forma nítidas: "Me perdoe, vieram me buscar e fui obrigada a viajar. Se quiser vir para junto de mim, não hesite. Amo você. Hanna".

As letras nítidas me golpearam. Li e voltei a ler o bilhete. A mensagem era clara, mas recusava-se a entrar em minha cabeça. Abri a porta e dei a volta na casa. O quintal estava como sempre, só mais limpo. O ancinho, a pá e as outras ferramentas de jardim estavam encostadas na parede. Hanna também estava ali, ainda que agora sua presença estivesse vestida de uma espécie de espiritualidade.

Voltei para casa. Voltei a ler o bilhete. Só então a notícia começou a penetrar em mim e os meus punhos se cerraram. O pensamento de que Hanna agora percorria a estrada em direção ao vale, que fugia de mim, me encheu de ódio.

Não sabia o que fazer e voltei para o hotel. Na estrada, encontrei minha babá e dei uma nota de dinheiro a ela. Ela agarrou minha mão e a beijou. Um cheiro desagradável de gordura emanava de suas roupas.

Laufer estava perto do café com uma lanterna na mão, e falava com raiva de todos aqueles que ignoravam o desastre iminente. As pessoas se afastavam dele, mas sua raiva era compreensível para mim, e por algum motivo me parecia que eu compreendia o que ele dizia.

Dessa vez ele não se parece com um padre de aldeia, e sim com um líder comunista do lugar, daqueles que, no Primeiro de Maio, sobem ao palco e discursam.

Na entrada do hotel Rudolf me aguardava e perguntou: "O que aconteceu?"

Contei-lhe.

"Ela é uma madrasta. O que você pode esperar de uma madrasta?"

Me arrependi de ter revelado a ele esse segredo.

Para todas as situações, Rudolf sempre tem um ditado ou uma frase feita. Às vezes me parece que a vida dele vai se desenrolando por meio dos ditados que estão armazenados em sua cabeça. É muito difícil fazê-lo sair de si. Todas as vezes que a raiva toma conta dele, ele sai para o corredor, abaixa a cabeça e murmura. Uma vez ele relinchou como um cavalo e me assustou.

Procurei meu amigo Max e não o encontrei. Fui para o café. O que significa "se você quiser vir, não hesite"? Ao lembrar outra vez do que Hanna escrevera para mim, minha ira tornou-se, mais uma vez, febril.

O café estava totalmente lotado. Em volta da mesa de Drucker as pessoas se amontoavam e o bajulavam. Drucker é quem sustenta o asilo de velhos, a sinagoga e a cozinha para os pobres. A cozinha, para dizer a verdade, depende totalmente do dinheiro dele. Uma vez por semana ele vai sozinho à cozinha, espera na fila e estende o prato à servente, como se fosse um dos pobres. Uma vez eu o ouvi dizer: "O que vocês querem do homem milagroso? Ele se preocupa com muitas pessoas, se solidariza com elas e com os doentes entre elas. O que mais se pode querer dele?"

"Ele divulga ilusões, queremos que ele pare de divulgar ilusões", disse alguém, com voz rude.

Quanto a mim, não sei dizer no que o homem milagroso me ajudou. Copio, três vezes por dia, o primeiro versículo das orações. Nos últimos dias senti que as letras iluminam o meu rosto e que a escrita flui, mas agora eu não sei. Agora, me parece que não tenho vontade própria.

Estava sentado no café e engoli dois copos de café, um em cima do outro. O café preto me despertou e vi que a maior parte dos que estavam sentados aqui eram hóspedes do hotel. Eles tomam café ou bebem um copinho de conhaque, tão compenetrados como se não estivessem rodeados de gente. Eu também estava mergulhado nos meus problemas e em meu coração eu rezava para que o café não fechasse, e para que eu pudesse ficar sentado ali até o amanhecer.

Apesar disso, o café fechou, e depois de sair fiquei parado na rua vazia. Vi minha casa escura de longe. Não queria me aproximar dali. A raiva que, no início, me fazia correr de lugar em lugar, me transtornava. Me sentei e caí em sono profundo.

Em meus sonhos vi Hanna vestida com um vestido verde, de pé na entrada da casa acenando com a mão. Ela me chamava de volta para casa, como costumava fazer de tempos em tempos, quando eu esquecia de vestir meu suéter ou esquecia de apanhar meu sanduíche. Corri em direção a ela, como gostava de fazer. Não aconteceu nada, percebi imediatamente, e decidi voltar para casa. "Não podemos viver separados." As palavras dela me sufocavam. Me ajoelhei e abracei as pernas dela. "Levante-se, não faça isso", ela disse, e acariciou minha cabeça.

29

Quando acordei, luzes já despontavam no céu. Vi a nossa casa. Vi que Hanna não estava lá, e ainda assim me levantei e fui. A casa estava como eu a deixara, o bilhete sobre a mesa. Me aproximei do forno para acendê-lo, mas imediatamente recuei e saí para a rua. Fui em direção ao hotel. O frio da noite, que estava dentro do meu corpo, segurava os meus passos e eu avançava devagar. Alguns pobres se dirigiam à sinagoga. A praça do mercado estava vazia. Me veio à mente que, se eu apertasse o passo, poderia chegar ao vale à noitinha. Não entraria na casa de Hanna. Faria uma emboscada e a capturaria. Esse pensamento me divertiu por um instante.

Rudolf não estava satisfeito com minha aparência e imediatamente disse: "Por que suas roupas estão amarrotadas? Um soldado não se apresenta com roupas amarrotadas". Quis dizer para ele: "Por que você joga sal na minha ferida? Hanna me abandonou e foi para junto das irmãs dela". Evidentemente, não disse nenhuma palavra. Inclinei minha cabeça como um soldado que é repreendido.

Vi, então, meu amigo Max. Seu rosto estava ferido e em sua camisa havia duas manchas de sangue. Durante a noite um dos hóspedes o atacou e o feriu. Max se defendeu, porém o hóspede era mais forte do que ele. Hóspedes nervosos não faltam aqui. Justamente os mais silenciosos e introvertidos são os mais perigosos. A gagueira de Max é mais leve do que a minha, e apesar disso ele tira as pessoas do sério. Dessa vez, o dono do hotel tomou o partido de Max e disse ao hóspede para deixar o hotel imediatamente. Primeiro, o hóspede se revoltou. Depois arrumou suas malas e saiu, não sem advertir: "Os demônios aqui se multiplicam em todos os lugares, e não os homens. Também o homem milagroso de vocês não é outra coisa senão um impostor". O enfermeiro veio e colocou sobre a mesa as bandagens, o álcool e o iodo e começou seu trabalho. Nosso enfermeiro não é um homem comum. Seus cabelos são compridos e loiros, seus ombros são largos e ele se parece com o bedel da escola local. Por muitos anos, ele foi enfermeiro nas aldeias e lá pegou essa aparência estrangeira.

"Não tenha medo, o enfermeiro não vai matar você", ele diz, antes de começar seus procedimentos. Se um homem reclama, ele diz: "Não fica bem para um homem gritar".

"Algum tipo de animal malvado atacou você?" ele perguntou diretamente para Max.

Max tentou lhe explicar, mas como estava nervoso, sufocou-se. Rudolf veio ajudá-lo e explicou ao enfermeiro. E completou: "Expulsamos o furioso da nossa tropa, por sorte sem ter que passar pelo tribunal".

"De que tropa?", perguntou o enfermeiro.

"Que comentário! Da tropa de elite."

Nos últimos tempos, para divertir-se e para divertir o público, Rudolf usa o vocabulário do exército. As pessoas que estão sob seu comando ele trata de "comandantes"; o hotel ele chama de "tropa de elite"; e se um trabalhador não se apresenta no horário ele diz: "Atrasado para a ordem unida".

O enfermeiro cuida de Max por quinze minutos. Max comporta-se como um soldado e não emite uma sílaba sequer. Rudolf está satisfeito com seu comportamento e o chama de "soldado exemplar".

"Leve-o para o café e convide-o a tomar um copo de café forte", ordenou Rudolf.

"Imediatamente", eu disse, e me alegrei por ele ter me designado para essa tarefa.

"Também com bolo", completou, "tudo por minha conta!"

Os curativos e o iodo mudaram a aparência de Max. Ele parecia um jovem soldado que volta da frente de batalha. Uma espécie de assombro congelou o rosto dele, e depois de darmos alguns passos ele perguntou: "Para onde estamos indo?" Para minha sorte, as palavras não ficaram retidas na minha boca, e eu disse: "Nós estamos indo para o café".

"Por quê?", ele arregalou por um instante os olhos.

"Lá tem café bom."

"Eu não quero ir", ele balançou a cabeça.

Sabia que ele estava atordoado e, para tirá-lo do choque, eu disse:

"De manhã eles servem café fresco e torta de ricota, direto do forno."

"E nós vamos lá tomar o café da manhã?", ele despertou subitamente.

"Certo."

"Nunca tomei café ali."

"Tomaremos juntos", eu disse, para encorajá-lo.

30

Na manhã seguinte, houve uma briga feia entre os mercadores de animais locais e os mercadores de animais vindos do vale. Primeiro, a polícia tentou apartá-los. Por fim, trouxeram cães e prenderam os beligerantes.

Depois que os presos foram levados, o enfermeiro tratou de alguns feridos, e um deles foi levado para o vale, para ser atendido pelo médico. Rudolf estava satisfeito. Todas as vezes em que há força em ação, ele fica satisfeito e murmura: "Os discursos me entristecem. As explicações e os comentários me tiram do sério. A briga é o alívio real". Às vezes eu também sinto que não é só a minha fala que está bloqueada, mas que também as forças de meu corpo estão presas. Se minhas forças não estivessem aprisionadas, eu roubaria um par de cavalos, desceria para o vale, libertaria Hanna dos seus sequestradores com minhas próprias mãos e a traria de volta. No bilhete que deixou, ela escreveu: "Vieram me buscar e fui obrigada a viajar". Isso significa que ela não viajou por vontade própria, e sim que a pegaram à força.

Enquanto isso, tenho muito trabalho. Os irmãos decidiram voltar para casa. "Não é tempo de melancolia", proclamou o irmão mais jovem, com uma espécie de alegria assustadora.

“O mundo está uma confusão e nós ficamos deitados aqui, mimando nossa melancolia. É hora de tomar coragem, é hora de agir”. O irmão do meio, por quem vieram para cá, olha para o irmão mais jovem com uma certa admiração juvenil, como se estivesse ouvindo coisas que nunca ouvira antes.

Lamentei. Eles sempre gostaram de mim e sempre me olharam com atenção, como se eu não fosse um jovem mensageiro e sim um parente próximo e querido. Nunca saía da frente deles sem uma moeda ou sem um presente. Um dia antes da partida, o irmão do meio me deu seu relógio de pulso e disse: “Eu tenho dois relógios em casa. Pegue, isso vai ajudar você”. Tive medo de estender a mão e pegar. O irmão colocou o relógio no meu pulso, atou a pulseira e disse: “Este é um bom relógio. Que seja uma alegria para você!”

À noite, eles saíram. Max e eu ajudamos o cocheiro a carregar as caixas e as malas. Depois que terminamos, meu corpo se encolheu e eu chorei. O dono do hotel, é claro, gostava deles e fez questão de mandar bebidas e uma torta de maçã para a viagem. O irmão mais novo, que tentava encorajar o irmão do meio, voltava sempre a dizer: “Você não pode se deixar levar pela melancolia. Há coisas mais urgentes do que a melancolia”.

“O quê, por exemplo?”, perguntou o irmão do meio, quase que provocando-o.

“A guerra, por exemplo.”

“A guerra vai acabar com a minha melancolia.”

“Eu suponho que sim.”

“Se for assim, está bem.”

O cocheiro ergueu o chicote e os cavalos saíram a galope para a estrada.

“Se algum dia eu for a Sudchawa, irei visitar os irmãos Rauchwerger”, disse em meu coração. Os rostos deles ainda ficaram pairando ante os meus olhos por algum tempo, até que se confundiram com os vapores da noite. Max entrou na cozinha e trouxe café e bolachas para nós dois. Ficamos sentados na penumbra, no corredor, e a tristeza com a partida dos irmãos recaiu sobre nós dois juntos, em silêncio. Eu não tinha vontade de voltar para casa, mas ainda assim voltei. A casa estava escura e silenciosa, como eu a deixara. Os dedos de Hanna eram reconhecíveis em todos os cantos. Voltei a ler o bilhete, e não tinha mais nenhuma dúvida de que ela não descera para o vale por sua própria vontade. Ela foi forçada e tinha sido obrigada a obedecer.

Me lembrei que já havia dois dias que eu não copiava as rezas no meu caderno e imediatamente me sentei junto à mesa para copiar. As letras hebraicas, grandes e quase desajeitadas, não eram agradáveis à vista. Voltei e li o que copiara e senti dores nas mãos e nas pernas. Bizarro, copiar sempre me causava dores, como se eu não estivesse escrevendo, e sim gravando em pedras. Para os gagos tudo custa esforços. Até mesmo escrever. Não dormi em casa. Voltei para o hotel. Max se alegrou comigo. As feridas no seu rosto cicatrizaram, mas as bandagens em volta de seu pescoço lhe dão uma aparência de homem violento. Falamos sobre os irmãos, de quem nós dois gostávamos. Eles foram obrigados a sair daqui por causa de preocupações com suas propriedades e por causa de seus pais idosos. Agora, eles correm de escritório em escritório e de agência em agência, preenchem formulários, pagam contas no banco, e a melancolia, à qual se dedicavam aqui nos últimos meses, os envolve silenciosamente.

31

Na manhã seguinte, encontrei uma carta sob a porta. "Me perdoe", escrevia Hanna, "por ter partido sem me despedir. Não consegui. Meu pai está muito doente e nós temos que nos revezar em turnos para cuidar dele. Os médicos não nos deram esperanças. É uma pena que nós não saibamos rezar numa hora como essa. Eu espero que você se cuide bem, que coma e aqueça a casa. Amo você. Hanna".

Todas as minhas dúvidas, suspeitas e a minha raiva desapareceram num instante. Tristeza e saudades tomaram conta de mim.

Não conseguia ficar sentado em casa e saí para correr em volta da montanha. Dei duas voltas e entrei no café. A saudade voltou e me inundou, mas não lhe dei atenção. Fiz uma lista de mantimentos e, sem me demorar, fui à mercearia. Comprei também papel de embrulho e um baú pequeno. Na hora do almoço, o baú já estava arrumado e amarrado com corda. O cocheiro me garantiu que ainda à noite o pacote estaria nas mãos de Hanna. Me alegrei e disse: "Essa é uma grande *mitzvá*[21]", e

21 Literalmente, mandamento. Refere-se aos preceitos éticos enunciados na *Bíblia* hebraica.

por um instante me admirei que essa sentença tivesse saído de minha boca.

Voltei para casa e me sentei para escrever uma carta para Hanna. Primeiro me pareceu que me seria fácil escrever. Enganei-me. As palavras não combinavam, ou soavam diferentes, como se a gagueira tivesse passado para as palavras escritas. Voltei a tentar mais uma vez, mas também minha segunda tentativa não deu certo. Por fim escrevi: "Hanna, você me abandonou", e imediatamente percebi que isso não era uma carta e sim um grito de desespero. Pousei a caneta sobre o papel.

No caminho para o hotel, encontrei Laufer. Ele tomara alguns copinhos no bar e estava num estado de espírito exaltado. Me parecia que ele ia perguntar como eu estava. Enganei-me outra vez. Assuntos particulares não lhe interessavam. Ele estava inteiramente comprometido com sua missão: advertir as pessoas sobre o desastre iminente. Ele voltou-se para mim também e me perguntou se eu estava disposto a me tornar um voluntário nessa tarefa importante. Concordei, e ele então disse algo que me comoveu muito: "As pessoas estão mergulhadas em si mesmas, em suas preocupações, em suas doenças, não veem que o mundo está voltando ao caos. Agora não é tempo de cuidar do eu. Agora o homem tem que sair de dentro de si mesmo, de seu umbigo, para unir-se à comunidade. O coletivo é mais importante do que o particular, você concorda comigo?"

Fiz que sim com a cabeça.

"As pessoas correm para o homem milagroso e lhe sussurram: 'Sonhos ruins me tiraram o sono, outra vez mergulhei na melancolia.' O homem milagroso deveria lhes dizer: 'Não é tempo para você mesmo'".

Quis dizer a ele: o homem milagroso fala sempre sobre a comunidade de Israel. Até mesmo para mim ele disse: "copie um verso da reza e você se unirá à comunidade de Israel". Eu quis falar, mas não falei. O que fazer, estou sem palavras. Qualquer surpresa ou qualquer susto me deixam completamente mudo. Laufer não me deixou ir embora. “Me diga”, disse ele, “por que as pessoas não compreendem que agora a comunidade é mais importante do que o particular. Cada um sozinho, o que é ele? Nada. Entenda-me! Nada!”

Nem todos concordam com Laufer. Há alguns dias, um dos hóspedes explodiu diante dele e disse: “O mundo se sustenta sobre o indivíduo, para o inferno com a sua comunidade. Sem o eu não existe mundo. A multidão não me interessa”.

Discussões, como se sabe, não terminam com explicações nem com entendimentos. Na maior parte das vezes, acabam em palavras duras e ranger de dentes. Também essa discussão terminou com insultos, não da parte de Laufer. O homem que perdeu as estribeiras não sossegou antes de lhe dizer: “Eu desprezo você”.

Para minha sorte, dois hóspedes se aproximaram de nós, e Laufer pediu para ser apresentado a eles. Eles ficaram um pouco surpresos com a maneira direta dele, porém pararam e obedeceram. Ao final um deles disse: “Desculpe-nos pelo nosso egoísmo momentâneo. Agora precisamos muito de um copo de café. Depois de tomarmos um copo de café poderemos voltar e lhe dar atenção”.

“Fiquem à vontade”, disse Laufer, suavemente.

“Compreenda-nos, nosso egoísmo não vai até o céu e o infinito. Só um copo de café e um bolo de ricota. Não será por causa disso que seremos punidos no mundo vindouro.”

“De jeito nenhum”, disse Laufer, e sorriu.

“Ainda bem.”

“Será que eu poderia ir junto com vocês?”, perguntou Laufer gentilmente.

“Desculpe-nos. Temos que discutir um assunto particular, não um assunto comum. Quando terminarmos, voltaremos ao senhor, e então poderemos falar sobre os grandes temas. Se o senhor nos permitir...”

“Eu permito”, disse Laufer, inclinando a cabeça, como se estivesse sendo repreendido.

32

Outra vez tentei escrever a Hanna. Eu escrevo e apago. Me parece que as palavras não combinam direito, ou que elas estão exageradas. Antigamente, eu costumava surpreender Hanna, e usava palavras incomuns e Hanna dizia: "Você está exagerando". Algumas vezes me sentei para escrever para ela, mas as frases não saíam de minha mão. Em momentos de tristeza, parece que minha gagueira não fica limitada apenas à fala, mas que também chega à escrita. Só a minha mão e os meus pés fazem o que eu lhes mando fazer.

Outra vez houve briga entre os mercadores de animais. Desta vez os currais se abriram e os animais escaparam. Os mercadores correram atrás dos animais, mas os animais eram mais rápidos do que eles. Entraram nos quintais, nas ruínas, e alguns se soltaram na praça do mercado. Os comerciantes, furiosos, bateram nos animais com toda a força e no fim os prenderam.

Voltei para casa e me sentei para copiar o primeiro versículo da oração da tarde. Há tempos que tenho sido meticuloso com os horários da cópia. Hanna costumava me lembrar de copiar. Agora que não há mais Hanna, eu mesmo tenho que me lembrar. A casa, sem Hanna, parece uma casa de orações abandonada. É difícil para mim ficar aqui. Às vezes penso em acender velas que iluminem os quartos também quando não estou aqui.

Depois, voltei para o hotel. Tenho uma cama no depósito de ferramentas e durmo lá. Não é agradável dormir no depósito, porém a casa sem Hanna é uma estufa de pesadelos. Há uma semana, depois de copiar do *Sidur*, adormeci ainda sentado e imediatamente fui rodeado de espíritos. No depósito, tenho sonhos tranquilos com Hanna: ela segura o meu rosto com as mãos e diz: "Kuti, logo eu voltarei".

Perto do hotel vi Max. Depois do incidente, ele mudou. Às vezes o encontro atônito, ou dormindo no seu posto de trabalho. E sua gagueira também se agravou. Cada vezes que ele tenta dizer alguma coisa, seu pescoço e suas bochechas enrubescem, ele ergue as mãos para libertar a fala de sua boca, e imediatamente as deixa cair.

Eu corro por muitas horas, dou a volta na montanha duas vezes ao dia e me exercito. Nos últimos dias, há dois hóspedes que se exercitam na sala de ginástica. Um deles, que não é jovem, reclama nas minhas orelhas e diz: "É uma pena que não haja uma piscina aqui. Eu gosto de nadar e não de levantar pesos. Levantamento de pesos talvez seja bom para os desportistas, mas não para pessoas como eu. Em Czernowitz eu nado no rio Pruth no verão, e no outono e na primavera eu nado na pequena piscina aquecida que tenho em minha casa".

"Por que, se é assim, o senhor veio para cá?", eu quase perguntei. Foi como se o homem entendesse a minha intenção; ele disse: "Meu caro jovem, a intranquilidade nos tira de dentro das nossas casas. Nos disseram que aqui há um curandeiro fora do comum. Por acaso você ouviu falar dele?"

Sua maneira direta e inesperada de falar sufocou as palavras na minha boca e ainda assim consegui dizer: "Estive lá".

"Para tratar de assunto seu?"

Fiz que sim com a cabeça, ainda que não entendesse exatamente qual era a intenção dele.

“E isso foi útil para você?”

Outra vez assenti com a cabeça, para me abster de falar.

“Se é assim, então não me enganei”, disse o homem.

Na manhã seguinte, depois de copiar no caderno o primeiro versículo da oração da manhã, resolvi escrever uma carta breve para Hanna. “Cara Hanna”, escrevi. “Esta noite sonhei que seu pai sarou e que você voltou para mim. A casa está como você a deixou. Vou cuidar para nada mudar por aqui. Cada vez que uma carruagem se aproxima da montanha me parece que você está voltando para mim. Em sua casa também se fala da guerra iminente? Amo você. Kuti”.

Pela primeira vez em minha vida consegui escrever o que meu coração pedia. Estava emocionado e corri para a praça dos cocheiros para enviar a carta por um cocheiro que desce à noite para o vale.

Ainda no mesmo dia, fui à casa do homem milagroso e marquei uma hora para vê-lo. O vigia me viu e se lembrava de meu nome. Dei a ele uma nota de dinheiro, e ele marcou um dia e uma hora para mim, escrevendo meu nome no caderno de registros.

A caminho do hotel, compreendi que devo ficar aqui para sempre, cuidar da casa e enviar mantimentos para Hanna todas as semanas. Senti que o pai doente de Hanna e também as irmãs dela se aproximariam de mim, que não mais seriam estranhos, e que, se a situação deles piorasse, poderia ser que viessem morar conosco. Esse pensamento me livrou da minha tristeza e me alegrou.

33

Depois disso, chegou o verão. Os céus se abriram e as montanhas altas dos Cárpatos, cheias de florestas densas, mergulharam num azul profundo e despertaram no meu coração a sensação de que permaneceriam assim para todo o sempre. Os turistas mudariam, eu viajaria para Czernowitz e de Czernowitz sabe-se lá para onde, mas os Cárpatos permaneceriam para sempre mergulhados naquele azul, e através de suas nuvens brilharia uma luz misteriosa.

Os novos hóspedes, que vinham de lugares distantes, subiram num dos picos, admiraram-se com a vista maravilhosa e exclamaram: "Um paraíso! Um paraíso na terra!" Cada vez que um grupo de hóspedes novos se reúne, Rudolf os leva numa excursão para um dos picos e lhes mostra as maravilhas das nossas montanhas. Rudolf, como se sabe, não é um homem de palavras e de explicações. Mas o ar livre e o ar puro o fazem lembrar-se dos dias do exército e, então, palavras daqueles tempos voltam à sua boca. Ele conta aos novos hóspedes os nomes das montanhas, e conta quando esses nomes foram inventados, e diz os nomes dos rios que correm por ali. Se está com o ânimo exaltado, conta um pouco da história do lugar, fala sobre os turcos depravados e, especialmente, sobre o Império Austro-húngaro. Rudolf, como se sabe, é um remanescente dos partidários do Império que desapareceu, e não apenas por causa de seu serviço no exército por cinco anos consecutivos, mas também por causa dos bons costumes que o *Kaiser* Franz Joseph cultivou no coração de todos os habitantes do Império.

Certa vez eu também acompanhei os turistas e prestei atenção à conversa deles. Eles me pareciam, por algum motivo, pessoas que perderam seus caminhos e que sua estadia aqui era só uma parada em suas buscas. Eles faziam perguntas e Rudolf - que normalmente é lacônico - se estendia em suas respostas. Já reparei: ele usa palavras como "azimute", "navegação", "territórios mortos", e assim por diante. Palavras que, evidentemente, usava no exército. Essas palavras diferentes despertavam a curiosidade dos turistas e eles voltavam sempre a perguntar detalhes, como se não tivessem vindo aqui para deleitar os seus olhos com a paisagem e sim para aprender os segredos dessas montanhas azuis.

Às vezes o azul que brilha das montanhas me parecia um veneno. Várias vezes vi turistas nos quais a visão dos Cárpatos provocava uma embriaguez profunda. Eles riam alto, diziam nomes diferentes, caíam no chão. Rudolf, deve-se dizer, tem o mérito de ser um homem de ação. As palavras "milagre", "misterioso", e outras palavras dessa mesma categoria, não se encontram no seu vocabulário. Ele fala sobre a altura das montanhas, sobre as plantas e sobre os animais. Mas ele não diz uma palavra sobre o azul e nem sobre o seu brilho. Certa vez, ele me disse: "Só os loucos falam a respeito das cores e sobre o que elas criam. Eu não entendo pessoas assim. Se um homem quer se alegrar, que fale sobre uma boa refeição, sobre um copinho de conhaque francês, sobre um *steak* bem escolhido. Mas não sobre cores. O que é essa coisa de gente mimada, essa frivolidade? Na minha companhia, havia um soldado, um judeu evidentemente, que todo o tempo falava sobre cores".

Evidentemente que o lugar de Rudolf não era aqui. Ele pertence ao exército, à ordem, aos treinamentos. O lugar dele é nos campos, nos exercícios, nas trincheiras, ou na sela de um cavalo de ânimo corajoso. Ele não suporta as histórias de gente mimada e nem seus caprichos. Para não falar de discursos incompreensíveis.

Várias vezes ouvi Rudolf dizer: "Eles precisavam ser chamados para uma ordem unida, precisavam ser treinados nos campos de treinamento e, à meia-noite, ser levados aos campos de combate. Eles não mais falariam de demônios e nem de espíritos, e não misturariam assunto com assunto. A cabeça deles funcionaria como um relógio suíço".

Às vezes, depois de uma noite de explosões, confusões e caprichos, esgota-se sua paciência. Insultos que, como se vê, ficaram muito tempo trancados dentro de sua boca, emergem de dentro dele numa torrente. E uma vez, num momento de grande fraqueza, ele se voltou a um dos hóspedes e lhe disse: "Fale sobre algum assunto objetivo e pare de me encher o saco!" O hóspede, espantado, voltou para seu quarto e só à noite foi queixar-se com o dono do hotel. O dono do hotel acalmou o hóspede, e lhe contou que Rudolf serviu por muitos anos no exército, tendo alcançado o grau de sargento, e que o que fizera era uma das grosserias habituais do exército, que não poderia ser levada a sério. Não se tratava de uma palavra intencional, mas simplesmente uma dessas expressões. O exército, como se sabe, é um criadouro de palavras grosseiras, mas apesar disso Rudolf é um homem correto, bem educado e pronto a ajudar a todos. Às vezes ele se esquece que não está no exército, e nós temos que lembrá-lo disso. O que se pode fazer, meu senhor, cada um de nós tem as suas fraquezas.

O hóspede escutou atentamente e por fim disse: "Ainda assim, não concordo!"

"O senhor está certo", disse o dono do hotel, "vou fazer uma anotação na carteira de trabalho dele."

"Eu agradeço ao senhor", disse o hóspede, satisfeito por ter sido ouvido, e também por ver que a justiça não falhou.

34

Há, dentre os hóspedes recém-chegados, alguns partidários das ideias de Laufer. Eles também pensam que Hitler não hesitará em expulsar os judeus e talvez também em prendê-los por algum tempo, porém eles não chegam ao pessimismo de Laufer. Sobre esse assunto, assim como sobre outros assuntos, há discussões ásperas na espaçosa sala de hóspedes do hotel. Enquanto as discussões seguem tranquilamente, Rudolf não se intromete. Mas quando a discussão se inflama, Rudolf aparece na porta e pede aos debatedores para se acalmarem. Quando seu aparecimento silencioso não produz resultados, ele levanta a voz e pede aos participantes da reunião para abaixarem as vozes. E quando esse seu pedido também não funciona, ele levanta uma outra voz, sua voz oculta de sargento. E as paredes tremem.

Nesses últimos dias, Laufer encontrou um novo argumento. Ele diz que o mundo inteiro está vendo o que Hitler está prestes a fazer, e que só os judeus enfiam a cabeça na areia e se recusam a ver. E o que Laufer diz não fica sem resposta: há hóspedes que têm explosões de raiva na frente dele e levantam os punhos. Laufer não vê o perigo que está ao seu lado. E continua a provocar.

Cada vez que o tumulto ameaça espalhar-se pelo hotel, eu fujo para casa e rezo para encontrar Hanna na porta de casa. Dessa vez, ela também não está ali. Mas havia uma carta dela debaixo da porta.

"Kuti, meu querido", ela escreveu, "não sei como agradecer pela caixa que você nos enviou. Foi realmente nossa salvação da desgraça da fome. Aqui nada mudou. Papai murmura, ardendo em febre e nos atordoa. Cuide de si mesmo e escreva para mim. Amo você. Hanna".

Não consegui ficar em casa. Fui para o café. O café não estava cheio. Me sentei junto à janela e contei as moedas que tinha comigo. Vi que tinha dinheiro suficiente para comprar mais uma caixa. Saber que Hanna agora estava sentada junto à cama de seu pai doente e ouvia seus murmúrios ardentes provocou um calafrio que me percorreu o corpo todo.

Do café, me dirigi à mercearia para comprar mantimentos. Para minha surpresa, a mercearia estava fechada e também as bancas do mercado, em volta, estavam desertas. O crepúsculo do verão, evidentemente, me enganara. Sua luz penetra nas profundezas da noite e às dez da noite tudo ainda está claro.

Não fui para casa para copiar do *Sidur*. Entrei no clube de xadrez. Uma grande tensão paira o tempo todo em volta das mesas. Meu amigo Dan me ensinou os movimentos das peças, naquele tempo em que estudávamos juntos. Porém, o jogo, o que fazer e o que não fazer, não aprendi. Mas gosto da tensão que acompanha o jogo de xadrez. Já reparei: no clube de xadrez não há discussões. Os jogadores votam toda a atenção para o movimento das peças no tabuleiro. Na maioria das vezes, as poucas palavras que pronunciam estão impregnadas de ódio irônico, ou de puro escárnio, ou são aforismos cheios de humor negro. Mas não se preocupe, ninguém nunca ergue os punhos. Às vezes, me parece que isso não é um clube social, e sim uma escola de sarcasmo. E um refúgio de casa. Assim, em várias ocasiões, uma mulher penetrou no clube e, em voz alta, insultou seu marido. Mas nem mesmo num momento catastrófico como esse um marido ergue o olhar do tabuleiro.

Depois que saí do clube, decidi ir para casa e copiar o primeiro versículo da prece da noite. Porém, no caminho, dei com Laufer discutindo com fervor com dois homens. Laufer argumentava que o perigo estava muito próximo e os dois homens protestavam e argumentavam que ele estava espalhando um pessimismo desnecessário por todo o lugar e que perturbava, confundia, e atrapalhava o sossego das pessoas.

Por fim, Laufer disse algum insulto, ou talvez alguma palavra que soou ofensiva. Eles exigiram desculpas dele. Ao ouvir essa exigência, Laufer estendeu as mãos e disse: "Por quê? O que eu fiz? Expressei a minha opinião". Sem dizer nada e sem continuar a discutir, eles o derrubaram no chão e começaram a bater nele. Laufer esperneava com movimentos ridículos e eles batiam e batiam.

Não fui capaz de me conter e intervi. Minha intervenção súbita os deteve e eles largaram a presa. Mas um deles, apesar disso, caiu sobre mim e recebeu de mim, ali mesmo, dois chutes. "Todos ficarão sabendo que os gagos não são criaturas desprovidas de vontade ou fracas", eu disse para mim mesmo, eu sabia que isso não era relevante. O meu chute, ao que parece, foi forte, pois o homem agarrou sua perna e se retorceu com muitas dores. Me arrependi de minha pressa, mas não me sujeitei a pedir desculpas.

35

Todos os dias chega gente à montanha, e mesmo que venham em carruagens elegantes, parecem, por algum motivo, refugiados. Rudolf os conduz ao pico e lhes explica a geografia do lugar e, como sempre, provoca-lhes certa surpresa quando eles ouvem os termos militares que ele introduz em seus discursos.

Na maioria das vezes, quando fala, Rudolf vai diretamente ao assunto. Mas às vezes lhe dá vontade de fazer algum gracejo e ele anuncia: de agora em diante, ginástica às sete horas, café da manhã às sete e meia, e ordem unida às oito horas. Acabaram-se as longas férias, doravante treinos e longas caminhadas. Por um instante, suas falas causam espanto, porém, não se passa muito tempo e todos compreendem que se trata de uma brincadeira. O riso ecoa por todos os lados.

Já reparei que os casais que chegam aqui, nos últimos tempos, não são casais comuns. Eles estão embriagados de amor, se abraçam e se beijam em todos os cantos e debaixo de todas as árvores. São casais de diferentes idades e é evidente que fugiram para cá. Seu novo refúgio os intoxica até a inconsciência. Muitas vezes, eles se excedem no bar, ficam até depois da meia-noite e, depois disso, não têm forças para andar. Acabam dormindo debaixo de alguma árvore.

Nos últimos meses, a vida aqui mudou sem o frio. O café e o bar ficam abarrotados até tarde da noite. O clube de xadrez funciona com lotação completa, e nas bancas compra-se tudo o que está à mão. Os boatos se insinuam, vindos de longe, e espalham uma espécie de temor obscuro. Todos comentam, exageram. Na verdade, tateiam como cegos, mas há alguns homens, como Laufer, como Drucker ou como Rudolf que sabem o que estão fazendo – ou ao menos assim parece.

Laufer argumenta e volta a argumentar que a Europa regrediu aos tempos mais obscuros e acha melhor fugir para a África, para a América do Sul, e logo. Agora não caçoam mais dele, mas desaparecem de sua frente. Um brilho realmente assustador flameja nos seus olhos. Sua voz se tornou apressada, ele engole as palavras e às vezes é sufocado por tanta pressa.

Drucker, por sua vez, tornou-se mais circunspecto diante dos acontecimentos das últimas semanas. Se antes ele não era de falar muito, agora, quase não fala. Porém, dissipa seu dinheiro a torto e a direito. Agora dá esmolas aos pobres não apenas na véspera do Schabat mas também no meio da semana, além das suas contribuições fixas. E se um homem se dirige a ele e lhe diz: "Sr. Drucker, vim parar aqui por engano e não tenho dinheiro para voltar para casa", ele põe sua mão no bolso e lhe dá dinheiro para a passagem de volta.

A postura de Rudolf, por sua vez, aprumou-se ainda mais. Ele está sempre ereto e sua fisionomia parece mesmo a de um sargento veterano. Ele insiste, com seriedade, que só falar não vai mudar em nada a vida dos hóspedes. Que se quiserem mudar, devem fazer ginástica pela manhã. Sem treinamento físico o homem perde o respeito por si mesmo. Até então, ele nunca expressava essas ideias ou, se o fazia, era só aos sussurros. Agora ele fala disso em voz alta. Há hóspedes que já se queixaram dele.

À hora do almoço, voltei para casa e copiei o primeiro versículo da oração *Minkhá*. Já reparei que a casa mudou.

Todos os móveis e todos os utensílios continuam exatamente no mesmo lugar em que Hanna os deixou. Não os movi nem mesmo um único centímetro. Porém, eles não têm vida como antes. É como se tivessem caído em sono profundo ou como se tivessem sido embalsamados.

Agora, me parece que a casa vive só por mérito dos versículos que eu copio três vezes ao dia. Se não fosse pela minha fala presa, traria Hanna de volta por meio da força da oração. Em meu coração eu sei: uma prece escrita não é uma prece, mas só a lembrança de uma prece. E ainda assim há nela algo da prece.

Pensar que Hanna estava cuidando de seu pai doente, e que às vezes dizia em seu coração, "por que não há prece em meu coração, por que as pessoas abrem livros, rezam e somente eu estou privada de oração?" - esse pensamento me causava dor.

Mas não dei atenção à dor. Corri para a mercearia e comprei uma caixa de mantimentos, a empacotei e amarrei com uma corda, e imediatamente a enviei por meio dos cocheiros que descem para o vale à noite.

"Quantas horas leva a viagem até o vale?", perguntei a um dos cocheiros.

"Seis ou sete horas, se não estiver chovendo."

"Se Hanna não voltar em breve, então irei para junto dela", disse para mim mesmo e saí para correr em volta da montanha. Depois da corrida, estava com fome. Entrei no café e pedi um sanduíche duplo e um copo de café. O sanduíche estava gostoso, mas eu o comi sem sentir seu sabor. Podia ir para casa e cochilar, mas preferi ficar sentado junto à janela e absorver a luz azul que brota de dentro dos montes Cárpatos.

36

Voltei para casa e copiei o primeiro versículo da reza da noite. Nos últimos dias, sinto que algo mudou nas minhas cópias. Continuo a me sentar do mesmo lado da mesa, a usar a mesma caneta e a copiar os mesmos versículos. Porém, ainda assim me parece que não estou copiando, e sim que estou escrevendo de dentro de mim mesmo, numa língua secreta.

Se Hanna estivesse comigo, teria contado a ela. Mas como ela está longe de mim, guardo esse segredo para mim mesmo. Aos meus olhos, Hanna se transforma a cada dia. A maioria das vezes eu a vejo como sempre a vi, com o rosto atento, dando-me toda sua atenção. Às vezes, ela vem voando para perto de mim e me manda escrever do livro *Alemão para Principiantes*, e quando não há nenhum erro ela exclama: "Nenhum erro, Kuti! Nenhum!" Nos meus sonhos, caminhamos juntos pelas estradas, comemos do mesmo prato, tomamos banho num afluente do Pruth. Às vezes sinto que essas caminhadas vão acabar nos levando a Czernowitz, e que lá viveremos juntos num pequeno apartamento. Eu vou treinar no campo do clube Spartacus e jogar no time de futebol do clube. Mas há noites em que meus sonhos mostram o rio escuro que me separa de Hanna. Um rio largo, profundo, e eu sei que nunca vencerei aquela água.

Me sentei e escrevi: "Hanna, minha querida, em meu coração rezo para que Deus cuide de você. Estou pensando em deixar a montanha para vir para junto de você. Há algum hotel por aí onde eu possa trabalhar? Há dois dias, um hóspede me deu um casaco de couro bonito. É uma pena que nós não possamos nos sentar e jantar juntos. Os sanduíches do café são saborosos. Mas nenhuma comida se compara às suas delícias. Amo você. Kuti".

O cocheiro recebeu a carta da minha mão e o dinheiro pelo serviço. Ele perguntou: "Para quem você está mandando essa carta?"

"Para minha mãe."

"O que a sua mãe faz no vale?"

"Vovô está doente e ela está cuidando dele."

"E você está sozinho aqui?"

"Certo."

Embora não houvesse nada de errado nessa minha conversa com o cocheiro, ela me feriu.

Às nove da noite, no verão, o céu ainda está claro, a luz somente se apaga às dez e meia. Às vezes até mais tarde. Essa luz crepuscular já levou alguns hóspedes à loucura. Rudolf sempre diz: "Um homem que não se exercita acaba enlouquecendo".

Voltei para o hotel e Rudolf me recebeu como se eu fosse um soldado que volta de uma breve licença. Meu amigo Max e eu somos os soldados dele. Quando lhe vem à cabeça, ele levanta a voz e grita: "Pelotão! Sentido!" Nós, imediatamente, saltamos para a posição de sentido, como ele nos ensinou.

Certa noite, Rudolf se abaixou e cochichou na minha orelha: "Você já completou treze anos?"

"Já."

"Então chegou a hora de visitar o bordel."

"Eu?"

"Você."

"E o que devo dizer?"

"Diga a eles que Rudolf mandou você."

Ouvi falar do bordel de meu amigo Max. Max é dois anos mais velho do que eu e já esteve lá muitas vezes. Ele me contou que as mulheres lá são grandes e gordas, e que andam com túnicas transparentes. Eu me pergunto o que elas fazem lá, e isso me intriga. Mas também me assusta. E ele contou mais: lá não é preciso falar. Só as muito jovens sussurram e pedem: "diga que você me ama!"

37

No dia seguinte, ao anoitecer, fui ao bordel. O bordel fica entre os barracões dos mercadores de animais e duas casas abandonadas. Também fora uma casa abandonada, até que veio Madame Fein e instalou um bordel ali. Ou, como diz o meu amigo Max, uma casa de putas.

Estava assustado e ainda assim fui até lá. No último ano, tenho fantasias perturbadoras. Nessas fantasias eu nado com Hanna dentro da água quente e fico tonto e embriagado. Desde que Hanna desceu para o vale, as fantasias se intensificaram, porém o deleite que despertam vem misturado com uma dor oculta. Agora, quando sonho com ela, às vezes a vejo vestida com as roupas das irmãs, e tenho medo de que, se me aproximar dela, vou lhe causar alguma dor.

O bordel não é um lugar desconhecido. Nossos hóspedes e os hóspedes de outros hotéis, também o frequentam. O lugar fica aberto até tarde da noite e às vezes até o amanhecer. Várias vezes vi no hotel mulheres desesperadas à procura dos seus maridos. Sabia onde eles estavam, mas não dizia nada. É costume entre todos os trabalhadores do hotel nunca contar a verdade sobre esse assunto.

Na entrada do bordel fica um vigia. Contei a ele que tinha completado treze anos, e que Rudolf me havia mandado ali. O vigia se parece um pouco com Rudolf, só que é mais gordo. E logo percebi que não tem os mesmos bons modos de Rudolf.

O vigia sorriu, como se fosse um pouco cúmplice do meu pecado, e me disse para me dirigir ao caixa. No caixa vi pela primeira vez Madame Fein. Uma mulher bonita, com cabelos presos para trás, vestida com uma blusa de rendas.

"Como vai nosso querido jovem". Ela perguntou, "é a primeira vez, se meus olhos não me enganam?"

"A primeira."

"E como é o seu nome, se me é permitido saber."

Disse a ela.

"Entendo que Rudolf enviou você a nós. Não há recomendação melhor do que a dele. O cartão custa duzentos. Na primeira visita lhe damos um desconto. Cento e setenta."

Paguei.

"Vamos lhe encontrar hoje uma mulher bonita e amorosa. Uma mulher com quem todos os homens sonham."

A sala de espera é ampla e cheia de perfumes. Nas paredes há fotografias de mulheres nuas. As poltronas são fundas e confortáveis, e há revistas na cômoda. Na minha cabeça, não havia nenhum pensamento, só uma espécie de tremor, como na sala de espera do dentista. Max me contou sobre a sala de espera e também sobre a tremedeira que o atacou ali, da primeira vez.

Subitamente, a última porta se abriu e uma mulher alta, bonita - talvez fosse melhor dizer exuberante - vestida com um robe verde, pôs-se ao meu lado. "Meu nome é Jetti", ela se apresentou. "E você, como se chama?"

Disse a ela.

"Você gosta de música?", ela voltou-se para mim abaixando a cabeça.

Fiz que sim com a cabeça.

"Se sim, venha comigo escutar um pouco de música vienense", ela disse e me agarrou pelo braço. "Você está envergonhado?"

"Não", brotou a palavra de minha boca.

O quarto de Jetti era cheio de flores e perfumado, e por algum motivo lembrava um banheiro de luxo. Realmente, atrás da cortina havia um banheiro, mas o quarto era um quarto. Havia duas poltronas, uma cama larga e um gramofone que tocava valsas. "Vamos passar juntos uma hora agradável. Eu sou a melhor mulher daqui. E estou contente por ser sua primeira mulher. Eu gosto de filhotes." Gelei.

"Não se assuste. É sempre assim da primeira vez", ela disse, e começou a me encorajar. Subitamente ela pôs a ponta da língua para fora e me pediu para por para fora minha língua e encostá-la na língua dela. Todos os movimentos de meu corpo pareciam dominados pela minha gagueira. Estava paralisado e o suor perfumado do corpo dela me deixava tonto.

"Por que você não fala?", ela cutucou, de repente, minha ferida.

Dei de ombros, para não lhe revelar meu defeito.

"Feche os olhos", ela propôs.

Fechei os olhos, vi Hanna e tive medo.

Depois disso acabou-se a nossa hora. Para me consolar, ela me abraçou, me deu um beijo na boca e me disse: "Você é um menino diferente, você é um filhote de leão, e eu espero por sua próxima visita. Não se esqueça, o meu nome é Jetti. Eu creio que nós ainda vamos nos acariciar muitas vezes". Ela baixou a cabeça e me olhou diretamente nos olhos: "Filhote de leão, menino maravilhoso".

38

Quis voltar para casa, mas não voltei. Fiquei na rua vazia e me lembrei de meu amigo Schimeon, que foi acorrentado e levado para a prisão. Já há anos que ele está preso. Seus pais costumavam visitá-lo uma vez por semana. Certa vez, eu também quis visitá-lo, porém o guarda me viu de longe, me expulsou e ameaçou: "É proibido andar por aqui! Da próxima vez, você apanha!" Depois disso, nunca mais fui à sede da polícia.

Entrei no café e pedi uma xícara de café. Pensar que uma mulher bonita e devotada estava às minhas ordens e que eu me portei como um Golem me causava vergonha e dor. Meu amigo Max realmente me advertiu que, da primeira vez, todos fracassam, mas meu fracasso, ao que parece, foi especialmente vergonhoso. Não consegui ficar sentado no café e saí para galgar o pico que Rudolf costuma subir, e onde ele explica aos novos hóspedes as coisas que costuma explicar. Na hora em que ele me vir, vai perguntar: "Como foi? Fracassou? Eu vejo que você fracassou". E uma risadinha de escárnio vai surgir em seus lábios.

Para minha sorte, Rudolf não estava no hotel. E o substituto dele era um homem de poucas palavras. Porém, meu amigo Max estava lá e me perguntou como foi. Contei a ele o que pude contar. Max me consolou e disse: "Também na segunda e na terceira vez nem tudo vai tranquilamente". Ele me contou que o próprio Rudolf passa ali muitas noites e que há mulheres dispostas a se deitar com ele sem cobrar nada.

De repente, o cansaço se abateu sobre mim e fui dormir. Em meu sonho, vi Hanna e ela tinha engordado muito. Ao que parece, ela não sabia nada sobre o bordel, ou talvez fingiu não saber. Ela perguntou como eu ia, me falou sobre o pacote que eu tinha mandado e disse que gosta de mim como sempre. Quis pedir-lhe perdão, mas as palavras ficaram sufocadas em minha boca.

Quando acordei, já havia luz no depósito. Passei as roupas a ferro e fui para o serviço. Max logo me contou que a noite não tinha sido tranquila, que houve discussões acaloradas, que uma mulher tinha fugido e que, até agora, não a tinham encontrado. As feridas no rosto e no pescoço dele cicatrizaram, mas o sorriso não voltou aos seus lábios. Desde aquele dia, eu o vejo divagando. Ele esquece coisas, dorme em serviço. E quando tenta falar, já a primeira palavra fica presa em sua garganta.

Os jornais que chegam das cidades, na planície, falam de uma invasão próxima e de uma guerra prolongada. Laufer afirma que os jornais estão enganados, que não estão contando a verdade. Hitler está prestes a destruir a Europa. Quem tem dinheiro na mão não deve permanecer aqui, sequer por um dia. Os boatos sobre a guerra já correm – boatos breves e também extensos. Segundo Laufer, a guerra já está começando, e Rudolf, que se revolta com todo tipo de exagero ou confusão, já disse a Laufer: "Por que você se comporta como os judeus?"

"No que eu me comporto como os judeus?" surpreendeu-se Laufer.

"Você espalha a confusão."

"Fatos comprovados são confusão, na sua opinião?"

"Deixe isso para lá!"

"Eu agradeço. É difícil para mim ficar calado", disse Laufer, e se endireitou.

Quanto a mim, o fracasso no bordel não me dá descanso. Se tivesse dinheiro à mão, voltaria para lá imediatamente. Por algum motivo, tenho certeza de que Jetti vai me receber e vai me desculpar. Já estive para pedir um empréstimo a Max, porém, no último instante, me contive.

Enchi-me de coragem e voltei para casa. Já há uma semana que não vou à minha casa e não copio os versículos das orações no caderno. Dentro de mais uma semana me apresentarei diante do homem milagroso. E minha caixinha de pecados está cheia.

Dessa vez, uma surpresa me esperava em casa. O vaso bonito, para o qual eu sempre gostava de olhar e no qual Hanna gostava de colocar flores na véspera do Schabat, caiu da mesa e jazia, despedaçado, no assoalho. Tentei em vão colar os cacos. Por fim, eu os juntei e os coloquei sobre a mesa. A vista do vaso partido sobre a mesa trouxe aos meus olhos o rosto de Hanna. Sabia que tinha pecado e que não seria mais capaz de copiar no caderno.

Rudolf me encontrou à noite e perguntou: "Como foi?"

Quis dizer: "Tudo certo", porém as palavras ficaram retidas na minha boca.

"Da primeira vez, todos fracassam, mas se treinam, aprendem. O bordel é uma instituição importante. Talvez seja a mais importante instituição que a humanidade inventou. É uma pena que nossos hóspedes não compreendam isso."

39

Queria me esquecer daquela hora com Jetti, porém aquela hora não se esquecia de mim. Eu a via ao despertar e ao adormecer. Aos meus olhos ela se tornava mais linda a cada hora que passava, e eu queria conquistar sua beleza de um só golpe. Ao fim, não me contive e disse: "Max, eu lhe agradeceria muito se você me emprestasse duzentos".

"À sua disposição", disse Max e enfiou a mão no bolso de trás.

"Estou precisando muito."

"À sua disposição", ele repetiu. Ao que parece, ele sabia para que eu precisava daquele dinheiro.

Naquela mesma noite, voltei ao bordel. Madame Fein me recebeu com uma expressão de surpresa e disse: "Se o senhor voltou, é um sinal de que o senhor se sente bem entre nós. Quem foi a querida que o divertiu?"

"Jetti", a palavra saiu de minha boca.

"Estou vendo que ela vai estar livre dentro de meia hora, se o senhor quiser esperar."

"Vou esperar."

"Martha", ela se voltou para uma mulher que estava sentada ao lado dela, "sirva a este jovem senhor uma xícara de café e bolo de queijo. É bom vê-lo entre nós".

Só quando eu estava sentado na sala de espera compreendi o que significa "ela vai estar livre dentro de meia hora". Estranho, essa ideia não diminuiu em nada a minha vontade de vê-la. Naquele instante, uma outra vontade se misturou a essa: demonstrar a ela que eu não sou pior do que os outros.

Martha me trouxe uma xícara de café e bolo de queijo e disse: "Bom apetite!" Ela era alta e magra e seu ombro direito era caído. Seu olhar estava abatido. Ficou claro que ela não era muito requisitada aqui.

"Como vai você, Martha?" perguntei.

"Bem", ela disse, sem levantar os olhos para mim, e imediatamente se retirou.

Jetti demorou a vir, e Madame Fein me enviou um bilhete. "Jetti está tomando banho e se penteando. Dentro de mais alguns minutos estará com o senhor." Coloquei o bilhete no bolso.

Minha cabeça foi longe e esvaziou-se de todo pensamento. Também o meu desejo ardente e o meu vigor pareceram ter ido embora e se desvanecido. Só o casaco de couro agarrado no meu corpo continuava a cuidar de mim. Um dos hóspedes me ofereceu esse casaco, um homem silencioso, que raramente pronunciava alguma sílaba. Antes de deixar o hotel, ele me deu o casaco e disse: "Tome este casaco. Ele não cabe na minha mala e eu não tenho vontade de carregá-lo na mão".

Quando ele deixou o hotel, eu o vesti e imediatamente senti que ele me acrescentava uma força oculta.

Enquanto eu divagava, Jetti apareceu. Estava claro que ela acabara de sair do chuveiro. Seus cabelos ainda estavam úmidos e seu rosto exalava um cheiro de creme Alaska.

"Como vai Kuti? Que surpresa!"

"Quis ver você", as palavras saíram de minha boca com facilidade.

"Eu também queria ver você", ela disse, e seus olhos se arregalaram.

"O que você fez esta semana?" eu quase perguntei, porém imediatamente entendi que essa pergunta não tinha cabimento.

Eu a abracei e ela disse: "Vamos para o quarto. Salas de espera são abertas demais. Eu as detesto".

Não era o quarto onde estive com ela da primeira vez. Esse quarto era mais amplo, fechado com uma cortina pesada, e impregnado de cheiro de cigarro. Sabia que deveria trocar algumas palavras com ela, perguntar-lhe algo e elogiá-la. Mas a pressa e, principalmente, o medo do fracasso me levaram a abraçá-la com toda a força.

"Kuti", ela disse, "você está cheio de vigor hoje. Eu gosto de meninos vigorosos".

Fiz o que ouvi dizer que se faz, talvez tenha exagerado. O corpo dela estava quente e exalava cheiro de creme Alaska.

"É verdade que você só ama a mim?" Essa frase brotou, inteira, da minha boca.

"Sim, querido, você é espetacular".

As mãos dela me acariciaram e essa carícia me estimulou mais. Ao que parece, exagerei. O rosto de Jetti se fechou e eu a larguei.

Também essa hora terminou muito depressa. Me vesti depressa, e Jetti disse: "Nós precisamos de duas horas. Da próxima vez, peça duas horas. O amor verdadeiro precisa de tempo, não é assim?"

40

Outra vez veio o outono; outra vez vieram os ventos frios. Os hóspedes vestiram suas roupas de inverno e se tornaram pesados, como se estivessem com os pés atados. E havia, dentre os novos hóspedes, algumas mulheres bonitas, altas e pálidas, e eu tinha um desejo ardente de me aproximar delas e de dizer: como vocês são bonitas!

Rudolf entende de cumprimentos e tem muito a ensinar. Uma vez ele foi casado, mas seu casamento não durou muito. Às vezes ele se recorda de sua ex-mulher, sempre com algum comentário ácido. Porém, sempre que vê uma mulher bonita, sua expressão muda e belas palavras surgem em sua boca. Max me contou que, certa vez, ele teve um longo romance com uma mulher que veio para cá de Czernowitz – uma mulher bonita e, ao que parece, culta. A mulher sofria de depressões contínuas e veio para ver o homem milagroso. Passado meio ano de permanência aqui, ela suicidou-se. Rudolf viajou para Czernowitz, para o funeral dela e voltou de lá triste e mudo. Por semanas a fio, não falou com ninguém. Ao que parece, esse foi o grande amor de sua vida.

Desde que estive com Jetti, meus pensamentos se dispersam, minha gagueira ficou mais forte e é difícil para mim falar, até mesmo com Max. Às vezes, tenho vontade de comprar um caderno e de anotar nele meus pensamentos. Ia fazer isso imediatamente, porém tenho medo da escrita. Talvez eu também gagueje ao escrever. Às vezes me imagino sentado junto à mesa, escrevendo, concentrado. A escrita me anima e escrevo até tarde da noite.

Não tenho como devolver agora os duzentos que tomei emprestados de Max. Recebi meu salário e imediatamente comprei mantimentos e os enviei a Hanna. Quis escrever uma carta a ela, porém as palavras não se juntavam para formar frases. Desde que estive com Jetti, um sentimento viril brota em meu peito. Eu sei. Meu desempenho não foi completo, mas Jetti ficou satisfeita e disse que o futuro me aguarda. E um dia as mulheres vão todas correr atrás a mim. As palavras dela tinham um certo exagero, mas me fizeram bem. Depois que ela me disse o que disse, sinto a tensão em meus músculos e sinto que posso erguer não só troncos, mas também mulheres desmaiadas. Se algum hóspede me ofender ou tentar erguer a mão contra mim, vou derrubá-lo e espancá-lo.

Às vezes, uma tristeza se abate sobre mim. Parece-me que causei dano a meu amor por Hanna e que não está longe o dia em que ela descobrirá que estive no bordel. Para esquecer meu medo, corro em volta da montanha pelo menos uma vez por dia e me exercito na sala de ginástica.

Os meus temores, é claro, eram exagerados. Recebi uma carta de Hanna. "Obrigado a você de todo coração, meu querido", ela me escreveu. "As caixas nos chegam e nos fazem viver. Quem é este anjo bom, as pessoas perguntam, e não acreditam. Eu tenho saudades de você, Kuti, e espero que não esteja longe o dia em que outra vez estaremos juntos. A saúde de meu pai não melhorou. As visões o enlouquecem e é difícil vê-lo sofrer assim. Espero que você esteja se cuidando bem, comendo como se deve e vestindo roupas quentes. Amo você. Hanna."

A carta me comoveu e imediatamente me sentei e escrevi: “Hanna, minha querida, eu penso em você o tempo todo e espero que em breve você volte para mim. Na hora do almoço, a cozinheira do hotel serve sopa ou pastelão de verduras a Max e a mim. No café, eu peço um sanduíche duplo. O casaco de couro que um hóspede me deixou me aquece. Não se preocupe comigo. Amo você sempre. Kuti”.

O cocheiro voltou a me perguntar se Hanna é minha mãe ou minha madrasta, por quantos anos ela esteve casada e há quantos anos ela é viúva. Não percebi a malícia nas perguntas dele. Só no fim, quando ele disse: “Hanna é uma mulher bonita e precisa de um homem”, percebi a grosseria do seu pensamento.

O que ele falou me irritou, mas não reagi. Em meu coração, disse: Se ele voltar a dizer o que disse, vai apanhar. Já briguei com outros cocheiros e venci.

Depois disso, me sentei no café e decidi, em meu coração: “preciso viajar para junto de Hanna, aconteça o que acontecer. Se um ordinário como esse colocar os olhos nela, eu preciso estar por perto. Jetti não precisa de mim. Ela tem muitos homens, e eu tenho apenas Hanna. Na primeira oportunidade, vou pedir umas férias e vou viajar”. Esse pensamento me exaltou por um momento, e me pareceu que se eu abrisse a boca, falaria.

41

Os novos hóspedes – todos os dias chegam um ou dois – trazem não apenas jornais, mas também novos boatos. No entanto, para dizer a verdade, a vida na montanha transcorre como sempre. Na praça do mercado, compra-se e vende-se; no clube de xadrez joga-se até tarde da noite. Só nos estábulos dos mercadores de animais reina a inquietação. Às vezes, ladrões de animais profissionais penetram nos currais. Eles recorrem a uns caminhos secretos e, com grande habilidade, já roubaram sete cavalos. Os mercadores de animais já contrataram vigias, porém os vigias, evidentemente, se aliaram aos ladrões. Agora os mercadores vigiam, eles mesmos, os estábulos. Às vezes, algum deles vai para o centro, escondido, e de lá para o hotel.

Estou dividido entre as saudades de Hanna e o desejo ardente de visitar Jetti. Ainda não paguei a minha dívida com Max, e não ouso pedir mais nada a ele. Os novos hóspedes não dão dinheiro como os de antes. A maior parte das gorjetas é em moedas. Nem uma nota sequer.

Às vezes, me parece que ninguém sabe o que está por acontecer. Mais de uma vez quis descer para junto de Hanna, porém sempre adio a conversa com Rudolf a respeito desse assunto, semana após semana.

Rudolf mudou nas últimas semanas. Ele supervisiona os camareiros e os serviçais, pede a eles que cuidem bem de sua aparência e organiza ordens unidas com eles todas as manhãs. Max e eu estamos dispensados da ordem unida, porém nossas roupas e nossa aparência têm de estar em ordem. Às vezes, me parece que logo ele também vai organizar ordens unidas para os hóspedes.

À noite, me lembrei que amanhã preciso me apresentar ao homem milagroso e me assustei. Apesar da hora tardia, fui para casa. As ruas estavam vazias e silenciosas, e só do bar escapava uma canção desordenada. Os clientes, evidentemente, se revoltavam e se negavam a deixar o lugar. Quando os garçons estavam por expulsá-los à força, puseram-se a cantar.

Mais de uma vez testemunhei brigas entre garçons e clientes bêbados, mas dessa vez a briga foi uma mistura de embriaguez e de licenciosidade. O dono do bar estava de pé junto ao balcão e gritava: "Voltem para Czernowitz! Vão para os diabos! Vocês não sabem beber! Vocês só sabem embebedar-se! Ponham-se daqui para fora! Quem não sabe beber, que não entre aqui!" Sua voz era forte, mas não estava disposto a engrossar as canções licenciosas.

Pensar que amanhã de manhã estaria diante do rosto cego do homem milagroso me preocupava. Acendi o candelabro e me sentei para copiar o primeiro versículo da reza da noite. Então, vi meu pai, com o urso branco no colo, como quando ele me trouxe o urso.

Papai não estava satisfeito comigo, porém os olhos de vidro do urso branco se arregalaram. Não me mexi de meu lugar. O urso branco, a quem contei alguns dos meus segredos mais íntimos, evidentemente não se esqueceu de mim. Ele me fitava com olhos atentos e queria aproximar-se de mim, mas meu pai, ciumento, não o soltava.

Não me contive e gritei: "Urso!" Ao ouvirem meu chamado, os dois desapareceram juntos.

Quando voltei ao hotel, não contei nada a Max sobre o meu encontro com meu pai e com o urso branco. Max me contou que o hotel estava calmo e que a maioria dos hóspedes tinha ido dormir cedo. Não houve telegramas e Rudolf, ao que parece, estava se divertindo no bordel.

Na noite em que parecia que ia haver calma, não houve calma. Uma das hóspedes se embebedou no bar, voltou depois da meia-noite e começou a cantar em voz alta. O substituto de Rudolf, por sua vez, tentou acalmá-la. A hóspede o insultou e ameaçou acordar todos os outros hóspedes. Não houve jeito senão expulsá-la, e mesmo fora do hotel ela começou a berrar. O dono do hotel, que conhece a alma de seus hóspedes, e que fala na língua deles fluentemente, aproximou-se dela e disse: "Por que você não toma uma xícara de café e come um pedaço de bolo de queijo? Esta hora é ótima para uma xícara de café". A hóspede ficou surpresa, sorriu, despertou de sua embriaguez e disse: "Eu realmente estou sedenta".

42

No dia seguinte, acordei cedo, passei a roupa e fui para meu encontro com o homem milagroso. O vigia me viu de longe, me sinalizou para entrar e colocou um *Sidur* na minha mão. Fiquei sabendo que dois homens não vieram às suas horas marcadas.

Outra vez eu estava no corredor, do qual me lembrava de minha visita anterior, só que, dessa vez, ele estava vazio. Do quarto do homem milagroso, ouvia-se a voz de um homem que falava um alemão que não era o dialeto local. O homem milagroso não o interrompia e ele contava que, havia anos, sofria de depressões e que, no ano passado, sua memória se enfraquecera. O homem milagroso perguntou quais eram os nomes do pai e da mãe do homem que falava, e qual o seu nome judaico. O homem pronunciou os nomes alemães de seu pai e de sua mãe e pediu desculpas por não ter um nome judaico. Ele não deu a importância devida às perguntas breves do homem milagroso e começou a contar mais detalhes sobre os seus sofrimentos.

"Você precisa aprender as letras hebraicas", disse o homem milagroso.

"Para quê?", surpreendeu-se o homem.

O homem milagroso respondeu no dialeto local do alemão: "Isso vai aproximar você da comunidade de Israel. Nós não rezamos isoladamente, e sim com a comunidade de Israel. As letras são o princípio da comunidade de Israel".

"O que é comunidade de Israel?", admirou-se o homem.

"As letras vão ensinar a você", disse o homem milagroso em voz baixa.

"Por que isso é um segredo? Por que é proibido para mim saber por que e para quê?"

"Aprenda as letras e saberá", disse o homem milagroso, dessa vez em ídiche.

"Eu não entendo como aprender as letras hebraicas vai curar as minhas depressões."

"Vai curar", disse o homem milagroso, agora impaciente.

O homem voltou a argumentar com insistência que não entendia como as palavras haveriam de curar suas depressões.

Então, de repente, o vigia apareceu e disse: "Ouça o que o homem milagroso está lhe dizendo!"

"Eu estou ouvindo, mas não entendo que utilidade as letras hebraicas terão para as minhas depressões."

"Experimente", disse-lhe o vigia, com voz delicada, como se estivesse falando com seu próprio filho.

"Não quero fazer experiências."

"O senhor não precisa", disse-lhe o vigia, com impaciência.

"Por dois dias vaguei sozinho até chegar aqui, só para ouvir algo que não tem sentido!"

"É só isso que não faz sentido?", gracejou com ele o vigia.

"Certo, até agora não entendi nada", disse o homem e se levantou.

Podia-se ver sua sombra delineada no assoalho do corredor. Ao final, ele disse: "Foi à toa que vaguei sozinho por um longa estrada". Voltou-se para a porta dos fundos e sumiu.

Enquanto isso, eu esperava pela minha vez. O vigia do homem milagroso não me pareceu estar irritado. Ele falava sobre algum assunto prático, cujo sentido não entendi, com dois dos vigias junto à porta de entrada. Subitamente, o vigia levantou a voz e chamou: "Menino, entre!" Me levantei e entrei. O homem milagroso estava deitado em sua cama, recostado em dois travesseiros grandes. Suas pálpebras estremeciam e um sorriso pairava sobre o seu rosto. Ele se voltou para mim e perguntou: "Qual é o seu assunto?"

Disse-lhe.

"E o que você faz em suas horas vagas?"

"Eu corro em volta da montanha."

"Bom", ele disse, e sorriu.

Depois disso, me lembro que ele perguntou se eu copio os versículos da reza no caderno.

"Copio, porém houve dias nos quais não copiei." Não lhe ocultei a verdade.

No instante em que me parecia que ele ia me repreender por eu ter ido ao bordel, ele se voltou para mim e disse: "*Mosche Rabenu*, o pai dos profetas, era gago como você. Ele, que trouxe para nós dos céus os Dez Mandamentos e a *Torá* inteira, era gago. Todo judeu gago tem uma pequena parte do pai dos profetas. Isso não é um defeito terrível, e sim uma vantagem, da qual é preciso cuidar. Se você cuidar dessa vantagem Deus dará a você uma mão fiel para escrever. Você precisa saber, meu filho, que há uma *Torá* escrita e uma *Torá* falada. Você será ligado com a *Torá* escrita. Você não é um homem de palavras. Você será ligado às letras e delas absorverá vitalidade". O homem milagroso colocou sua mão sobre a minha cabeça e me abençoou, murmurando.

Fiquei assombrado e não me mexi. O vigia me tocou no ombro e sinalizou para eu me levantar. Levantei-me do meu lugar e me voltei para a porta. Junto à porta, o vigia me deteve e disse: "Não é qualquer homem que é digno de ouvir um ensinamento como esse. Cuide de seu corpo e cuide de sua alma".

43

O toque da mão do homem milagroso fez meu corpo estremecer e, por algum tempo, fiquei sentado debaixo da árvore ao lado do café, trêmulo. Outra vez senti que os olhos cegos dele me olhavam por dentro. Precisava ter pedido perdão pelas minhas transgressões, e sabia do que estava falando.

Só mais tarde, quando já estava sentado no café, me livrei do medo e então vi, claramente, o rosto de Hanna. Imediatamente revelei-lhe que estava passando por uma grande aflição: "Estive num lugar impuro e desde então meus sonhos se tornaram turvos. Eu estou me preparando para pedir férias e descer para visitar você". Assim que pronunciei essas palavras, o rosto dela desapareceu.

Voltei para o hotel e encontrei Rudolf sentado no *lobby*, junto à mesinha, sorvendo conhaque e rebatendo-o com café preto. Alguns dos funcionários mais antigos do hotel estavam à sua volta. Sua mente estava serena enquanto ele explicava detalhadamente por que estabelecera novas regras no hotel. Se antes ele costumava falar com brevidade agora parecia um sargento cujas férias terminaram e que se alegra em voltar às barracas do acampamento.

"Os judeus, os judeus", tomou um gole do copinho, e completou: "Eles estão sempre submersos em suas disputas, e vasculham e vasculham. O que, por todos os diabos, há aí? Acreditem em mim, aí não há nada, só fantasias. Eles não sabem se alegrar com nada! Eles não sabem beber, não sabem comer e, me desculpem, não sabem foder. Precisamos transformá-los, seremos forçados a virá-los do avesso. Eu eduquei alguns judeus jovens que chegaram à minha divisão. Eles aprenderam a marchar, a rastejar por baixo das grades e também a cavar. Ao fim, eu os enviei com cuidado ao bordel. Acreditem em mim, eles mudaram. Um homem sem açoite não muda".

Depois que ele apresentou as novas ordens, os funcionários se afastaram. Os funcionários mais antigos do hotel gostam de ficar sentados com Rudolf ouvindo seus discursos. Embora o objetivo de Rudolf não seja agradar os corações, suas palavras lhes dão a certeza de que é possível mudar de vida, se quiserem.

"O que lhe disse o homem milagroso?", Rudolf perguntou-me com voz paternal.

Não sabia o que responder, então disse: "Nada".

"Você está copiando no caderno?", ele continuou a me provocar.

"Estou."

"Se sim, então temos todas as chances de você se tornar mais um judeu atrapalhado."

Depois disso, ele me deixou e voltou ao seu tema predileto: os tempos de seu serviço militar. Evidentemente, aqueles tinham sido seus melhores anos: "Você percorre campos e montanhas. Um mês com o batalhão nos campos abertos e você volta à base um outro homem. Todos os seus músculos estão retesados, as solas dos seus pés estão cheias de bolhas e ressecadas, porém seu corpo pulsa de força. Depois disso, você dorme por dias seguidos, desperta alerta e cheio de força e tudo o que você deseja é uma mulher. Uma mulher depois de um mês de treinamento tem o sabor de um jarro de leite na aldeia".

Às vezes ele conta sobre a guerra, sobre as trincheiras da morte, sobre os ataques e os difíceis recuos, e então seu rosto se fecha e se cobre de nuvens.

Fiquei sentado ao lado de Rudolf, ouvindo. Rudolf gosta de mim porque eu corro e treino na sala de ginástica. Mais de uma vez ele me disse: "Mais alguns anos e você poderá se alistar no exército". Ao que parece, ele esqueceu que eu sou gago. Os gagos, a quanto eu saiba, estão dispensados do serviço militar. Mas podem jogar futebol. O sonho de que um dia sairei à frente de meu time atravessando o campo, chutarei e marcarei um gol – desse sonho eu não me livro.

A caminho do depósito, um dos hóspedes se aproximou de mim e perguntou: "Jovem, me diga, por que chamam o homem milagroso de homem milagroso?"

"Não sei meu senhor."

"Você é daqui. O que dizem as pessoas? Trata-se de um apelido por causa da moral dele ou por acaso ele opera milagres?"

"Não sei."

"Por acaso todas as pessoas do lugar são pacientes dele, ou só aquelas que se hospedam no hotel?"

"Só aquelas que estão no hotel."

"Só cheguei aqui ontem. Meu primo esteve aqui no verão e me aconselhou a vir para cá. Estou tentando entender a ordem das coisas aqui. Quem é o homem alto que está sempre no *lobby*?"

"Rudolf."

"E qual é a função dele, se é que posso saber?"

"Ele é o supervisor dos funcionários e zela pela ordem", eu disse, e me admirei por conseguir falar.

"É um homem impressionante. Me desculpe por tê-lo retido. Estou tentando entender. Espero estar mais bem informado dentro de alguns dias. Boa noite."

44

Os guardas, aqui, agora não são mais como antes. De repente eles saem correndo do prédio da polícia, derrubam as bancas de feira e espancam os feirantes. Nas últimas semanas, eles não entraram no café nem no bar. Drucker passa horas com eles, tenta persuadi-los e os suborna. Drucker, ao que parece, é o homem mais ocupado na montanha. Ele se preocupa com os pobres, com a sinagoga e, no último mês, passou horas na polícia. Dizem que suborna os policiais por todos os meios: com dinheiro vivo, com relógios, com meias de seda, com perfumes. Para o chefe da polícia ele trouxe, escondido, uma cara jaqueta de couro.

E apesar disso, ao menos uma vez por semana os policiais saem, derrubam as bancas e espancam os feirantes. Trata-se de uma demonstração para que todos vejam que as ordens que eles receberam lá de cima estão sendo executadas. Drucker se esforça ao máximo para minimizar os prejuízos. Mas não tem como evitar a catástrofe semanal. Como esses ataques acontecem só uma vez por semana, a montanha se acostumou a eles e as pessoas se portam como se nada tivesse mudado. E, de fato, aparentemente nada mudou. Muitos hóspedes se divertem no bar até tarde da noite, voltam bêbados e perturbam o sossego dos que estão dormindo. Rudolf, deve ser dito, trata-os com firmeza. Os bêbados silenciosos, ele deixa entrar no hotel. Porém os bêbados furiosos, os que cantam em voz alta, ele manda se sentarem do lado de fora, tomar um café e recuperar a sobriedade. Max e eu nos submetemos às ordens dele nesse assunto. Preparamos café forte e o servimos aos bêbados. Às vezes acontece que o café, em vez de acalmá-los, os deixa ainda mais agitados. Ao bêbado a quem o café não ajuda, Rudolf dá uma bebida especial, que provoca vômitos. E se isso também não resolve, ele lhe permite entrar em seu quarto, sob a condição de que prometa não se enfurecer. Rudolf disse: "É mais fácil treinar um batalhão de recrutas do que lidar com quarenta hóspedes rebeldes. O recruta que não obedece às ordens, nós o colocamos na prisão. Sete dias na prisão o tornam silencioso e obediente durante todos os dias de seu serviço militar. É uma pena que não seja possível usar esse expediente comprovado aqui", diz Rudolf, e inclina a cabeça, expondo sua nuca larga e peluda.

E apesar disso há otimistas. Os inimigos jurados de Laufer estão prontos a concordar que os caminhos de Hitler não são aceitáveis, porém a Alemanha é a Alemanha, e no final das contas ela corrigirá, em seu interior, tudo o que há de mau e de daninho, e o bem e a luz voltarão e triunfarão. É preciso ter paciência. Rudolf também permanece fiel à Alemanha. A Alemanha, já há muitos anos, expulsou a anarquia de seu interior e haverá de trazer ordem para o mundo. Os judeus são, por natureza, anarquistas, e há dúvidas se só uma geração bastará para educá-los para a ordem e para a obediência. Só o exército, só o serviço militar por cinco anos seguidos, arrancará de dentro deles a anarquia, que para eles se tornou uma segunda natureza.

Drucker, que não é homem de muitas palavras, já explicou a Rudolf: "A ordem às vezes é imbecil".

"Não para mim."

"Os judeus não gostam da ordem porque a ordem adultera a iniciativa e a espontaneidade."

"É o que eu disse: eles são espontâneos sempre."

"O que há de mau na espontaneidade?"

"A palavra 'espontaneidade' já diz tudo."

Depois de uma noite de agitação, é difícil dormir. Eu fico sentado junto de Rudolf e ele sempre volta a narrar as maravilhas do exército. Os treinamentos, as jornadas ao interior das florestas dos Cárpatos. A Guerra Mundial foi terrível, mas também houve nela momentos alegres. Rudolf é um amante da boa comida, dos prazeres, de uma bebida e de um charuto, para não falar de uma mulher. Mas sua alma anseia pelo exército. Quando ele conta de suas investidas com as tropas, assume uma postura ereta, seus olhos se inflamam e você vê: a vida dele é lá e não aqui.

Certa vez, ele confessou e disse: "Se o Império não tivesse se desintegrado, eu teria alcançado o grau de oficial. No Império, não perguntavam sobre a sua origem, mas examinavam suas características. Eu tinha todas as características necessárias, muitas medalhas de distinção e cartas de recomendação de comandantes importantes. Realmente, nasci judeu, porém em minha alma estava a marca de uma outra tribo. A maior parte dos judeus, estou pronto a admitir, não causa dano. Mas, o que fazer? Há algo neles que vai contra a natureza. Às vezes tenho um desejo ardente de passar de casa em casa e de levar os homens jovens para a praça, vesti-los com roupas de recrutas e conduzi-los diretamente ao campo de treinamento".

45

A guerra se aproxima mais e mais. Todas as semanas chegam refugiados aqui e o terror está em suas bocas. Drucker os hospeda no nosso hotel ou no hotel "Vista dos Cárpatos". Ontem à noite, pedi cinco dias de férias a Rudolf, para visitar Hanna. "Nós estamos em estado de alerta", disse-me Rudolf, com voz grave e séria. "Um soldado não abandona as trincheiras sob estado de alerta. Eu suponho que, dentro de mais um mês, haverá uma trégua e então nos falaremos."

Dentro de mais um mês haverá neve e as estradas estarão bloqueadas, eu quis dizer. Mas, evidentemente, não disse.

Os refugiados que chegam a nós narram os horrores que testemunharam e rapidamente se habituam às novas circunstâncias. Alguns refugiados encontraram seus lugares no clube de xadrez, outros ficam sentados no café e outros, ainda, passam suas noites no bar. Drucker, como eu disse, preocupa-se com todos. Até mesmo contratou um velho camponês para ajudar os bêbados no caminho do bar até o hotel. Da boca dos bêbados, hoje, se ouve mais do que da boca dos sóbrios. O velho camponês está acostumado com bêbados. Ele fala com sua voz calma de camponês: "Vocês estão certos, a vida é um lixo, mas agora já é muito tarde e vocês precisam ir dormir. Não há o que fazer. Um homem precisa dormir. Sem sono, a vida é um pesadelo". E assim, por meio dos provérbios antigos que aprendeu de seus pais, ele os faz mudar de ideia, arrasta-os pela escuridão até o hotel, entrega-os nas mãos do supervisor da ordem. O supervisor os leva até os quartos, tira seus sapatos e os cobre com cobertores.

Há momentos em que nada parece ter mudado por aqui. As mercadorias estão expostas nas bancas e nas cordas esticadas. As pessoas regateiam e, se lhes parece que o comerciante está tentando lhes vender uma mercadoria defeituosa, ou que está especulando com os preços, elas gritam. Em horas como essas, parece que assim foi e assim será para sempre. A guerra realmente se espalhou por muitos lugares e há feridos e mortos. Mas, até que ela chegue à montanha, terá terminado, ou terá enfraquecido. Se Napoleão não chegou até aqui, Hitler também não chegará. Napoleão tinha um pouco mais de ambição do que Hitler.

Naquelas noites frias, o melhor era sentar-se no café, pedir um sanduíche duplo ou um bolo de queijo e sorver o café forte. Os rostos das pessoas falam mais do que suas bocas. E o que dizem esses rostos? Que é bom sentar-se no café. A estufa de azulejos emana um calor agradável, o aroma do café e o aroma dos cigarros envolvem você. Naqueles dias, o café deveria permanecer aberto dia e noite. As pessoas estão sedentas por ver pessoas. E assim, há gente que, nessas horas, se esquece dos negócios perdidos, dos crimes de que foram vítimas, e seus rostos irradiam tranquilidade. Eles agitam as mãos e dizem, em voz alta: "Hoje, a conta é minha! Todos os que estão sentados nessa mesa, por minha conta!" Em termos de generosidade, é difícil competir com Drucker, e ainda assim há gente que tenta imitá-lo.

Às vezes, parece que Laufer enlouqueceu. Ele todo foi tomado de um pânico. Em pé na praça, ele suplica: "Este lugar está em chamas! Fujam! Nenhum de vocês vê que este lugar está em chamas?"

"Fugir para onde?"

"Não importa, só não fiquem aqui."

"Por que você não foge?", atacou-o um dos hóspedes.

"Estou condenado."

"Vocês estão ouvindo? Ele está condenado, e quer nos enviar para a África."

Algumas vezes já atacaram Laufer, o arranharam e o esmurraram, mas ele persiste. Suas palavras impetuosas mais de uma vez foram ouvidas em confusão, mas às vezes, ao entardecer, ele parece um homem a quem foram contados alguns segredos, que ele não é mais capaz de guardar. Não é ele quem fala. Algo dentro dele o impele a falar. Ele mesmo talvez quisesse se sentar no café, desfrutar daquilo que todos desfrutam e escapar para o bordel, como muitos outros. Porém, o segredo que lhe foi revelado não lhe dá sossego e ele fica o dia inteiro postado na praça e é alvo das flechas envenenadas dos outros frequentadores do lugar. Ele já desmaiou e por vezes sem conta foi tratado pelo enfermeiro, mas, como se quisesse irritar os outros, ele desperta, se levanta e se apresenta na frente de batalha, como um soldado.

46

As fantasias e os desejos ardentes outra vez me arrastaram para o bordel. Esperava que Madame Fein se alegrasse e me cobrisse de elogios, mas em vez do silêncio misterioso, que pairava à minha volta em minhas visitas anteriores, agora se ouvia um burburinho de acusações e de gritos. O vigia anunciou imediatamente: "Está tudo ocupado até dezembro! Não há uma vaga sequer!" Seu rosto expressava tensão e raiva. Na sala de espera, havia alguns homens sentados, fumando e falando com vozes graves. Vi Jetti em minha imaginação e senti pena dela. Todos os dias, ela se deitava com oito ou nove homens fortes. Um cheiro estonteante de sabonete, de perfume e de fumaça de cigarros pairava ali. Saí.

Devolvi a Max os duzentos e lhe contei que todas as vagas no bordel estavam ocupadas até o fim de dezembro. Ele não se surpreendeu. No hotel, ele ouvira as pessoas cochichando que a demanda aumentara muito nas últimas semanas, com disputas por cada hora e que até mesmo houve brigas, com feridos.

"Eu decidi não ir mais ao bordel", revelou-me Max.

"Por quê?"

"Eu detesto esperar por uma vaga e, além disso, eles aumentaram o preço para trezentos."

"E o que você faz?"

"Eu só me masturbo."

Me admirei com essa confissão.

Para purificar meus pensamentos, me sento por horas a fio em casa, acendo o candelabro, copio do *Sidur* e escrevo cartas breves a Hanna. A descida da montanha já é praticamente impossível. As chuvas se intensificaram nas últimas semanas e nas estradas há bloqueios para inspeção. Mercadorias são confiscadas e pessoas são detidas. Só por caminhos tortuosos, em sua maior parte, perigosos, pode-se chegar ao vale. Os cocheiros não estão dispostos a se arriscar, e os que se arriscam pedem preços que não se pode pagar. E ainda assim enviei a Hanna dois pacotes. O pensamento de que Hanna entrega sua alma ao seu pai doente me assusta. À noite, sonhei que ela morreu junto com seu pai. Meu corpo estremeceu e saí.

Mesmo depois da meia-noite, não há silêncio no *lobby*. Há hóspedes que querem descer para o vale e que não têm como pagar os preços inflacionados. Os funcionários do hotel tentam acalmá-los, dizendo: "É preciso paciência. Mais um pouco e será possível descer com os trenós. Os trenós são leves e velozes, e com eles pode-se transitar por todos os caminhos. Os donos dos trenós são pessoas modestas que não inflacionam os preços". É difícil revelar a verdade às pessoas. Os hóspedes realmente sabem que a montanha está isolada, e ainda assim perguntam: "Quando sairemos daqui?"

Rudolf odeia confusões. "Não acontecerá nenhuma catástrofe se você voltar para casa dentro de sete dias. Realmente, sua mulher está com muitas saudades, porém sete dias de espera não vão lhe causar nenhum mal. Eu lhe asseguro que ela não vai adoecer por causa disso", disse Rudolf a um dos hóspedes amedrontados. E aos que estavam perto dele, disse: "Só um homem que não sabe o que quer de si mesmo e dos outros espalha temores. Por que eles não correm pela manhã? Por que eu não os vejo na sala de ginástica?"

As palavras dele, é claro, não se dirigem a surdos. Assim, nos últimos dias, formou-se uma equipe de sete hóspedes, dentre eles uma mulher, e eles se apresentam todas as manhãs, às seis e meia, para correr. Rudolf, evidentemente, corre na frente da fila e quando alguém tem dificuldade para correr ele ajuda, encoraja, dá água para beber e ao final traz todos, ofegantes e cansados, de volta para o hotel.

Agora se ouve, de tempos em tempos, no hotel: "Não há nada melhor do que a corrida pela manhã. Depois de correr você come diferente, e também o sono, à noite, torna-se diferente". Rudolf, evidentemente, não fica satisfeito só com isso. Ele afirma que é preciso complementar com treinos na sala de ginástica. "O treinamento corporal é um golpe mortal em todas as neuroses. Em vez de revirar a alma, nós fortalecemos o corpo. Deixemos a alma para o homem milagroso e para os seus vigias. Nós nos ocupamos da corrida e do levantamento de pesos." Aos que estão perto dele, ele diz: "Energias em excesso atordoaram as ideias dos judeus. Deem ao corpo boa comida, permitam ao corpo conviver com a natureza e essa realidade à qual chamam de alma - desaparecerá". Ouço atentamente os conselhos de Rudolf. Às vezes, penetra em meu coração uma esperança de que o esporte, no fim das contas, me libertará da gagueira, e que algum dia não só correrei como um jogador de futebol excelente, mas também a minha fala galopará, sem nenhum impedimento.

47

Enquanto Rudolf prega a corrida matinal e enquanto os vigias do homem milagroso gritam: "Voltem, meus filhos perdidos", o pobre Laufer fica postado na praça e suplica: "Fujam, os que ainda têm forças!" E enquanto o outono transforma as cores das árvores e o céu, ao anoitecer, fica vermelho, como que tomado pelo fogo, a senhora Herma Tauber suicidou-se. A senhora Tauber era amada em nossa pensão, uma mulher de seus quarenta anos, que emanava calor, jovialidade e alegria de viver. É verdade que havia dias em que a melancolia lhe devorava a alma, dias nos quais ela se isolava em seu quarto, e nem mesmo a camareira via seu rosto. Quando a depressão passava, ela se maquiava, saía e anunciava: "Me desculpem, precisava estar comigo mesma. Agora estou como sempre".

Depois de uma semana de depressão, as cores joviais voltavam ao seu rosto e outra vez ela se tornava o foco das atenções no café ou no *lobby* do hotel. Se era convidada a divertir-se, gostava de ir ao café, onde se embriagava. Sua alegria não conhecia limites. Ela costumava se levantar e cantar com os ucranianos, por duas horas seguidas, ou imitar Madame Fein ou alguma das prostitutas conhecidas ou, ainda, se levantar e cantar músicas tolas, e então se tornava hilariante.

E subitamente, sem causa visível, ela suicidou-se. Até Rudolf, que normalmente reage com frieza, dessa vez reagiu de uma maneira que não lhe é costumeira. Ele segurou a cabeça com as duas mãos e disse: "O que foi isso? O que é isso que aconteceu assim, de repente?"

O dono do hotel tentou comunicar-se com a tia de Herma, em Radautz, mas as linhas estavam com defeito e no fone ouvia-se só um zum-zum estridente.

"Herma, o que você fez?" Laufer rasgou sua camisa. Ela era a única mulher na pensão que gostava dele. "Laufer, basta de palavras, chega de persuasões, agora chegou a hora de uma boa xícara de café, e de bolo de queijo." Ela amava os homens sem limites, e também as mulheres e as crianças. Até mesmo os ciganos, ela amava. E homens violentos se aproveitavam de seu amor, impostores de diferentes categorias, mas ela ia atrás dos homens de olhos fechados. Sempre a enganavam, sempre a roubavam, sempre a difamavam. Os moralistas - e destes não há falta em nenhum lugar - diziam: "Ela é uma libertina, ela não conhece limites, não são os homens que têm culpa, é ela que tem culpa".

Duas vezes ela se casou, e duas vezes seus casamentos desandaram. Herma amava as crianças com desejo ardente, mas não teve filhos. Há alguns anos, pediu para adotar uma criança cigana, porém a adoção não se realizou. Por anos, viveu na montanha. Era ligada ao homem milagroso, uma ligação de coração e alma. Ela prometia e voltava a prometer que aprenderia as letras hebraicas, mas não cumpria. Dizem que o homem milagroso a tratava com piedade, não a repreendia, e a recebia todas as vezes que ela o procurava. Mais de uma vez ela disse: "Esta semana, vou me sentar e aprender as letras hebraicas. Eu sinto que elas vão mudar a minha vida. Elas vão me aproximar de meu pai e de minha mãe". No fim da semana, ela suspirava e dizia: "Outra vez não cumpri minha promessa. Não se pode confiar em mim. Eu sei prometer, mas não sei cumprir.

No mundo vindouro, vão me açoitar com varas". Ela desperdiçava sua herança, a torto e a direito, e se não fosse por um tio, que investiu parte da sua herança em papéis de valor, ela teria ficado sem um centavo.

Às vezes ela confessava e dizia: "O tio conhecia bem Herma. Ele sabia que Herma não sabe cuidar de dinheiro. Eu fiquei brava com ele, mas, no fim das contas, ele tinha razão. Eu nunca estou certa. Tenho uma caixa com muitos pecados, confusões, promessas não cumpridas, juramentos em vão, negligência, subterfúgios escondidos. Não respondo a cartas, não sei pedir desculpas. Mas minha grande fraqueza são os homens. Herma não consegue viver sem uma bebida e sem um homem. Sem um homem ela não é nada. Chamem isso de fraqueza, ou simplesmente de arrogância".

As palavras de Herma são conhecidas por todos no hotel. Suas palavras eram citadas em todas as reuniões. E houve homens que levaram consigo a alegria dela, quando desceram da montanha, e a propagaram nos cafés em Czernowitz ou em Stroginetz ou Vatra Dorna ou sabe-se lá onde mais. Mas eram homens a quem o nome Herma tirava do sério, e que pronunciavam o nome dela com um rangido de dentes. E houve uma mulher que abandonou nossa pensão quando soube que Herma estava hospedada ali. Mas muitos homens gostavam dela, com um amor de alma, e o que sua boca pronunciava era, para eles, sua razão de existir. Subitamente esse golpe emudeceu a montanha.

48

De manhã, o dono do hotel abriu o envelope fechado que Herma deixara na cômoda e leu, com voz trêmula:

> Perdoem a Herma. Não havia jeito para Herma. Ela não era capaz de estrangular o demônio que havia dentro dela. Mais um pouco e ela se livraria dele, mais um pouco e ela seria livre. Esta noite vocês se enlutarão por mim. Se vocês se embriagarem e cantarem, isso será a minha alegria no mundo do além. Eu não morri. Eu simplesmente passei deste mundo para o mundo vindouro. Quando vocês abrirem este envelope, já estarei no mundo vindouro. Vocês não imaginam quanto eu os amei. Vocês foram, para mim, como irmãos e irmãs. Eu nem sempre soube amar vocês como deveria, mas vocês não foram duros comigo. Sempre havia alguém disposto a me levar ao café ou ao bar, ou para tomar uma bebida no *lobby*.
>
> Eu lhes ordeno: não se enlutem por mim. Façam-me um enterro simples, sem música e sem discursos, em resumo, um enterro judaico. Me alegraria muito se alguém de vocês dissesse o Kadisch. Durante todos esses anos, quis aprender as letras hebraicas, mas vocês bem sabem que eu não sou

capaz de cumprir nenhuma promessa. Eu frustrei todas as minhas promessas. Vocês já me conhecem.

Se por acaso vocês virem o homem milagroso, digam a ele que eu o amava muito. Um homem do espírito no sentido pleno da palavra. Talvez seja melhor dizer, um homem de Deus. Sempre me deu toda a atenção, como se eu fosse sua filha única. Tenho certeza de que o homem de Deus sabe que não cometi o pecado da raiva. Cometi uma grande quantidade de leviandades, para não falar de irresponsabilidades, mas nunca visei o mal de ninguém. Há suficientes demônios que se agarram a nós, que se fundem conosco. Nossa vida nessa terra é tão curta, por que desperdiçá-la com brigas e raivas?

Cuidem de Laufer e não o deixem cair. Ele se entrega a nós de coração e de alma. Certo, às vezes ele nos irrita com seus sermões. Mas não faz isso por mal. Tudo nele brota de um coração preocupado. Não há nele uma gota sequer de egoísmo. Eu rezo para que todas as suas profecias se mostrem erradas e para que não haja lembrança delas, e que cada um se alegre com sua vida, e não a desperdice no vazio.

Cuidem de nosso anjo, Drucker. Eu me preocupo com ele. Tenho certeza de que o patrimônio dele é grande, e que ele o dará a todos nós ainda por muitos anos, mas às vezes me parece que nós lhe pedimos o impossível. Até mesmo à noite o chamam. Não se pode acordá-lo à noite. Ele já passou dos sessenta anos. Um homem na idade dele tem que dormir à noite. Tenham piedade dele. Ele é o nosso anjo neste mundo.

Rudolf é, inteiramente, um militar. É uma pena que só de tempos em tempos se veja a alma dele. Acreditem, ele tem uma grande alma. Ele está certo em proteger a todos os hóspedes com seu próprio corpo. Já o vi tratar de doentes, de fracos e de mortos. É verdade que às vezes ele é duro com seus funcionários, porém ele nunca os trata com crueldade. Os anos no exército o transformaram num militar, porém não aniquilaram sua alma. Vi sua generosidade e sua bondade.

Ao que parece, Drucker influencia a todos nós e aumenta o bem que há em cada um. Tenho certeza de que Rudolf concordará comigo.

E mais uma coisa antes que eu me esqueça: nossos órfãos, Max e Kuti. Eles são meninos excelentes. Nós às vezes os exploramos além da conta e evidentemente esquecemos de lhes dar uma gorjeta. Eles também têm vontade de se sentar no café, e eles também precisam de um tablete de chocolate e, o mais importante - de uma boa palavra. Às vezes, uma boa palavra é mais importante do que uma nota de dinheiro. Nós, me desculpem, somos tão avaros com as palavras. Por quê? Um homem que diz uma boa palavra a um órfão planta uma árvore frutífera.

Quero saudar muitas pessoas. Talvez comece com Manfred, o dono do nosso café, que merece todo o nosso amor. Seus sanduíches duplos e seus bolos de queijo estão recheados de amor. Ele nunca cobra suas dívidas. E eu sei que lhe devem muito. Graças à generosidade dele, todos nós somos melhores. Mark, o dono do bar, mesmo quando é obrigado a nos tirar do salão depois da meia-noite, nunca nos bateu e nunca nos tratou com crueldade. Os bêbados, às vezes, se portam com grosseria, e é preciso bater neles, mas ele nunca bateu em nós. Em sua casa ampla, passamos as noites mais bonitas de nossas vidas.

O que acrescentar e o que dizer? Me despeço deste lugar com muito amor. Me perdoem o gesto bárbaro. Não podia mais suportar aqueles demônios. Vocês não têm culpa de nada. Vocês foram, sem exagero, meu céu e minhas estrelas. Meus anos na montanha foram meus anos mais bonitos. Obrigado por tudo o que vocês me deram. Guardarei vocês em meu coração, para sempre. Herma.

O dono do hotel leu e sua voz embargou-se. Também as pessoas que ouviram sua leitura não aguentaram e caíram em lágrimas. Rudolf, que odeia qualquer expressão sentimental, estava com os olhos cerrados, como se as palavras o tivessem embalsamado.

Um dos novos hóspedes aproximou-se de mim e perguntou, admirado: "Quem era Herma?"

"Uma hóspede de nosso hotel."

"De que demônios ela fala?"

"Não sei."

"Bizarro", ele disse, "já havia muito tempo que não ouvia alguém dizer: os demônios me torturam".

49

Ao entardecer, arranjou-se o enterro. Uma chuva forte caía e os hóspedes se amontoavam junto à cova aberta e se zangavam com a Chevra Kadisha[22], que se recusou a acomodar a morta. Só os judeus sepultam sob a chuva. As pessoas cultas esperam pela chegada de um dia de sol. Colocar no fundo de um buraco de lama uma pessoa que ainda há poucas horas expressava suas vontades entre nós é um ato bárbaro. Os homens da Chevra Kadisha ignoraram os insultos, disseram suas preces e pediram a Drucker para dizer o Kadisch. A voz de Drucker aliviou a irritação e o pesar cobriu a comunidade molhada.

O luto por Herma fez os corações das pessoas se esquecerem das preocupações e dos temores. À noite, muitos dos hóspedes se embriagaram, cantaram e envergonharam a morta. Rudolf não foi duro com os que voltavam e lhes permitiu entrar no hotel sem lhes servir café forte.

No dia seguinte, os membros da equipe de corrida matinal não se levantaram. Rudolf ficou na entrada do hotel, trajado

22 Chevra Kadisha, que em hebraico significa Fraternidade Sagrada, é como se denominam as sociedades de voluntários encarregadas de todos os rituais fúnebres – desde a purificação dos corpos até o sepultamento. Esta edição manteve na grafia do nome a forma adotada pela própria instituição.

com roupas de esporte, e esperou em vão. À hora do almoço, havia um sentimento de que em breve Herma apareceria, como ela costumava fazer depois de um isolamento continuado, e que diria em voz alta: foi um engano, um mal-entendido, eu estou aqui. Vocês estão vendo que eu estou aqui.

Voltei para casa e encontrei uma carta de Hanna debaixo da porta. "Meu querido", ela escreveu, "não sei como estão as coisas com você. Entre nós a guerra já é sentida em todos os cantos. As chuvas caem sem parar, a comida está racionada e as pessoas juntam tudo o que está ao alcance de suas mãos. Papai enfraqueceu muito e durante a maior parte do dia fica mergulhado em sono profundo. Esta semana chegaram dois pacotes que você enviou e eles nos salvaram da desgraça da fome. Tenho saudades de você, meu anjo. Quem é que lava suas roupas? Quem as passa e quem prepara seu almoço? Saber que você priva sua boca para nos enviar os pacotes me causa dores. Abraço você em meu coração. Hanna".

Li e voltei a ler e senti que as palavras mexiam muito comigo. Hanna era o meu grande amor e sentia que deveria abandonar tudo aqui e descer para o vale, para junto dela. As duas noites com Jetti quase me contaminaram, porém não mancharam meus sentimentos por Hanna. Hanna me acompanha em todos os lugares, e até mesmo no túmulo de Herma eu a vi. É uma pena que me faltem as palavras para lhe escrever isso. Talvez seja melhor sem palavras. Mais um pouco e vou me armar de coragem e sair correndo atrás dela. As chuvas e as neves não me impedirão. Rudolf vai ficar bravo quando perceber que eu desapareci. Vou escrever uma carta a ele e explicar. Ele não despreza gestos cavalheirescos.

Desde a morte de Herma, um silêncio venenoso paira sobre o corredor do hotel. As pessoas se afastam umas das outras, correm para o café ou para o bar e, quando voltam de lá, bêbadas ou sóbrias, imediatamente se dirigem para seus quartos. Até mesmo Rudolf, que nos últimos meses trouxe para o hotel palavras do campo de esportes e dos campos de treinamento do exército, até mesmo ele agora se permite pronunciar palavras suaves.

Laufer foi o mais atingido de todos. Noite após noite, ele fica sentado no bar e se embebeda. Depois, vai para rua e vomita. Agora, suas pregações são súplicas acompanhadas de choro. O velho camponês ruteno, que Drucker contratou para acompanhar os bêbados até o hotel, fala com ele com delicadeza e lhe diz: "Agora você vomitou, agora você vai se sentir melhor. Você não pode levar as coisas ao coração. A vida não dura muito. Hoje você está aqui e amanhã estará no túmulo. Os judeus se irritam com qualquer coisa e tentam mudar coisas que não se pode mudar. Um homem precisa dormir. Sem o sono a vida é um inferno. Mais um pouquinho e você chegará ao hotel, e de lá o trajeto até a sua cama é curto".

Laufer escuta e não se acalma. O velho camponês continua e lhe fala das chuvas que destruíram dois de seus lotes de madeira. Uma geração antes, as chuvas eram mais moderadas. Essa geração é uma geração apressada, e as chuvas também são apressadas.

Rudolf não repreende Laufer nem o manda beber café forte. Ele o toma pelo braço, o leva diretamente ao quarto e diz: "Laufer, Laufer, você fala demais. Por que nunca chega a hora de você fazer um pouco de esporte? Você ainda é jovem. O esporte lhe faria bem, acredite em mim".

50

E assim corria a vida sem Herma. No hotel pararam de falar dela, porém no café, no clube de xadrez e no bar a lembrança de Herma era evocada com um sorriso amoroso. Passados trinta dias, organizaram uma noite de canções no bar em sua memória. Cantaram músicas com os ucranianos, imitaram Madame Fein e, evidentemente, se embebedaram.

As chuvas não param e, se o frio começar, vai nevar e a montanha vai ficar bloqueada. Em meu íntimo, a primeira nevasca acabou com minhas esperanças. Agora temo que a neve me separará ainda mais de Hanna. Os cocheiros não estão mais dispostos a descer da montanha. Um hóspede desesperado já ofereceu duzentos dólares em dinheiro para que o cocheiro o levasse de volta a Kimpulung. Até mesmo os mais corajosos dentre os cocheiros não estão dispostos a se arriscar. Entre uma chuva e outra, os policiais aparecem, derrubam as bancas e batem nos feirantes. Drucker não tem mais nenhum controle sobre eles. Ontem à noite, os policiais atacaram os currais dos mercadores de animais. Arrebentaram as grades e soltaram os animais. Os mercadores de animais, por sua vez, tentaram defender o gado. Os animais fugiram em todas as direções e se enfureceram no centro. Dois feirantes que tentaram deter animais foragidos se feriram e precisaram ser tratados pelo enfermeiro.

Drucker passa a maior parte do dia na polícia. Se antes eles lhe pediam somas enormes, agora pedem o impossível. Como ele não é capaz de satisfazer a todos os pedidos, eles se enfurecem. O chefe da polícia já disse: "Saiba que nós recebemos ordens, e não só para bater".

Se o destino da montanha estivesse nas mãos dos mercadores de animais, eles teriam reagido com a força. Eles são homens fortes, duros e bravos, e se é preciso se arriscar, eles não hesitam. Alguns mercadores já estiveram prestes a erguer suas armas e mirar nos policiais que romperam as grades. É melhor morrer com honra e não se render a ameaças e extorsões. Há limites para a humilhação. Eles estavam prestes a erguer as armas, mas no último instante se contiveram.

Drucker aproximou-se deles e lhes falou ao coração: "Se vocês matarem os policiais, virá um pelotão do exército e matará a todos nós. Certo, a subida para a montanha é difícil agora, mas o exército vai se esforçar e virá. Não vale a pena brigar com um Estado. Aqui há mulheres e crianças".

"Cinco soldados nos atacaram todas as vezes que desejaram. Nós não somos animais. Nós somos gente", disse um dos comerciantes, com voz grave e rude.

"Eles não são cinco, eles são um Estado. O Estado enlouqueceu e não está ao alcance das forças de alguns hotéis derrotar o sistema."

"Nós o derrotaremos."

"Quantos vocês são?"

"Quinze."

"É um número considerável, porém não me parece suficiente para derrotar um Estado."

"Mas agora podemos derrotar os cinco policiais."

"E o que acontecerá depois disso?"

"Depois disso morreremos. A honra é mais importante do

que a vida. A vida sem honra não vale um centavo."

Apesar disso, Drucker conseguiu convencê-los. Ele falou aos mercadores de animais sobre seus prejuízos e lhes prometeu que, dentro de um ou dois dias, chegaria uma ordem superior para que parassem os ataques. "Há escalões mais altos na hierarquia, e nós os alcançaremos."

E Drucker disse mais, para encorajá-los: "Eles por eles, nós por nós! Não é possível aniquilar-nos. Por dois mil anos tentaram nos aniquilar: os gregos, os romanos, os alemães, os franceses, os poloneses, e todos os outros. Impérios desapareceram da face da Terra, mas os pequenos judeus, os judeus teimosos, permaneceram vivos, e praticam o comércio, curam os doentes, agitam sindicatos, escrevem livros, e tudo mais. A teimosia, meus senhores, é uma força poderosa". Assim, ele os levou a mudar de ideia e os bajulou um pouco. E assim também os acalmou.

51

A neve caiu, sem aviso prévio e cobriu a montanha. A paisagem branca despertou do esquecimento, como que por mágica, os invernos anteriores, a casa aquecida e a sopa perfumada que Hanna costumava preparar. Muitas vezes, as nevascas nos confinavam ao interior da nossa casa e então comemorávamos, juntos, os dias curtos e os fins de tarde do inverno. Hanna lia livros de Júlio Verne para mim, me mandava copiar do livro *Alemão para Principiantes*, me ensinava frações e porcentagens, e à noite, quando a tempestade se enfurecia, eu entrava na cama e me aconchegava junto dela.

Agora ela está longe de mim, e é difícil ficar na casa vazia e fria. Vou para casa uma ou duas vezes por dia, copio os versículos, anoto alguns pensamentos apressados e saio para o hotel. Também no hotel, a neve não trouxe a alegria esperada. Ainda me lembro dos hóspedes vestidos com roupas grossas de inverno, saindo para jornadas de esqui. Às vezes Rudolf também se juntava a eles.

Ontem à noite, chegaram aqui dois oficiais alemães, montados em motocicletas. Foi a primeira vez que vi oficiais alemães. Causaram-me uma impressão forte, com seu jeito arrogante e sua postura ereta.

No dia seguinte, o chefe da polícia e dois de seus ajudantes saíram para fazer uma ronda com os oficiais. O chefe da polícia descreveu-lhes a estrutura da prisão da montanha, a estrada principal e os caminhos secundários, e as construções públicas. Demoraram-se, especialmente, junto da antiga sinagoga.

Depois disso, o chefe da polícia e os dois oficiais se debruçaram sobre um grande mapa, e começaram a falar numa língua incompreensível, com uma voz inaudível. Por um instante, me pareceu que a guerra avançava e se aproximava de nós, e que eles, debruçados sobre o mapa, tratavam de organizar a defesa do lugar. Lamentei ter só quatorze anos de idade e não poder participar da defesa da nossa montanha.

É claro que as coisas tomaram outros rumos. Na manhã seguinte, Drucker foi convocado pelo chefe de polícia. A reunião foi curta, ao contrário do que costumava acontecer. Drucker saiu de lá com pressa e foi diretamente para nosso hotel. Imediatamente, foi rodeado pelos hóspedes.

"Bizarro", começou Drucker, e continuou, "pela primeira vez não me pediram dinheiro nem relógios de ouro, nem mesmo um casaco de couro".

"E o que pediram?"

"Uma lista com os nomes dos residentes da montanha, com suas idades e suas profissões."

"Para quê?" perguntou um hóspede, admirado.

"'Para o bem dos residentes', me explicaram. Se formos cercados, estaremos em perigo, e então eles saberão quanta comida armazenar, a quem se dirigir e a quem ajudar."

O rosto de Drucker não parecia convencido, mas ao final seu otimismo prevaleceu sobre as dúvidas. Ele se levantou e disse: "Quem viver, verá!"

Drucker agora é o pai da montanha. Ele faz mais do que distribuir partes de seu patrimônio para todos nós. Há, nele, algo do homem milagroso: um certo amor incondicional, e também tranquilidade e moderação. E, apesar disso, havia hóspedes do hotel que ficaram preocupados com as instruções da polícia. "Nós somos apenas hóspedes. Mais um pouco e desceremos daqui. Que lista é essa, de repente?" E houve alguns que pensaram que não se tratava disso, e sim de um estratagema sofisticado dos fiscais do imposto de renda.

"Não há porque se preocupar", disse Drucker. O mais importante é tranquilizar as pessoas.

Assim, o dia inteiro foi marcado por uma sensação de suspense. Depois disso, foi preparada a lista de nomes. No total, noventa e quatro almas, quarenta do lugar e cinquenta e quatro hóspedes. A lista foi entregue na hora determinada. Para a surpresa de Drucker, estava na ordem do dia da polícia ainda um outro assunto: a sinagoga. Os dois oficiais alemães deram ordens de consertar e limpar a velha sinagoga, para que ali coubessem todos os moradores.

Drucker gracejou: "O homem milagroso não nos fez voltar às rezas. Mas os dois oficiais alemães vão fazer isso. Eles estão pedindo para arrumar e limpar a sinagoga abandonada".

"Limpar para quê?", perguntou um dos hóspedes, admirado.

"Qual é a dúvida? Para as necessidades das rezas."

"Mas, e quem não crê?"

"Começará a crer."

"Isso, eu não consigo entender", disse um dos hóspedes recém-chegados.

Drucker não interferiu no diálogo, mas seu silêncio tornou evidente que ele se encarregaria, também, dos gastos decorrentes desse trabalho. Ele contratou alguns carpinteiros ucranianos, que consertaram o que precisava ser consertado.

"Uma sinagoga arrumada não fará mal a ninguém."

"Querem nos levar de volta à Idade Média?", voltou a perguntar-lhe um hóspede novo.

"Quem não quiser rezar - que não reze", retrucou o outro.

"Espero que realmente seja assim. Não se esqueçam: na Idade Média, as pessoas eram obrigadas a rezar".

52

Na manhã seguinte, cinco carpinteiros se apresentaram na sinagoga abandonada, com as ferramentas de trabalho em seus baús. Em poucos instantes, desmontaram as barras de ferro que fechavam as portas altas, mas era difícil abrir as fechaduras. As fechaduras pesadas estavam enferrujadas. Puseram óleo dentro delas, mas isso também não adiantou. Por fim, os carpinteiros decidiram arrombar as portas, de comum acordo com Drucker. Eles pretendiam arrombá-las com marretas, mas logo ficou claro que não era necessário. Bastaram alguns empurrões leves. As portas estavam podres e caíram num instante.

Muitos testemunharam essa abertura de portas um tanto incomum. Todos acompanharam atentamente, como se esperassem que algo estranho fosse aparecer de dentro da escuridão trancada. Drucker estava junto das portas arrombadas, como se tentasse imaginar o tamanho do enigma. Não podíamos ver bem o interior da sinagoga. Só depois que trouxeram duas potentes lanternas Lux e iluminaram o interior da sinagoga revelou-se uma gigantesca biblioteca, com os livros organizados em prateleiras, cobertos por uma grossa camada de poeira. Os móveis silenciosos, que por anos a fio tinham ficado mumificados nas trevas, surgiram, como que paralisados diante da luz das lanternas. Estavam mergulhados em sono profundo.

Primeiro, Drucker aproximou-se da entrada. Depois, convidou as pessoas para verem o saguão cujas portas tinham sido arrombadas. Houve gritos de admiração e também a indiferença dos céticos, que não se admiram com nenhum milagre. E ainda assim, todos concordavam com uma coisa: as paredes. As paredes eram decoradas com flores e pequenos animais, um jardim do Éden verde e vermelho, cujo viço não tinha sido apagado pelos anos.

Mas as lanternas aprofundaram o olhar e revelaram mais do que isso. Ficou evidente que aquele lugar, que estivera em uso por todos esses anos, desde que fora fechada a grande sinagoga, e que era chamado de "sinagoga", não era mais do que uma construção decrépita, fora da verdadeira sinagoga. A antiga sinagoga, belíssima, estava às escuras, longe dos olhos de todos. Por que estava fechada? Quem a fechara? Ninguém sabia responder a essas perguntas.

Os vigias contavam que antigamente a montanha fora um lugar muito famoso. Judeus crentes vinham para cá, da Bucovina e da Galícia, para se atirar sobre os túmulos dos antepassados do homem milagroso. Em sua maior parte, vinham durante as festas, especialmente em Rosch Haschaná e em Iom Kipur. Uma parte deles se hospedava em casas e hotéis, porém a maioria se amontoava em tendas, onde estudava e rezava. Quando pararam de vir, e por quê, ninguém sabe dizer. Nos últimos anos, ao que tudo indica, vêm apenas judeus de lugares distantes, doentes para cujas doenças os médicos não encontraram remédio, desesperados. Antigos crentes praticamente não vêm.

Enquanto isso, a cada dia há uma nova surpresa. Recentemente, Drucker foi avisado para mobilizar a população da montanha e recrutar pessoas para consertar e limpar a sinagoga, e a limparam. "A limpeza é o primeiro mandamento da cultura", disse o oficial alemão a Drucker.

Drucker contratou Rudolf para ajudá-lo. Rudolf não só fala um alemão perfeito como também conhece a língua militar. Com ele, contrataram alguns mercadores de animais, feirantes e alguns dos hóspedes da montanha. Eu e Max também fomos chamados. Não houve oposição, nem argumentação. Ao contrário, todos pediram para contribuir com a exposição do antigo tesouro, que há muitos anos existia, aqui perto, escondido dos olhos de todos.

"Estranho que não tenhamos reparado nessa grande construção", admirou-se um dos hóspedes.

"Não queríamos ver", respondeu-lhe um hóspede idoso.

"E ainda assim admiraram-se. Todos viam as grandes portas, e o que diziam?"

"Diziam: 'é uma ruína.' "

Pouco a pouco, foram retirando os livros dos armários. O mofo foi removido, os livros foram limpos. Depois disso, os armários foram consertados e, antes que se passassem dois dias, o cheiro de sabão, benzina e produtos de desinfecção espalhava-se por toda a parte. Drucker disse: "Eu contei dois mil livros. É uma pena que sejamos ignorantes e não saibamos lê-los. Que cultura rica!" Nem todos concordaram com ele. Houve alguns que disseram: "Essa é uma cultura que desapareceu do mundo, e é bom que tenha desaparecido. É melhor que os judeus estudem medicina, direito e engenharia".

E se o homem milagroso soubesse das últimas descobertas? Ao que parece, não sabia. Na última semana, ele adoeceu de pneumonia. Na falta de médico, foi tratado pelo enfermeiro. Ele foi examiná-lo, deu-lhe um remédio para atenuar as dores, e disse aos vigias para o levarem o mais rápido possível para o hospital.

Depois que ele adoeceu, os vigias não saem de perto da sua cama, mas não podem levá-lo ao vale, ao hospital. A doença do homem milagroso é uma das coisas que aconteceram desde a vinda dos oficiais alemães. Um *minian* se reúne três vezes ao dia na sua casa e, depois da reza, os homens permanecem para dizer salmos até tarde da noite.

Desde que eu soube da doença do homem milagroso, copio cuidadosamente no caderno os versículos das rezas, e escrevo longas cartas a Hanna. Nas últimas semanas, a escrita me alegra. Conto a ela tudo o que acontece na montanha e também lhe conto dos meus sentimentos. Os acontecimentos aqui não são nenhuma alegria e até mesmo a descoberta da grande sinagoga desperta temor. Mas a escrita, devo reconhecer, me alegra. Na gaveta, já se acumulou uma pilha de cartas. A dúvida é se algum dia chegarão a Hanna. Eu me encontro com Hanna em todos os momentos do sono de minha alma e não escondo nada dela.

À noite, sonhei que foram descobertos, por acaso, ainda outros aposentos abandonados da sinagoga, que pareciam cavernas ligadas umas às outras. O mofo cobria os armários e os livros, porém, com uma passada de pano, a madeira voltou a brilhar. "Bizarro", ouvi Drucker dizer, "tudo isso é o reino grandioso e misterioso do homem milagroso, e nós não sabíamos".

53

A vida aqui mudou, sem que nós percebêssemos. Ao que parece, quem não desceu da montanha até agora não descerá mais. Uma ordem expressa foi divulgada pelo comando, determinando que a descida da montanha está proibida e quem for apanhado será preso. A ordem, primeiro, foi passada por meio de Drucker, porém também foram afixados comunicados nos edifícios públicos. A verdade é que mesmo sem essa instrução severa, ninguém se arriscaria a descer. As tempestades se sucedem, a neve se acumula até a altura das janelas, e todo o movimento na montanha foi interrompido.

Porém, os oficiais não esquecem do conserto da sinagoga. Todas as manhãs, Rudolf se apresenta com trinta homens, e imediatamente começam a esfregar, a enxaguar e a desinfetar. Primeiro, parecia que os oficiais haviam encontrado uma linguagem comum com Rudolf e eles falam com ele como soldados falam com soldados. Porém, logo ficou claro que os oficiais davam ordens e não as complementavam com palavras e nem com explicações.

O trabalho matinal é duro, porém à noite veem-se os resultados concretos: mais um armário consertado, mais livros arrumados nas prateleiras. O cheiro de mofo desapareceu e o saguão emana um cheiro de sabão e de Lysol. Tudo é sólido e concreto e, apesar disso, me parece que não estamos lidando com ferro e com madeira, e sim com objetos misteriosos, que se recusam a despertar de seu sono prolongado.

Por algum motivo, Drucker pediu para compartilhar com um dos oficiais sua admiração ante as descobertas. O oficial não se admirou com os livros antigos, nem com os baús adornados com ferro. Limpeza, essa é a essência do assunto. Cada vez que ele descobre um canto abandonado, ou fezes de pombos, ele chama Rudolf. Rudolf obedece e imediatamente sai para cumprir as ordens.

E, apesar disso, a vida continua sendo a vida. O café funciona desde as últimas horas da tarde até às dez da noite. O bar fecha mais cedo por ordem dos oficiais e no clube de xadrez a tensão e a concentração continuam como sempre. Mas os enigmas continuam e causam preocupação. Qual é a intenção desses dois oficiais? Às vezes me parece que estão levando a cabo algum plano meticuloso, e às vezes me parece que tudo é arbitrário. Por que portar uma estrela de David amarela no peito e nas costas? Para que as ordens unidas ao amanhecer e ao entardecer? Nós pagamos imposto de renda e não matamos ninguém. As humilhações, às vezes, são mais duras do que o trabalho, mas há pessoas que acham que tudo é para o bem, e que dizem: "A montanha, apesar de sua beleza, não está arrumada. Há nela cantos abandonados e ruínas feias de se ver. Os alemães não apenas amam a ordem, mas também têm um sentido estético apurado".

Os mercadores de animais estão furiosos. Eles sabem que os oficiais não estão se comportando de maneira decente, e que eles fazem tudo de maneira desrespeitosa. Drucker lhes fala ao coração, e lhes assegura que tudo, no fim das contas, será para o nosso bem. Não há de estar longe o dia em que teremos uma sinagoga esplêndida, com uma grande biblioteca. É preciso olhar o que há de positivo nesse trabalho obrigatório.

Apesar disso, os mercadores de animais estão irritados. É difícil, para eles, expressar sua raiva por meio de palavras, porém todos os movimentos deles dizem: não é assim que se age com gente. As pessoas não são animais. As pessoas são dignas de um pouco de consideração e de um pouco de respeito. Por que discriminá-las? Por que obrigá-las a portar uma estrela de David amarela no peito e nas costas? Isso é vergonhoso. Nós somos judeus. Todos sabem que nós somos judeus. Nós não nos alienamos da nossa tribo. Nenhum ucraniano porta uma cruz no peito e nas costas. Isso é uma discriminação insuportável. Os judeus não são melhores do que qualquer pessoa, mas tampouco são inferiores.

Drucker ouve os argumentos e não os ignora, mas diz: "Vamos ver, vamos nos armar de paciência, a pressa não vai nos servir para nada". Drucker sabe o que está fazendo. Os comerciantes de animais são pessoas apressadas, que se encolerizam facilmente, e que se os humilham estão prontos a erguer a mão contra um dos policiais ou até mesmo contra o oficial. Há anos que eles cuidam de seus currais na montanha. Mais de uma vez tentaram roubar os animais deles; mais de uma vez os policiais tramaram contra eles. Eles são pessoas duras e destemidas. Mais de uma vez eles se confrontaram com fazendeiros ousados e com bandos de ladrões. Às vezes, como tática, eles recuam, mas não para sempre. Eles são judeus diferentes, judeus que aprenderam com a montanha, com os animais, com a água e com a chuva. Eles não se alienaram de sua tribo, mas os judeus da cidade lhes são estranhos e, no íntimo de seus corações, eles os desprezam. Drucker aprendeu a reconhecê-los. Ele lhes fala em voz baixa, os convence com palavras agradáveis e volta sempre a argumentar com eles que, apesar de tudo, os alemães são melhores do que os romenos. Mas aquela é uma situação passageira, um momento de tempestades súbitas, e é melhor curvar-se. Os mercadores de animais não se convencem com palavras. Eles são desconfiados. Para tranquilizá-los e acalmar suas mentes, Drucker lhes traz, todas as noites, duas garrafas de conhaque. Eles se alegram, porém não vendem seus sentimentos por um cozido de lentilhas. "Nós amamos a vida, mas não a qualquer preço", dizem, e ainda acrescentam: "Um homem deve estar pronto para lutar".

Enquanto isso, os consertos prosseguem. Agora, estão consertando e limpando o esplêndido lugar reservado às mulheres, estão substituindo a balaustrada de madeira, estão consertando os degraus, e um cheiro de serragem e de tabaco se ergue de todos os cantos.

"Você imaginava que um dia haveriam de decorar a sinagoga antiga?", disse um dos hóspedes a seu amigo.

"Não! A realidade supera qualquer imaginação."

"Não tenho outra coisa a dizer."

"Isso não é a realidade. Isso é um pesadelo."

"Mas não é nenhum pesadelo desinteressante, você há de concordar comigo."

"De boa vontade abriria mão dele."

"Nós não o escolhemos."

"É o que eu disse. Uma ironia do destino."

54

No dia cinco de janeiro, um dia de tempestade, nosso homem milagroso partiu para o seu mundo. Passou muitos anos doente. Há tempos que se falava de sua doença cardíaca, depois falavam de sua cegueira. Eu ainda o vi sair de dentro de sua casa e sentar-se no quintal. Quando sua doença se agravou, seus vigias o colocavam numa padiola e o levavam ao bosque, atrás da casa. Às vezes o levavam a algum dos picos abertos, para que ele respirasse ar puro. Sempre se disse que esse homem emaciado era dono de uma grande força. Os comerciantes de animais, fortes, costumavam vir consultar-se com ele, ou lhe traziam as frutas e as verduras que compravam dos camponeses.

O homem milagroso foi o último de uma longa dinastia. Não deixou descendentes. Passou as últimas semanas mergulhado em sono profundo, e sua morte já era esperada. Ainda assim, meu coração me dizia que ele haveria de viver por muitos anos. Eu crescerei e amadurecerei, porém o homem milagroso ficará conosco para sempre. Esse sentimento, é claro, era compartilhado por muitos outros. E agora veio a sua morte, um golpe duro para todos nós. Os vigias, consternados, saíram e ficaram na entrada da casa. Eles respondiam às perguntas das pessoas dando de ombros, como se suas línguas tivessem sido cortadas.

"O homem milagroso morreu", dizia, confuso, um dos comerciantes do centro.

"Não diga 'morreu' ", repreendeu-o seu amigo.

"Então o que devo dizer?"

"Diga 'voltou ao seu mundo'."

"Desculpe", disse o comerciante. "Não sabia."

Se não fosse pela tempestade, os vigias o teriam enterrado imediatamente. Mas a tempestade os impedia e é bom que os impedisse. Para todos os que nasceram na montanha, o homem milagroso era parte inseparável de suas vidas. Havia gente, como meu pai, que não acreditava nele. Porém, a maioria das pessoas da montanha ia até ele e acreditava nele, para não falar dos hóspedes do hotel: eles não vinham para cá para ver a paisagem e sim para ficar junto dele, e seus conselhos eram, para eles, guias para a vida.

A notícia correu pela montanha. Apesar da forte tempestade, as pessoas tomaram coragem e saíram de suas casas. Agitavam as mãos e faziam sinais umas para as outras. A guerra, a tirania dos oficiais alemães, todas as preocupações e todos os temores, pareceram desaparecer de uma só vez. A morte dele atingiu a cada um de nós. Até mesmo Rudolf, que era cético até os ossos, foi apanhado de surpresa pela morte do homem milagroso. "O homem milagroso morreu. Eu não acredito", ele reagiu, quando a notícia chegou aos seus ouvidos.

O homem milagroso era o homem mais velho da montanha, e talvez também o mais doente. Porém, aos meus olhos, ele não parecia doente. Eu o via sempre esvoaçando sobre nós, ou olhando para o nosso íntimo com seus olhos cegos. Certa vez, sonhei que ele me estendia a mão e me levava para junto dele.

Apesar da tempestade, as pessoas tentavam ir até a casa dele. Eu também cobri meu rosto com um xale, e saí. A casa, antes sempre tão bem cuidada pelos vigias, estava aberta e as pessoas entravam e saíam sem pedir permissão. Passei pelo corredor, que já conhecia, e entrei no quarto dele. O homem milagroso estava pousado no chão, envolto por um lençol, e duas velas grandes de cera ardiam junto à sua cabeça.

Os vigias diligentes, que durante todos esses anos andavam, ágeis, de um lado para outro, agora estavam como que paralisados. Eles estavam de pé no canto, como se estivessem de castigo. Ninguém ousava aproximar-se deles. Um dos hóspedes, ligado ao homem milagroso pelo coração e pela alma, perguntou: "O que há?" Os vigias nem levantaram as cabeças para lhe responder. Me lembrei de Hanna. Todos os anos, Hanna queria ver o homem milagroso, mas não ousava. Ela dizia: "Há uma fila imensa de gente em apuros. Eu posso esperar. Um dia desses, irei". Havia muito tempo que eu não via o rosto de Hanna com semelhante clareza. Por um instante, me esqueci da morte do homem milagroso. E a saudade de Hanna voltou e me inundou.

55

À noite, o dono do bar não abriu o salão. Os hóspedes do hotel e os moradores do lugar se puseram a gritar na frente da porta: "O que é isso, agora! Fechado!" O dono do bar não reagiu. Por fim, ele não se conteve, abriu a janela e gritou para os que o confrontavam: "Tenham um pouco de vergonha! O homem milagroso ainda nem acabou de subir para os céus e vocês já estão gritando 'cerveja! cerveja!'? Um pouquinho de respeito, um pouquinho de moderação!"

"Um novo santo, você!" caçoaram dele.

"Eu não sou santo, nem sou filho de um santo."

"Então por que você faz cara de santo?"

"Eu não vou abrir a porta. Por dinheiro nenhum vou abrir a porta. Não vou me fazer de pessoa cheia de princípios, mas disso não vou abrir mão."

"Um homem piedoso!", voltaram a gritar.

"Podem me chamar de piedoso e até de malvado. A porta eu não abro!"

Como não havia outro jeito, todos se amontoaram no café. No café não se falava sobre o desaparecimento do homem milagroso, mas sobre a maldade dos oficiais alemães. Um dos hóspedes argumentou que o governo de Hitler é um governo conservador, que quer reconduzir as pessoas à tradição dos seus antepassados, e que por isso as igrejas e as sinagogas estavam sendo restauradas. Aos domingos, os cristãos iriam à igreja, e aos sábados os judeus rezariam na sinagoga. Um homem, que era conhecido como comunista, argumentou que a religião é o ópio do povo. Não haveria de estar longe o dia em que Stálin haveria de livrar-nos todos dessa tirania.

Eu também estava sentado no café. Pedi uma xícara de café e um sanduíche duplo, e as imagens do enterro voltaram à minha mente. Fiquei bem perto do túmulo, e vi o enterro apressado, ouvi o murmúrio das orações e reparei no medo que pairava sobre os olhos dos vigias. Estava triste por causa de Jetti, que estava de pé, encolhida, junto com suas colegas. Os homens, no cemitério, me pareciam pequenos e desorientados, como se não tivessem vindo para acompanhar o homem milagroso para o seu mundo, e sim para suplicar-lhe que não fosse para lá. Seus pedidos não tiveram sucesso. Logo após o enterro, todos desapareceram, depressa. Quando cheguei ao hotel, logo ficou claro: o homem milagroso já vive separado de nós.

À noite, em meu sono, vi o homem milagroso. Seus olhos cegos sorriam e, por um instante, me pareceu que ele estava caçoando de mim. Enganei-me. Ele voltou a me lembrar das suas ordens. Não compreendi o que ele dizia, mas senti que me ligava a ele, e que, se estivesse em dificuldades, ele me ajudaria.

Despertei desse sonho. Ainda era noite fechada. Fui até a cozinha e pedi um copo de café. A cozinheira, Fruma, me recebeu com surpresa e disse: "O que está acontecendo com você, Kuti? Por que você não dorme?" Quis dizer-lhe alguma palavra de agradecimento, mas as palavras ficaram presas à minha boca. Fiquei envergonhado. Quando quero dizer uma frase inteira, minha boca fica bloqueada.

Imediatamente, ela me preparou uma xícara de café, e acrescentou bolo de queijo. "A guerra está perto", ela disse, "e você precisa se fortalecer. Quem é que sabe o que nos espera? Agora não há ninguém para nos conduzir. Estamos abandonados".

"O homem milagroso vai se preocupar conosco lá no alto", saíram as palavras de minha boca.

"Acredito que sim", disse Fruma, "mas, apesar disso, este inverno é diferente, eu estou preocupada com os oficiais alemães. Não os vi, mas o que eu ouvi me assusta, não sei por quê. Por que restaurar a velha sinagoga no meio do inverno? E se ninguém for capaz de rezar? Para a maioria dos homens, hoje, é difícil rezar".

Quis dizer-lhe algo, mas minha boca ficou bloqueada, e outra vez fiquei ali parado, como um golem.

Fruma veio na minha direção, e disse: "eu, ao que parece, sou preocupada por natureza. Qualquer tipo de novidade me causa preocupações. Talvez eu esteja enganada. Talvez eles tenham boas intenções. Eu confio em Drucker. Ele é um homem direito, ajuda a todos e não só a si mesmo. Ele não come nem bebe. Se ele confia nos policiais, nós não temos motivo para preocupação. Ele é inteligente. Vá dormir. Ainda é noite. Como será que é a velha sinagoga?"

"As paredes são decoradas com flores e com pequenos animais", saiu uma frase completa de dentro de mim.

"Nunca vi uma sinagoga com desenhos nas paredes."

"É muito impressionante."

"Por que estou falando? Melhor, para mim, é me calar, meu querido."

56

Dali para diante, a cada dia vinham ordens mais estranhas. De manhã, tínhamos que nos ajoelhar e gritar: "Viva o povo romeno! Viva o povo alemão! Viva Hitler!" E agora os judeus também começaram a arrecadar dinheiro para a comunidade. No começo, isso parecia até engraçado, mas como repetíamos esses brados todas as manhãs, e como todos os dias acrescentavam novas palavras, pouco a pouco elas começaram a soar como acusações, diante das quais é necessário fazer justiça. Depois do trabalho, éramos obrigados a ficar enfileirados em posição de sentido e tínhamos que gritar: "Viva Hitler! Ele salvará a humanidade dos parasitas!"

Enquanto isso, terminaram os reparos na sinagoga. A sinagoga está limpa e, no próximo Schabat, todos estão avisados de que têm de ir rezar. Essa ordem não alegrou a ninguém. Ela foi longe demais, depois da ordem de limpar o pó e de esfregar o assoalho. Os mercadores de animais se zangaram especialmente. Eles tinham muita afeição pelo homem milagroso, mas só iam à sinagoga em Rosch Haschaná e no Iom Kipur. No hotel, a ordem foi recebida com surpresa e sorrisos: "Qual é o sentido de mandar alguém rezar? Desde quando se reza para obedecer ordens?"

Drucker não sai da porta da polícia para se encontrar com os oficiais alemães, mas eles se recusam a vê-lo. Agora, para dizer a verdade, ele é um mensageiro que recebe ordens. E todas as ordens vêm acompanhadas da advertência de que, se não forem cumpridas como se deve, os responsáveis serão punidos com a prisão ou com a morte.

Ontem à noite, o hóspede Haupt estava a caminho de um dos picos. Desde que chegara aqui, e mesmo quando nevava, Haupt tinha o costume de subir nos picos para ver a paisagem. A vista dos Cárpatos, ele repetia sempre, é um remédio para a alma, e não se pode perder nem mesmo uma única oportunidade. Um dos policiais o viu, e lhe deu ordens para parar. Ao que parece, Haupt não ouviu, ou não obedeceu, ou estava imerso em seus pensamentos. O policial atirou e o atingiu. Primeiro, pareceu que o ferimento era fatal, e que Haupt não escaparia vivo. Por sorte, a bala se alojou em seu ombro e não atingiu nenhuma veia ou artéria central, nem quebrou nenhum osso. Porém, a mensagem era clara: não haveria mais palavras e não haveria mais explicações. Quem não obedecer às ordens – o sangue jorrará de sua cabeça.

Todos os dias, escrevo em meu caderno os versículos das preces, e escrevo uma carta para Hanna. Nas cartas, conto para ela das humilhações que sofremos, mas não escondo minha alegria por me sentir adulto. Trabalho com os homens e há alguns trabalhos que faço muito bem. Agora, não há nenhuma possibilidade de enviar as cartas, mas pensar que as cartas chegarão a ela um dia me alegra. Hanna é o grande amor da minha vida.

Nossos dias não são mais como eram. A polícia nos oprime, nos obriga a limpar as ruínas e a reconstruí-las. As pessoas perguntam para que serve tudo isso, e ninguém tem uma resposta plausível. Desde que os alemães chegaram, nossa vida virou um pesadelo. De manhã, Drucker vai à delegacia de polícia para receber as ordens e imediatamente ele as passa para

Rudolf. Rudolf nos organiza em equipes, e nós saímos marchando em direção às ruínas. Uma parte dos trabalhadores vai para a limpeza das casas abandonadas. Às vezes, me parece que os alemães vieram aqui só para nos ensinar a limpeza e a ordem. Entre os hóspedes, há alguns que dizem que não nos fará mal nenhum aprender um pouco de ordem. Isso não é uma arbitrariedade, mas um novo tipo de aprendizado. É preciso colocar nosso lugar em ordem outra vez. Depois da guerra, vão nos agradecer.

Se não fosse pelos segredos, talvez fosse possível suportar essa vergonha. Os segredos nos destroem por dentro. Ontem à noite, depois do trabalho, fomos obrigados a rastejar na neve, do nosso lugar de trabalho até o centro. Quem não rastejava como devia, apanhava, e um homem foi obrigado a rastejar nu. Voltamos ao hotel sujos e exaustos.

Haupt perguntou em voz alta: "Rudolf, você é um militar. Talvez você possa nos explicar para que nos obrigam a rastejar?"

"Precisamos entender isso como um tipo de treinamento de recrutas."

"Eu fui recruta", respondeu Haupt em voz alta, "nunca bateram em mim e nunca me humilharam".

"Normalmente, o treinamento de recrutas é um pouco humilhante, para que eles aprendam a obedecer ..."

"Nós estamos na posição de recrutas?"

"Certo."

"A maioria de nós já passou dos cinquenta anos de idade!"

"Nunca é tarde demais", disse Rudolf, e sorriu.

Às vezes me parece que estamos vivendo num presídio. Fomos condenados por causa de algum parágrafo de alguma lei. Deve haver algum parágrafo que permite capturar um homem, prendê-lo e obrigá-lo a trabalhar pesado, ou que diz que estamos em prisão administrativa e que, portanto, essa prisão se estende indefinidamente.

Enquanto isso, Laufer adoeceu de tifo. Ele fica isolado, num dos últimos quartos do hotel. Passa na cama a maior parte do dia, calado, mas à noite ergue a voz e, em sua febre alta, grita: "Fujam, meus irmãos, fujam! A terra está queimando sob os nossos pés!" Em sua voz doente, agora, há uma espécie de melodia feminina, que vem das profundezas do sono. Rudolf aproximou-se do quarto dele e pediu: "Laufer! Não grite! Você está acordando as pessoas!" O pedido deu resultado. Laufer se calou. Rudolf disse que seu estado é grave, e que há dúvidas se ele sobreviverá sem remédios.

Rudolf mudou desde que os alemães chegaram. Ao que parece, ele voltou a ser quem era nos tempos da guerra, há vinte e seis anos: um sargento que se preocupa com seus soldados, que se arrasta para junto deles para ver como eles estão; um irmão mais velho que lhes traz comida quente sob o bombardeio, que cuida dos feridos e que os ampara em suas doenças. Não é à toa que ele foi digno de oito condecorações - e que em todas elas se lê: "estendeu ajuda aos seus soldados sob fogo cerrado". Agora, não há guerra, mas uma espécie de escravidão. Rudolf range os dentes, mas não desobedece a nenhuma ordem. Todas as manhãs, ele nos envia em equipes e logo vem ver se tudo está em ordem. Se alguém está machucado ou cansado, ele se ajoelha, pergunta e cuida. Rudolf, é claro, não é menos enfermeiro do que o enfermeiro.

57

Ontem completei quatorze anos. Minha gagueira não melhorou em nada. Ao que parece, esse defeito vai me acompanhar por toda a vida. Ouvi um dos hóspedes brincar e dizer: "A Grande Guerra curou minha personalidade". Às vezes, tenho a sensação de que minha gagueira já se espalhou por todos os membros e que a boca é apenas um dos seus meios de expressão.

Mais de uma vez disse a mim mesmo que, nessa hora decisiva, não posso pensar no meu defeito e que preciso estar pronto para obedecer às ordens de Rudolf. Nas últimas semanas, as pessoas têm falado menos, perguntado menos, resmungado menos. Elas obedecem às ordens e se calam. Às vezes, me parece que sabem o que está por vir, e que só eu continuo mergulhado no meu pequeno egoísmo e, ao que parece, não sou capaz de entender a diferença entre o importante e o supérfluo.

Todas as manhãs, saio com minha equipe para o trabalho. Fico contente por ser um entre vários iguais. E há trabalhos nos quais eu me destaco como, por exemplo, rolar pedras e vergar ferros. Rudolf avisou aos que saíam para o trabalho que eu completei quatorze anos, e todos me saudaram. As saudações me deixaram confuso. Mas, em meu coração, me alegrei.

Agora, não sou mais um menino de recados, e sim membro de uma equipe de trabalhadores.

Uma ou duas vezes por dia, o chefe da polícia ou um dos oficiais alemães aparece, chama Drucker ou Rudolf, modifica as ordens ou as complementa. Uma das formas de humilhação que inventaram recentemente é obrigar-nos a sair para a praça em frente à sinagoga, onde somos forçados a nos ajoelhar e dizer em voz alta: "*Mosche Rabenu*, perdoe-nos por todos os roubos e por todos os crimes que cometemos contra o povo romeno". Quem não se ajoelha como deve, e quem não fala em voz alta, é açoitado. Certa vez, a maneira como nos ajoelhamos não lhes agradou, por algum motivo, e eles começaram a dar tiros, que passaram sobre as nossas cabeças.

Drucker tenta entrar em contato com seus conhecidos em Suceava[23] ou em Bucareste. O único telefone que havia na agência de correios foi cortado. Na falta de outro jeito, ele pediu a dois camponeses ucranianos para viajar a Suceava e procurar seus conhecidos. Os camponeses prometeram ir, mas não cumpriram a promessa. Drucker não desistiu. Há alguns dias, encontrou um órfão cigano, que estava disposto a ir até Suceava se lhe arranjassem esquis. Drucker não hesitou, lhe forneceu o que foi pedido e lhe assegurou que, se trouxesse uma carta de seu conhecido, receberia uma bela soma. O cigano ergueu a mão sobre o coração e jurou. Quem sabe se voltará?

Ainda bem que a noite ainda nos pertence. À noite, nos sentamos no *lobby* do hotel, ou no bar, ou saímos para o café. De tempos em tempos, volto para a minha casinha, fico sentado ali por uma hora, copio os versículos e escrevo algumas linhas para Hanna. Depois, entro no café. As pessoas me convidam a tomar uma xícara de café, e eu me sento junto delas, e ouço o que têm a dizer.

23 Também conhecida, devido à grafia alemã, como Suczawa. Localiza-se na Bucovina, Romênia.

Ontem, um dos hóspedes voltou-se para mim e me perguntou se vou à escola. "Veja, eu sou gago", eu quis dizer. Mas não disse. Respondi a ele como uma só palavra: "Não". O hóspede compreendeu e me deixou em paz.

Nos últimos dias, há muito trabalho e todos estão tensos. Fala-se só o mínimo indispensável. Ninguém me incomoda com perguntas e ninguém me dá conselhos sobre como dominar a gagueira. E ainda assim, de vez em quando alguém se livra de todos seus temores, e volta-se para mim, como por exemplo aquele homem cujo nome nem sei, e que me perguntou se vou à escola. "Por que você se preocupa comigo numa hora dessas?", eu quis lhe dizer. Mas, evidentemente, não disse. Em meu coração, sinto que só galopar sobre os picos nevados poderá abrir minha boca, e que então falarei como todos os outros. E esse segredo, não revelo a ninguém.

Há dois dias, um dos trabalhadores da cozinha voltou-se para mim, demônio maldito. Me perguntou por que eu não vou a uma escola de gagos. Eu ergui o punho e não lhe respondi nada. Não é fácil me tirar do sério, mas há momentos nos quais não consigo controlar minhas mãos.

À noite, Rudolf me incumbe de tarefas especiais, como levar comida a um homem inválido ou a uma mulher que adoeceu de tifo. Cumpro essas tarefas com rapidez e sinto que estou fazendo algo importante e misterioso. Algumas pessoas adoeceram de tifo e há também uma família inteira que adoeceu. Eu me aproximo da casa do doente, bato com um bastão na porta, aviso que há um pacote na soleira da porta e me afasto dali. Alguns doentes já morreram e os vigias do homem milagroso se apressaram em enterrá-los. Os vigias fortes do homem milagroso agora parecem mais altos e mais magros, como se o aspecto mundano de seu caráter tivesse desaparecido. Eles fazem tudo com diligência, sem falar. Às vezes, as pessoas se aproximam deles e lhes perguntam sobre os costumes de luto, ou lhes pedem algum conselho sobre questões práticas. Enquanto o homem milagroso vivia, eles eram ousados e respondões. Agora, eles se levantam e dizem: "O que podemos dizer? Nós não sabemos. Nós não queremos enganar vocês". Quando as pessoas os pressionam, eles contam o que sabem, ou o que lhes ocorre. Desde que o homem milagroso desapareceu, a postura deles encurvou-se, eles emagreceram, e nos seus olhos paira uma espécie de temor. À noite, alguns homens se reúnem no quarto do homem milagroso para rezar. Depois da reza, eles se sentam para discutir algum livro, ou ficam calados. Depois da morte do homem milagroso, o quarto dele se tornou um templo para esses homens.

Ouvi um dos vigias dizer a seu colega: "Esta noite vi em sonho o homem milagroso e ele me pediu para não ficar triste por ele. Respondi que eu não conseguiria. Ele me repreendeu e me chamou de teimoso. O que você me diz desse sonho?", perguntou o que estava contando.

"Não sei o que lhe dizer."

"É um sonho ruim ou bom?"

"Tenho certeza de que é um sonho bom."

"E como se pode saber se um sonho é bom?"

"Se o homem milagroso aparece nele, é sinal de que é um bom sonho."

Há duas semanas as pessoas ainda discutiam, apresentavam argumentos e contra-argumentos. Agora, o silêncio impera à nossa volta. Exceto por Laufer, que perturba as noites com suas súplicas doentes, todos permanecem calados. As palavras não fluem das bocas das pessoas como antes, e agora se parecem um pouco com minha própria fala. Haupt reclama: "Os pensamentos correm na minha cabeça, mas a fala não é mais como antes".

"Qual é sua intenção?", admirou-se um dos hóspedes.

"Não tenho nenhuma vontade de falar."

"E quais são os seus pensamentos?"

"Sem palavras os pensamentos se enfraquecem. Os pensamentos, ao que parece, necessitam da ajuda das palavras, ou o diabo sabe o quê."

O trabalho forçado, evidentemente, não se faz com palavras certas, e sim com o esforço das mãos. Todos reclamam que os pensamentos se dissolvem porque não há palavras corretas para contê-los e comandá-los. É difícil para mim entender isso. Mas há uma coisa que está clara para mim: quando eu estiver montado num cavalo a galope, imediatamente a fala começará a fluir da minha boca.

58

E então todos fomos surpreendidos pelo inesperado. Certa noite, sem aviso prévio, todos os policiais e os dois oficiais alemães, ao todo sete homens, foram aos currais dos mercadores de animais e avisaram que os animais seriam confiscados, e que os mercadores passariam a morar no centro da cidade. Trouxeram Rudolf para o encontro, e Rudolf lhes traduziu suas ordens, palavra por palavra.

"Como assim, confiscados?", perguntou o chefe dos mercadores.

"Agora tudo pertence ao Estado", foi a resposta do oficial alemão.

"E não vão pagar nada?"

"Depois da guerra, pagaremos", ele logo respondeu.

"Quando é preciso levar os animais?"

"Imediatamente."

Ao ouvir essas palavras, o chefe dos mercadores de animais, um homem que já não era mais moço, virou sua grande cabeça para seus companheiros mercadores e lhes falou, na língua deles, uma mistura de ídiche e ucraniano, e avisou que a polícia pretendia pegar todos os animais.

"Está bem", disse o chefe dos mercadores, "e é melhor apanharmos nossas roupas."

"Vocês têm quinze minutos", disse o oficial alemão, e olhou para seu relógio.

"Talvez seria possível prolongar um pouco esse tempo, por misericórdia?"

"Nem mesmo por um minuto", foi a resposta.

"E quem dará de beber aos animais?"

"Não é da sua conta."

É claro que as perguntas dos mercadores de animais eram apenas um ardil. Depois disso, eles tomaram suas posições, se aproximaram dos policiais e dos oficiais e, no instante em que os cercaram, sacaram suas pistolas e atiraram. Os tiros não erraram o alvo. Todos caíram por terra. Tudo aconteceu em poucos minutos. Eu estava perto. Vi a cena sangrenta e ouvi os gritos.

Rudolf, que foi testemunha do assassinato, não disse uma palavra aos mercadores. Ele se virou e voltou para o hotel. Foi assim que começou a nossa guerra.

Drucker ouviu e caiu sentado. Toda sua vida - uma vida marcada pela negociação, pelo acordo, pela persuasão, pelo apaziguamento e por todos os meios de reconciliação - desabou ante seus próprios olhos. Era evidente que as autoridades não perdoariam o assassinato dos policiais e dos oficiais. Dentro de um ou dois dias, chegaria aqui um pelotão para puni-los e esse pelotão vingaria o sangue dos companheiros mortos. A partir daquele instante, as palavras não valeriam mais nada, e sim as baionetas e os rifles.

O que fazer? Ninguém tinha nada a dizer. Uma tempestade nos tirou do silêncio e da paralisia. Ela chegou do norte e se atirou sobre a montanha. Todos se reuniram no *lobby* do hotel. Rudolf, a quem normalmente não faltam palavras, andava de um lado para o outro, em silêncio, como se quisesse mudar a marcha dos acontecimentos ou reduzir sua velocidade.

Naquela mesma noite, Laufer morreu. Nosso profeta das trevas, nossa criança crescida que não teve descanso o ano inteiro, advertindo a todos e gritando por meses a fio, pereceu.

À noite, eu levei o jantar até a porta do quarto dele, chamei e avisei que a comida estava na soleira. Normalmente, ele respondia e me agradecia, mas dessa vez não respondeu. Voltei a bater à porta e não ouvi nenhuma resposta. Chamei Rudolf. Também às batidas dele não houve reação. Rudolf não esperou. Desceu para o depósito, calçou luvas de borracha, cobriu seu rosto com um pano e, parecendo um ladrão de estradas, arrombou a porta. Depois de alguns minutos, foi anunciado: Laufer não está mais entre os vivos.

O luto por Laufer nos fez esquecer dos perigos. Todos se sentaram no *lobby*, beberam conhaque e desfiaram recordações. Não fosse pela tempestade, eu teria ido correndo para chamar os vigias do homem milagroso e avisá-los da morte de Laufer. Mas a cada instante, a tempestade ficava mais forte e nos prendia no interior do hotel.

As pessoas ficaram sentadas a noite inteira, falando sobre Laufer. Imitavam seu olhar, seus movimentos, seu jeito de comer torta de morangos no café e de fazer suas pregações. Todas as suas teorias estavam certas. E agora não havia mais deboche nem riso.

Depois da meia-noite, o dono do hotel mandou preparar sanduíches e servi-los aos hóspedes. Todas as estufas estavam acesas, a sala estava quente e as janelas, embaçadas.

Haupt, aquele hóspede que foi ferido e sarou, aproximou-se de Rudolf e perguntou: "Senhor, o que vamos fazer?"

"Por enquanto, nada."

"Quando, na sua opinião, partirá da base o pelotão dos vingadores?"

"Não tenho ideia, meu senhor."

"Talvez o melhor seja embebedar-se e morrer alegre?"

"Não é assim que eu penso, meu senhor."

"O que o senhor nos recomenda, então?"

"Que nos preparemos para todas as eventualidades."

"Até para morrer lutando?"

"Não me parece que essa seja a possibilidade mais improvável."

59

E a tempestade, para nossa sorte, tornava-se mais forte a cada dia que passava. Estávamos, então, reunidos no *lobby*. O cozinheiro trabalhava dia e noite e, além das refeições, havia sanduíches e bebidas em todos os cantos. "Enquanto a tempestade continuar, o pelotão dos vingadores não vai se pôr a caminho." Conseguiram arrancar essa frase da boca de Rudolf. Rudolf, agora, parece um militar da reserva que foi levado de volta à ativa. Por enquanto, ele ainda não está dando ordens, mas toda sua postura parece pronta para isso. Antes, os hóspedes achavam graça nas suas instruções militares. Agora, seu jeito de falar faz pensar num outro tipo de vida: a luta pela sobrevivência nas neves profundas e nas noites de frio.

Enquanto isso, a epidemia de tifo vai avançando de casa em casa. Drucker mandou abrir uma das salas de refeições, que estava preparada para o inverno, e destiná-la aos doentes. Por alguns dias, ele ficou mergulhado em silêncio, como se estivesse paralisado. Mas as necessidades urgentes o tiraram de dentro de si mesmo e agora ele voltou a preocupar-se com a comunidade.

Haupt aproximou-se outra vez de Rudolf e lhe perguntou: "O que faremos quando o pelotão dos vingadores chegar aqui? Vamos lhes entregar uma carta de rendição?"

“Não pensei nisso.”

“Eu tenho certeza de que eles não vão atacar cidadãos inocentes, que não cometeram nenhum crime.”

“Esperemos que não.”

“Nós não assassinamos os policiais e os oficiais.”

“Quem os assassinou?”

“Que pergunta! Os mercadores de animais!”

“Não se esqueça de que os mercadores de animais também são judeus.”

“Não imaginava!”

Ao anoitecer, Rudolf, Drucker e dois jovens mercadores de animais entraram no *lobby* para começar os preparativos para o que estava por vir. Agora, evidentemente, não há o que fazer. Mas quando a tempestade acabar, será preciso evacuar esse lugar e haverá necessidade de trenós, de comida, para não falar de homens treinados para combater na neve. Meu coração se exalta porque eu também vou estar entre os combatentes. E um dia hei de chegar até Hanna.

Escrevi uma longa carta para Hanna, contando do assassinato dos policiais e dos oficiais alemães. “Nós não estamos com medo”, escrevi. “Há um espírito de cooperação em nossa luta, e todos pensam nos doentes e nos velhos. Tenho certeza de que, se o pelotão dos vingadores chegar até aqui, todos lutarão com garra. O assassinato dos policiais e dos oficiais foi justo. Eles nos torturaram.”

Voltei a ler a carta e fiquei satisfeito. Ainda que Rudolf não revelasse seus objetivos, era evidente que ele estava fazendo planos, e que logo mais ele nos mandaria entrar na sala de estar dos hóspedes, estenderia mapas nas paredes e falaria conosco como se fôssemos soldados.

Max me revelou que no bordel houve acusações e brigas, mas que Madame Fein encontrara uma solução para tudo. Eu não consigo tirar Jetti da cabeça. Pensar que ela é forçada a se deitar, todos os dias, com oito ou nove homens faz meu sangue ferver, e tenho vontade de arrancá-la de lá e de trazê-la ao nosso hotel.

Revelei a Max que pretendo tirar Jetti do bordel.

"Por quê?", ele se admirou.

"Ela está sofrendo."

"De onde você tirou essa ideia?"

"Eles a forçam a se deitar com oito ou nove homens todos os dias."

"Elas estão acostumadas com isso."

"Ainda assim, eu vou tentar."

"Não tente. O vigia vai bater em você."

Meu amigo Max é um medroso e todas as suas vontades são podadas ainda antes de brotar. Ontem à noite ele disse: "Mais um pouco e chegará o pelotão dos vingadores e eles vão fazer conosco exatamente o que os mercadores de animais fizeram com os policiais e com os oficiais".

"Nós vamos fugir."

"Para onde?"

"Para as montanhas."

"O exército inteiro vai nos perseguir."

Assim é o meu amigo Max. Todos os desejos e todas as ideias se anulam sob sua mão. Não é à toa que eu pouco falo com ele. Ele provoca a melancolia até mesmo quando está calado. Certa vez, ele me contou que, quando ainda era menino, era sonhador e imaginativo. Seu falecido pai, que ouviu suas imaginações, o agarrou, bateu nele e disse: "De agora em diante, nenhuma imaginação, só a verdade e a pura verdade".

Eu fico longe de Max e me esforço para ficar perto de Rudolf. Rudolf, ao que parece, quer nos transformar numa divisão de combatentes. Nenhum detalhe permanece oculto aos seus olhos. Em seu plano de ação, ele trabalha junto com Drucker e com os dois jovens mercadores de animais. Tenho certeza de que, em breve, Rudolf vai começar a nos treinar. Ouvi que há três estágios de treinamento: treinamento individual, treinamento de esquadrão e treinamento de divisão. Eu espero com impaciência pela chegada desse dia.

Nem todos os homens estão dispostos a treinar. Há, entre os hóspedes, homens que acham que estamos atraindo a catástrofe com nossas próprias mãos. Não há perdão e não há expiação para os assassinos. Devemos nos libertar dos assassinos e informar os alemães que não fomos nós, e que não temos nenhuma ligação com eles. A eles responde-se que o que foi feito não pode mais ser desfeito.

"Para onde iremos, debaixo da neve? O frio vai nos matar."

As palavras são inúteis. Os homens se enterram debaixo de suas ideias e não se consegue fazê-los mudar.

Depois, apareceram os vigias do homem milagroso. Eles prepararam o corpo de Laufer para o sepultamento e convenceram o dono do hotel de que não se poderia deixar o morto insepulto durante a noite. Esse tema, como todos os outros, também gerou discórdia. Alguns hóspedes argumentaram que não era decente jogar Laufer no fundo de um buraco de gelo. "Isso não é humano. Melhor seria que ele ficasse conosco até o fim da tempestade."

No fim, prevaleceu a decisão da maioria. Laufer foi posto numa padiola, coberto com seu *talit*[24] e o séquito saiu para a estrada. Eu pedi para ir junto, mas Rudolf não deixou. Isso provocou em mim uma sensação amarga, que me perseguiu o dia inteiro.

24 Xale usado pelos judeus em suas orações, e que também envolve o corpo que é levado à sepultura.

60

No dia seguinte, enquanto ainda raivava a tempestade, os mercadores de animais libertaram todos os presidiários. Eu mesmo não vi a libertação, mas vi os presos, trajando roupas listradas, andando livremente pelo pátio, batendo com as mãos e grunhindo. Um dos moradores do lugar os levou para a cozinha de Drucker e lá lhes foi servida uma sopa nos pratos novos. Perto dos presos libertados estavam alguns mercadores magros, dois mercadores de animais, uns camponeses ucranianos e meu amigo de outrora, Schimeon, preso desde que estrangulou o professor Altschüller.

Os libertos, depois que terminaram de tomar a sopa e comer o pastelão, se sentaram junto às suas mesas e não se mexeram. Um dos mercadores de animais que os libertou lhes contou que o comportamento dos policiais e dos oficiais alemães fora vergonhoso, que eles faziam as pessoas saírem para trabalhos inúteis, que os torturavam. E no fim, estavam prestes a confiscar os animais. Ante esse comportamento, resolveram castigá-los. Agora, a montanha estava livre de policiais e de oficiais. "Vocês podem ir aonde quiserem", concluiu, com um tom militar.

Um dos presos exaltou-se e perguntou se havia cigarros. Drucker, que estava lá e ouviu a pergunta, disse: "Há sim!" e imediatamente deu ordens para darem três maços a cada um dos presos libertos.

Me aproximei de meu companheiro Schimeon e lhe disse: "Meu nome é Kuti, você se lembra de mim?"

"Não", ele respondeu, com uma só palavra.

"Nós éramos colegas", eu tentei me aproximar dele.

As palavras "O que você quer?" saíram de sua boca. Seu rosto estava paralisado e seus lábios gordos estremeceram. Esse era o Schimeon de quem eu me lembrava, e apesar disso não era ele. Agora, ele se parecia com um camponês ruteno. Suas roupas exalavam um odor de mofo. Tirei de meu bolso um maço de cigarros e o ofereci a ele.

"Que é isso?", ele disse, e estendeu a mão para apanhar o maço.

Vi que não ia dar para conversar e me afastei um pouco.

Minha babá, Débora, também adoeceu de tifo. Levei-lhe um pacote com comida e bebida e o deixei à porta da casa dela.

"Quem está aí?", ouvi uma voz que vinha de dentro.

Disse a ela.

"Como vai você?", perguntei.

"Nem pergunte! Eu rezo todos os dias para que Deus me tire daqui e me leve para junto dele."

"Não se preocupe. Eu virei todos os dias."

"Eu não sei se você vai me encontrar amanhã. Se eu vir sua mãe, vou contar a ela que vi você."

"Que idade tinha minha mãe quando morreu?", perguntei, por algum motivo.

"Dezoito, se não me engano. Cuide-se bem, meu franguinho, e não saia de casa sem chapéu e sem um casaco quente. Este mundo me deu amarguras para beber. Estou certa de que no outro mundo estarei melhor."

"Virei amanhã."

"Não se preocupe."

Essas duas últimas palavras ecoaram na minha cabeça e ressoaram em mim a noite inteira. O pensamento de que amanhã eu voltaria e que Débora não me responderia lá de dentro me tirou a coragem, mas apesar disso me levantei e continuei a ir de porta em porta, levando as refeições para os pobres.

A morte passeia entre nós, mas nós a ignoramos. Os vigias do homem milagroso purificam os corpos dos mortos e os sepultam em suas sepulturas. O que faríamos sem esses homens piedosos?

À noite, houve uma agitação no hotel. Drucker trouxe os prisioneiros libertos e mandou lhes servir uma refeição quente. Alguns dos hóspedes se embebedaram e cantaram, e uma das hóspedes, a senhora Kraft, que em sua juventude fora cantora, cantou trechos de óperas. Um homem velho, de aparência elegante, que desde que foram assassinados os policiais e os oficiais estava mergulhado em exaltação de espírito, acompanhou-a ao piano. Ele declamava poesia de Heine e encorajava as pessoas com gestos enfáticos. O velho agradava a Rudolf. Cada vez que ele o encontrava, dizia: "Bom vê-lo!"

"O que há de bom em mim, senhor comandante", o velho costumava piscar o olho.

"O otimismo."

"Nós ainda vamos lutar e vamos vencer, não é assim?"

"Isso é o que eu sinto."

"Se é assim, então somos irmãos."

Nem todos compartilham desse sentimento de luta e de vitória. Há, entre os hóspedes, pessoas dispostas a lutar com todas as suas forças e há outras cuja vontade de combater apenas basta para vestir roupas quentes e para dizer que elas não podem mais aguentar o medo. Melhor para eles morrer nas neves, antes que chegue o pelotão dos vingadores. Imediatamente os hóspedes do hotel tentam livrá-las do desespero, as convencem e lhes mostram que nem tudo está perdido e que, graças a Deus, temos entre nós um militar destacado, que conduziu batalhões na guerra, e também um homem que é dono de uma fortuna, que tem ligações com pessoas importantes, e que, juntos, poderemos vencer o inimigo. Nem sempre essas tentativas de persuasão funcionam. Ontem, um dos hóspedes saiu para a rua debaixo da tempestade, e em poucos segundos desapareceu. Nós tentamos alcançá-lo. Mas ele estava decidido a morrer e nenhum dos nossos esforços adiantou para nada.

61

A tempestade continua a raivar há uma semana. Para nós, cada dia que passa é uma prorrogação do nosso prazo. Às vezes, me parece que assim será para sempre. O pelotão dos vingadores, com seus cavalos e suas carruagens, lá embaixo, aguarda o fim da tempestade para poder subir. A espera os cansa e os enfraquece. A tempestade nos defende com todas as suas forças. E, a cada dia, parece ganhar novas forças. Depois do longo inverno, a primavera nos defenderá. Na primavera, virá o grande derretimento das neves, e o pelotão dos vingadores não ousará subir a montanha.

Eu não sei se há outros que compartilham de meus sentimentos. Rudolf agora fala sobre deixar o lugar e entrincheirar-se nas montanhas. Quando Rudolf fala, vejo montanhas nevadas e os trenós velozes que percorrem os picos. Às vezes, me imagino deslizando sobre esquis e a cada instante me torno mais leve.

As conversas do *lobby* pouco a pouco se tornam realidade. No terraço do hotel, debaixo da pérgola, os mercadores de animais estão construindo trenós de madeiras vergadas, reforçadas com ferros. Os presos libertos se juntaram aos construtores e há um espírito de cooperação sincera nesses preparativos.

Não fosse pela epidemia de tifo, que a cada dia leva um ou dois conhecidos, nossa vida seria diferente, talvez até mesmo alegre. A morte que paira nas casas fechadas é uma morte silenciosa, profunda e penosa, que enche nossos dias de escuridão e de medo. Os vigias do homem milagroso se arriscam dia a dia nessa frente de batalha. Lavam os corpos dos mortos, preparando-os para o sepultamento, e cavam sepulturas no gelo. O que faríamos sem esses homens corajosos, que sabem como falar da morte?

Drucker abriu seu depósito e distribui mantimentos a todos. Eu, Max e mais alguns voluntários distribuímos comida para os doentes, mas o apetite deles é pouco. Nós colocamos um pacote na porta da casa de cada um e, no dia seguinte, o encontramos no mesmo lugar. Já ouvi um mercador de animais dizer: "Não tenha medo. É melhor morrer pelas mãos de Deus do que morrer pelas mãos dos homens. Os judeus da cidade têm medo da morte, como se a morte fosse o fim. A morte não é o fim". Os mercadores de animais são homens que têm fé, mas eles não são meticulosos com as rezas nem com a comida. Eles dizem, de tempos em tempos: "Há um Deus no céu e ele decidirá". Ou: "Eu não o matei. Deus já o matou". Eles se parecem com os ucranianos e ainda assim são diferentes deles. No abate de animais, eles são muito cuidadosos. Seus filhos parecem jovens caçadores. Um olhar agudo reluz nos olhos deles e eles lidam com os animais sem precisar tocá-los. Os cavalos obedecem às suas mãos.

No início, os hóspedes ficaram com raiva do que os mercadores de animais fizeram. Mas agora está claro: essas queixas não terão nenhuma utilidade. É preciso esperar com calma pelos dias que virão. Quem não morrer de tifo, terá que galgar as montanhas. "As montanhas são a maldição de um exército organizado, mas são a benção de uma divisão pequena", repete sempre Rudolf, e acrescenta: "nas montanhas, você cava uma trincheira no pico e tem um posto de observação de onde enxerga tudo, como por uma lente de aumento. Já o exército, carregado de equipamentos, avança devagar e é uma presa fácil para emboscadas", Quando Rudolf fala, todos prestam atenção.

Até mesmo aquele homem que se recusou a aprender as letras hebraicas porque não acreditava que elas seriam capazes de curar sua depressão, até mesmo aquele homem se senta e presta atenção e não se opõe a nada do que Rudolf diz.

Enquanto isso, os mercadores de animais preparam os trenós. A forja funciona dia e noite. Os ferros esbranquiçados pela brasa gemem sob os martelos e quando a tempestade acabar, os cavalos serão atrelados aos trenós e sairemos para a estrada. Pensar que dentro de mais uns dias sairei para a estrada me enche de coragem.

Sonhei a noite inteira com batalhas duras, ataques e conquistas.

De manhã, acordei e saí para distribuir comida para os velhos e para os doentes. Quando bati à porta de minha babá, Débora, me pareceu que ouvi uma voz fraca. Me enganei. Chamei os vigias, eles arrombaram a porta e avisaram ali mesmo: "Foi-se para seu mundo".

Voltei para o hotel e pedi aos hóspedes para acompanharem minha babá para o mundo dela. Eu sabia que as pessoas já não saem mais para acompanhar os mortos. Ainda assim, responderam ao meu pedido. Juntos, éramos dez e ali, em meio à tempestade, cavamos uma sepultura no gelo. Um dos vigias disse o Kadisch com intenção e com tristeza. E a tristeza se estendeu sobre todos.

"Mais um pouco e o nosso destino será o mesmo dela", disse Max, meu camarada.

"Não", brotou a palavra de minha boca.

"O pelotão dos vingadores vai atirar em nós como em cães".

"Nós vamos nos entrincheirar e reagir com uma guerra equivalente."

"Nós vamos lutar com metralhadoras contra canhões?"

"Você nunca ouviu falar dos *partisans*?"

"Ouvi", disse Max com um tom fatigado, como se não tivesse dezesseis anos de idade e sim sessenta.

62

Ontem subitamente os céus se tornaram claros e a tempestade parou. Um céu azul, sem nenhuma mancha, se abriu no alto, sobre as nossas cabeças. Depois de dias de escuridão, de maus pensamentos e de esforços por dominar a depressão, as janelas se encheram de luz. Não demorou muito e as pessoas entenderam que a luz não era bom augúrio. O pelotão dos vingadores, que estava esperando, receberia ordens de subir rapidamente para a montanha.

Mas então veio uma remissão desse momento: a tempestade voltou, com toda a sua fúria, e nós nos alegramos e passamos a noite inteira bebendo. Rudolf discursou demoradamente e nos contou que, na Grande Guerra, combatera a maior parte do tempo nas montanhas e que conhecia os Cárpatos como a palma de sua mão. "Nosso inimigo, o exército, é um corpo pesado, cansado, que avança vagarosamente e que necessita de constantes provisões e de munições. A capacidade deles de combater em grupos pequenos é muito limitada, e nós podemos nos aproximar deles, atacá-los de surpresa, saquear suas armas e suas munições, e por fim enganá-los e destruí-los", ele completou. Quando Rudolf fala sobre o exército, seus olhos se iluminam e ele desperta a fé até mesmo nas pessoas que têm dúvidas. Já vi um homem sair de sua depressão, levantar-se e anunciar: "Com Rudolf, estou disposto a ir para qualquer lugar".

Quando Rudolf fala, eu me vejo deslizando rapidamente pelas montanhas, conquistando obstáculos e abrindo picadas numa floresta densa. Cada vez mais acredito que a guerra, a velocidade e a ousadia libertarão minha fala de suas restrições, e que eu não só salvarei pessoas, mas também serei capaz de conversar com elas.

Ontem à noite, enfrentei a ventania e fui até minha casa. A casa fria e escura não me acolheu com a face iluminada. Ainda assim, copiei os versos da oração no caderno. A alegria por ter superado os obstáculos e por ter cumprido com meu dever moral me inspirou a crença de que, em breve, encontraria Hanna e a salvaria da tristeza e da fome. Para me preparar para os caminhos, eu ajudo os mercadores de animais a construir os trenós. Os trenós, como disse, são longos e flexíveis e é possível atrelar a eles um ou dois cavalos. Um dos mercadores de animais sacou um revólver de seu cinturão e me mostrou. Era um revólver com um cano longo.

Haupt não acredita que os mercadores de animais sejam judeus. Alguns homens lhe explicaram que os mercadores de animais realmente são pessoas de aparência rude, mas que não são privados de sabedoria. Eles são homens da natureza e se portam à maneira forte da natureza. É como diz a *Torá*: vem alguém para matar você, mate-o primeiro.

"Eu não os compreendo, nem compreendo as leis deles", completou Haupt.

A mim, os mercadores de animais parecem militares veteranos de um exército pequeno, mas muito bem treinado. Todos os anos eles se prepararam para guerrear, e agora chegara a hora de seu teste. Fico parado observando seus movimentos. Seus corpos são pesados, porém suas mãos são ágeis. Eles vergam madeiras e ferros com força, não com selvageria. É assim, também, que eles tratam seus animais. Eu confio nos seus cavalos, que me parecem orgulhosos e corajosos.

Ao anoitecer, vi os vigias do homem milagroso conduzindo um morto numa padiola. A tempestade batia forte e os golpeava e tentava derrubá-los, mas eles resistiam e seguiam adiante. Antes disso, eles vieram ao hotel e pediram às pessoas para se juntarem a eles. Só dois concordaram.

Dia após dia morrem pessoas, e os vigias do homem milagroso ficam sabendo das mortes. Em vez de se enlutar, as pessoas ficam sentadas no hotel, bebendo. A bebida excessiva os torna feios. Me espanta que Rudolf não proíba a bebida.

À noite, Rudolf reuniu os hóspedes e contou-lhes que consultou dois velhos camponeses rutenos. Eles lhe revelaram que, dentro de cinco dias, ou no máximo seis, a tempestade iria parar. Os camponeses rutenos conhecem os caminhos do céu e sabem prever milagres. Até mesmo o exército precisa deles. Para Rudolf, esta informação significa que temos que nos mexer. Todos os que quiserem se juntar a nós devem ser apanhados. Já amanhã pela manhã, cada homem receberá um rifle, cem balas e duas granadas. E imediatamente começaremos a treinar. Esse será o primeiro treinamento, básico. O treinamento avançado será feito nas montanhas. Haverá dez trenós à nossa disposição. Dois trenós serão para comidas de todos os tipos e um trenó será para as tendas, os cobertores de reserva e as peles. Os demais trenós serão para as pessoas e suas bagagens particulares. Cada um deve levar consigo uma mochila forte, mudas de roupas quentes, pratos de metal e talheres.

Meu coração transbordava. Eu me via deslizando ao vento, subindo nos picos, esquiando nas gargantas profundas. Sou sempre o primeiro, o patrulheiro que vai à frente do esquadrão.

"E temos metralhadoras?", perguntou um dos hóspedes, com ar de espanto, como se agora mesmo tivesse sido despertado de seu sono.

“Não temos, mas garanto que teremos”, respondeu Rudolf, sério.

“De quanto tempo precisaremos para subir às montanhas?”, continuou a perguntar o mesmo hóspede.

“Isso depende de nós. Temos comida, armas básicas e um plano tático.”

Apesar disso, há gente que tem medo. Não conseguem imaginar a vida nômade, sobre os trenós. Argumentam que isso é uma aventura perigosa, que é preciso falar com as autoridades e persuadi-las.

Rudolf lhes explica que, depois do que os mercadores de animais fizeram, as autoridades não vão querer conversar, e que o único caminho que nos resta é partir para as montanhas e lá combater por nossas vidas. Certo, os deslocamentos, no inverno, não são fáceis, mas os trenós são apropriados para as condições do terreno e nos levarão a todos os lugares.

“E não vão mandar a artilharia contra nós?”, continuou a perguntar o hóspede.

“Nós vamos nos deslocar em grupos pequenos, e vamos nos defender.”

“E se acabarem as provisões?”

“Roubaremos”, Rudolf não se conteve.

“Seremos ladrões?”

“Nós seremos o que tivermos que ser.”

“É perigoso.”

“A vida, meu senhor, não é totalmente previsível. Há coisas mais importantes do que a vida.”

Ao fim, Rudolf se apressou, mudou de tom e disse: “Nós certamente não somos um exército jovem, mas somos um exército determinado. Não se esqueçam que os mercadores de animais, os filhos fiéis de nossa aliança, estão em casa nessa região e conhecem as montanhas como as palmas de suas mãos. Juntos, escaparemos, e se for preciso combater, combateremos”.

63

A partir de então, começaram os preparativos. Os mercadores de animais estão tranquilos. A vida deles, nas carruagens cobertas de lona, corre em silêncio mudo. Eles trabalham desde o amanhecer até a noite e quase não falam. As vacas mugem e os cavalos relincham, mas eles não saem dos seus lugares. Permanecem em silêncio, no trabalho, e só quando a neve cai ou os raios brilham no céu, erguem suas cabeças e olham à sua volta.

Rudolf vai até eles uma vez por dia. Eles o tratam com respeito e lhe mostram os trenós. Os dez trenós já estão prontos e o restante também já está preparado. Só precisam carregar os trenós. Há cevada mais do que suficiente para os animais e, se houver necessidade, será possível comprar dos camponeses nas montanhas. Eles falam como se fala nas montanhas, com murmúrios e com poucas palavras. É difícil compreendê-los, mas Rudolf, ao que parece, os compreende.

"Quantas pessoas irão conosco?" Eles repetem, sempre, essa mesma pergunta.

"É difícil saber. Há doentes, há velhos e há pessoas que têm medo de sair para a estrada."

À noite, Rudolf dá ordens. Nosso número se reduz, evidentemente. Somos apenas setenta e quatro e não há milagres. Todos os dias, duas ou três pessoas morrem e também nosso enfermeiro, que era a força em pessoa, adoeceu. Não há remédios, nem mesmo aspirina. A comida que nós distribuímos permanece na soleira das portas, os doentes não a tocam. Drucker se culpa por não ter se preocupado com remédios. Nos últimos dias, ele emagreceu muito e seu rosto ficou mais comprido. Ele corre de um lugar para outro, para oferecer ajuda a uma família ou a um inválido solitário. À noite, ele se senta e ouve, junto com todos, as ordens de Rudolf.

Já ouvi um mercador de animais dizer: "É melhor lutar contra uma tempestade de neve do que brigar com o tifo". Eu não sei se isso é um conselho ou uma precaução. Os mercadores de animais são rápidos em suas reações, não discutem e, na hora do perigo, fazem o que lhes dita a sua ira. Não é à toa que os camponeses e os ladrões têm medo deles. Os hóspedes e os mercadores locais se afastam deles, todos os anos, quando eles chegam. Agora, não há alternativa. Agora, nosso destino se uniu ao deles. Aproximo-me deles uma ou duas vezes ao dia, e sinto que minha vida, ao lado deles, vai ser diferente. Eles não me perguntam nada e eu não preciso responder. Eles estão concentrados no trabalho, atentos. Seus olhos parecem grudados nas madeiras que eles estão vergando.

À noite, voltei para minha casa e acendi o castiçal. Este canto onde me sento, dia após dia, é minha casa de orações. Aqui se forma a minha vida; aqui minha vida é criada. Entre estas paredes, vi tristezas, mas também alegrias. Sinto que, em breve, estarei em outro lugar, mas agora olho para o forno. Hanna costumava ficar ao lado do forno e a luz da janela iluminava seu rosto. Eu esperava pelo instante em que ela ergueria os olhos e olharia para mim. Aquele instante não tardava a chegar. Era suave e doce. Papai costumava aparecer como uma rajada de vento, trazendo consigo as estradas e a raiva. Hanna, por sua vez, tentava tranquilizá-lo. Ele tinha raiva de sua vida e de seu destino e todas as palavras de reconciliação serviam apenas para atiçar a sua raiva. Eu me lembro do seu nervosismo e do seu sono agitado, no divã, junto do forno.

E ainda me lembro claramente do cão Mundisch, que corria a meu encontro e saltava. Seu desaparecimento ainda me perturba, secretamente. Os poucos dias na escola não foram agradáveis. Queria falar fluentemente e queria fazer tudo o que o professor Altschüller me pedia para fazer, mas minha vontade era sufocada e eu falhava. Altschüller achava que, se eu me esforçasse, seria capaz de falar. Mas meu esforço fechava minha fala ainda mais.

Carrego comigo, até hoje, aquela sensação de sufocamento. Confesso, e me envergonho: quando meu companheiro Schimeon esganou nosso professor, não é que me alegrei, mas senti como se ele tivesse livrado meu pescoço da forca. Depois da morte de meu pai, não falei com Hanna, porque me parecia que Hanna também estava muda. Passados os dias de luto, ela falou e eu prestei atenção. Ela nunca me pedia para falar. Talvez por isso conseguia dizer frases completas a ela. Agora, essa vida ficará aqui, e eu vou partir para lugares distantes. Não tenho medo. Desde que convivo com os mercadores de animais, meu medo desapareceu. É verdade que, antes de me juntar a eles, aprendi com Rudolf a disciplina militar. Ele falou muito comigo sobre o treinamento e sobre as jornadas nas montanhas. Mas foi só perto dos mercadores de animais que vi: há pessoas que não têm medo da morte. Com eles, entendi que também eu consigo dominar esse medo.

Ontem à noite, um dos jovens mercadores de animais aproximou-se de mim e me disse: "Venha e vamos ver se você é citadino ou montanhês". Ele me deu um empurrão forte, mas eu não caí. "Você já é um pouco como os nossos", ele me elogiou.

"O que mais eu preciso aprender?", eu perguntei, por algum motivo.

"Não precisamos aprender", respondeu ele, arrogante.

"O que precisamos fazer?"

"Nada."

Ao que parece, ele não me entendia, ou eu não o entendi.

Eu sei que preciso aprender a lidar com cavalos. Já reparei: há cavalos que se recusam a sair do lugar mesmo se você os açoitar. Mas, na maior parte das vezes, eles fazem o que os mercadores de animais mandam. Os mercadores de animais não puxam com rédeas nem açoitam. Eles falam com os animais em voz baixa, e se o cavalo não se porta como deve, ele é repreendido.

A cada dia, eu aprendo alguma coisa nova. Ontem, vi como se conduz um trenó. Os mercadores de animais fazem tudo com as próprias mãos e com uma precisão maravilhosa. Eu gosto de ficar perto deles, e do silêncio que emana de suas mãos. Fico sentado com eles por horas a fio e ninguém me pergunta de onde venho nem para onde vou, nem por que não estudo na escola. Como eu, eles, ao que parece, detestam a fala. À noite, junto da fogueira, me sento e absorvo o silêncio deles.

64

Todas as noites, os moradores da montanha e os hóspedes se reúnem na sala apinhada do nosso hotel e Rudolf nos explica o que devemos fazer antes da nossa partida, o que devemos levar e o que não podemos levar. Sinto que vou bater asas assim que deixar a montanha, e que os trenós começarão a voar.

Porém, há pessoas cujas perguntas são desalentadoras e, ainda pior, deprimem a todos. Perguntam, por exemplo, se seremos capazes de suportar o frio por dias seguidos. Ou se o fogo não vai revelar nossos esconderijos aos inimigos. Ou se é lícito abandonar os doentes. Ou se não temos a obrigação de levar conosco os antigos livros da *Torá*.

Rudolf anota as perguntas e as responde, uma a uma. Sobre o frio, ele tem muitos conselhos a dar. E o primeiro deles é: roupas de baixo quentes e botas altas, untadas com gordura, um suéter quente e um chapéu de pele. "Há mais gente que morre de calor do que gente que morre de frio", ele diz. Quando perguntam se o fogo não vai nos denunciar, Rudolf responde de maneira decisiva: estaremos nos deslocando o tempo todo, nossas paradas serão breves, apenas para o descanso e para as refeições, e as fogueiras serão acesas apenas em horas determinadas. Mais complicada é a pergunta dos doentes. "Nós", disse

Rudolf com a voz trêmula, "estamos prontos a nos arriscar e a levar os doentes conosco, porém precisamos saber que o frio e os deslocamentos não os curarão. Nós apenas vamos apressar o fim deles". Os vigias do homem milagroso já avisaram que não vão deixar o lugar. A decisão foi unânime e comum aos cinco. Rudolf sequer tentou persuadi-los. Quanto aos livros da *Torá,* ele diz que os vigias do homem milagroso cuidarão deles.

As perguntas se multiplicam e Rudolf não se cansa de responder. Depois da reunião, as pessoas ficam e se sentam, tomam um copinho de vodca ou de conhaque, mas não se embebedam. Não faz muito tempo que os hóspedes se reuniam no *lobby* e falavam das depressões e da melancolia. Agora, eles falam sobre sapatos, suéteres, cobertores, latas de conservas e cigarros. Drucker já prometeu que levará para a estrada conhaque do melhor. Dentro de poucos dias, estaremos em meio às neves, cercados de céus claros, tomando goles de bebida. Por algum motivo, esse pensamento me lembra dos dias de música no hotel. Sempre havia amantes da música entre os hóspedes, e eles se sentavam ao piano e tocavam, por horas a fio. Às vezes, um violinista amador se juntava a eles.

De repente, fiquei triste por causa do lugar, das pessoas, e do bom espírito que pairava ali e que alegrava a minha alma. Agora, como depois de uma reconciliação, as pessoas não discutem, não brigam. Apenas provocam um pouco umas às outras, mas tudo com humor, sem palavras rudes, sem ódio. O dono do hotel deixou crescer uma barba e se parece mais com um vovô bondoso do que com um meticuloso dono de hotel.

Um dos hóspedes novos se voltou para mim e perguntou: "Você viu de perto o homem milagroso?"

"Vi."

"O que havia nele? Por que as pessoas corriam para ele, vindas de todos os cantos da terra?"

"Entre outras coisas, ele dava bons conselhos. A mim, ele recomendou escrever o primeiro versículo da reza do dia." A frase saiu de minha boca quase sem demora, e fiquei contente por ter dito "entre outras coisas".

"E o conselho que ele lhe deu foi útil?"

"Tenho certeza que sim!"

"Por que você diz 'tenho certeza'. Você não está seguro disso?" ele quis saber com maior exatidão.

"No começo, eu não gostava de escrever as rezas, mas agora faço isso de boa vontade", consegui explicar-lhe.

"Você sente que a reza ajudou sua fala?", ele cravou em mim uma pergunta direta.

"Eu continuo a gaguejar, porém tenho esperanças de que a guerra melhorará a minha fala."

"Se é assim, é possível dizer que a reza escrita não serviu para nada", ele retrucou, sempre exato em suas palavras.

"Ela serviu para plantar a esperança em mim. Agora, é mais fácil para mim ter esperança", eu disse, e me alegrei com o que disse.

"Eu sofro de depressões profundas, especialmente no inverno", ele mudou de tom. "No inverno, não tenho nenhuma vontade de viver. Quando eu era jovem, costumavam me vigiar para que eu não me suicidasse. Agora, já não me vigiam mais. Alguns dias antes da minha vez, o homem milagroso morreu. Eu tinha certeza de que ele se recuperaria e depositava muita esperança nos seus conselhos. Você também vai participar da expedição às montanhas?"

"Sim."

"Eu tenho medo, para dizer a verdade. Mas entendo que esse é o único caminho para escapar do pelotão dos vingadores. Tudo são ilusões, não é assim?", ele disse, e virou-se para mim, como se tivesse dito algo de muito importante.

Eu queria entender por que ele falava em ilusões.

"Vim para cá, de muito longe, para ver o homem milagroso. Tinha certeza de que todas as pessoas aqui vieram em busca de cura. De repente, surgiu esse assunto urgente. É claro que há assuntos mais importantes do que as depressões. Eu chamo a minha situação de ilusões. Talvez precisemos encontrar um outro nome para isso. Eu vou dormir. A esta hora da noite, sou obrigado a pousar minha cabeça num travesseiro. Como vou dormir durante a expedição? Vou ser obrigado a dormir nos trenós... Boa noite Kuti. Não sei falar o seu nome direito."

Nosso velho elegante e sua companheira, a ex-cantora de ópera, apareciam todas as noites. Ele lia poesia de Heine e ela cantava trechos de óperas. Antes, os serões se estendiam até o raiar do dia. Agora, apagam as luzes já às onze e meia. Não faltam hóspedes que reclamam dessa nova ordem. Eles argumentam que, a essa hora, as depressões se tornam mais fortes. A essa hora a depressão os cerca por todos os lados. Sem luzes, a vida se transforma num inferno.

Rudolf ouve as queixas e diz: "Neste momento, não podemos pensar em depressões. A depressão tem sua importância e seu lugar, mas há coisas mais importantes do que ela. Agora, precisamos nos organizar com vistas à nossa saída, preparar roupas quentes, mochilas fortes e utensílios de cozinha de metal. Precisamos nos separar da nossa vida de civis. No nosso exército, como em todos os exércitos, é preciso obedecer às ordens".

"Nós não somos um exército normal. Nós somos um exército de voluntários", lembrou um dos hóspedes.

"No momento em que você está no exército, precisa obedecer as ordens do exército, não é assim?"

"Foi promulgado um regulamento para nós!"

"Não existe exército sem regulamento."

Nosso velho elegante já avisou: "Eu participo de boa vontade". Sua amiga, a cantora de ópera, também irá conosco. Ela será a cozinheira e vai nos preparar comidas saborosas. Ela passa a maior parte do dia na cozinha, aprendendo com Fruma, a cozinheira, a fazer sopas e pastelões.

"Expedições e passeios são um remédio contra a depressão", anuncia, alegremente, o velho elegante.

"Me parece que a guerra não é uma expedição nem um passeio", retrucou um dos hóspedes.

"Certo, mas também não são pensamentos e mais pensamentos. Na guerra você faz aquilo que mandam você fazer."

"Você está ansioso por combater", começou a provocá-lo o hóspede.

"Certo! Se precisarmos combater, combateremos! Não se engane. Eu também sofro de depressões. Foi por isso que vim para cá, mas se for preciso combater, combaterei. Nós não somos insetos para sermos pisoteados e esmagados. Somos gente e o respeito é importante para nós", ele terminou, num tom profundamente comovido.

65

No dia seguinte, já fizemos o treinamento de ordem unida no pátio da sede da polícia. Antes disso, Rudolf deu a cada um de nós um rifle, cinquenta balas e duas granadas de mão. Aprendemos como segurar o rifle na posição de sentido, na posição de descansar e na posição de apresentar armas. Os exercícios, por algum motivo, divertem as pessoas. Eu sinto que fui promovido e que agora sou um companheiro de armas, um igual entre iguais.

Depois da ordem unida, corremos. A corrida não é fácil para a maior parte das pessoas. Rudolf os encoraja, mas não os intimida. Ele os apressa e incentiva. Aos que têm cinquenta anos ou mais, ele assegura que a corrida os fortificará por muitos anos. Os mercadores de animais não treinam. Os anos nas montanhas e as guerras contra os bandidos foram o seu treinamento. "De uma coisa eu posso lhes assegurar", diz Rudolf, "depois da guerra, ninguém mais vai falar de depressões, e todos vão se lembrar das montanhas dos Cárpatos e vão falar delas com saudades".

Depois do almoço, nos sentamos no prédio da polícia e aprendemos a travar as armas, limpar os canos e o gatilho.

Um dos hóspedes disse que, desde a destruição de Jerusalém, não houve um exército judaico, e que somos a primeira divisão desse exército renovado. Ele diz que seria certo chamar nosso pequeno exército com o mesmo nome do último exército judaico – Bar Kokhba. Rudolf corou, fez que não com sua mão direita e disse: "Eu nasci com o nome de Rudolf e ao que parece morrerei com esse nome. A história é um assunto respeitável e merece seu lugar, porém os treinamentos são mais importantes".

No dia seguinte, vi os companheiros de Schimeon junto com os mercadores de animais, ajudando-os a montar os trenós. Schimeon parecia um dos mercadores, com seus ombros e movimentos de mão lentos e firmes. Quis me aproximar dele e perguntar como ele ia, mas não me aproximei. Tive medo dos olhos dele e de sua fala sussurrante.

O contato com os mercadores de animais, com os cavalos, as vacas e os cachorros me faz pensar em mim mesmo em lugares distantes, perfumados com os cheiros ásperos do inverno. Agora, sinto que esta será uma longa jornada, cheia de obstáculos, lutas e perigos, e que, ao final dela, serei maior e mais forte. Nos últimos tempos, volto sempre a sonhar com o famoso clube "Spartacus". No meu sonho, conto ao diretor sobre a guerra e sobre as lutas que travamos. Ao ouvir minhas palavras, ele me chama de "soldado" e manda seu ajudante me inscrever imediatamente.

Meu amigo Max participa de todos os preparativos, porém sem alegria. Sua melancolia o faz encolher-se. Eu me afasto dele, com medo de me contagiar com a melancolia.

À noite, Rudolf nos anunciou nossos próximos compromissos. Drucker será nosso oficial de intendência, vai cuidar dos estoques de comida e de roupa. Cada palavra dele é uma ordem. O enfermeiro será nosso oficial de saúde, e a palavra dele também é uma ordem. Na sede da polícia, encontramos não apenas armas e munições, mas também um depósito de roupas, conservas e equipamento médico. Nosso enfermeiro está tão fraco que só se levanta com dificuldade. Mas, apesar disso, veio ver o depósito.

À noite, Rudolf fala. Esse homem silencioso que, durante todos esses anos, esteve mergulhado em seu trabalho, de um momento para outro começou a falar muito. Ele nos informou que temos estoques de comida para três meses, até a chegada da primavera. Na primavera, compraremos alimentos dos camponeses. Ele também nos revelou que, para os que ficam, ele deixará um porão cheio de comida. Os responsáveis pela distribuição serão os vigias do homem milagroso. O estoque de lenha também será dividido entre os que ficam, para que possam esquentar suas casas sem restrições.

Um dos hóspedes perguntou se ele confiava nos vigias e Drucker respondeu, sem qualquer ambiguidade: "Os vigias estiveram junto com o homem milagroso desde que eram jovens. Eles certamente não são alunos exemplares, mas são pessoas dignas e retas. Para eles mesmos, tomarão menos do que o necessário".

Depois que terminou de falar sobre assuntos práticos, Drucker nos surpreendeu e falou sobre o objetivo da jornada. Na opinião dele, não se tratava de uma expedição de salvação e sim de um momento de purificação, de introspecção e de acúmulo de energias. "Não temos nada contra o governo alemão nem nada contra a polícia romena. Se eles não nos tivessem torturado, os mercadores de animais não lhes teriam feito nenhum mal. Agora, não há jeito para nós, exceto partir para lugares distantes, e vamos rezar para que as montanhas dos Cárpatos nos deem aquilo que deram ao Baal Schem Tov[25] e a seus discípulos. Estamos sedentos de vida verdadeira e de vida judaica. De agora em diante, não somos mais prisioneiros nem pobres, mas cada um contribuirá de acordo com suas capacidades e receberá de acordo com suas necessidades."

25 Baal Schem Tov, ou Mestre do Bom Nome, foi o fundador do hassidismo, na Galícia, no fim do século XVIII. O hassidismo é uma corrente judaica de caráter pietista e místico, que em sua origem contrapunha-se à tradição escolástica dos eruditos, dirigindo-se aos homens do povo.

Drucker mudou muito neste último mês. Suas palavras não são mais as mesmas de antes. Ele fala devagar, sem a ajuda das mãos. Às vezes, me pareceu que seus gestos não são os naturais dele e sim gestos adquiridos do homem milagroso.

Todas as noites, depois do discurso de Rudolf, Drucker complementa com suas próprias palavras. Na noite passada, ele falou sobre a obrigação de sermos respeitosos uns com os outros, de não caçoar e de não desprezar, pois temos à nossa frente dias longos e cansativos, que transformaremos em dias de consideração e de sabedoria. "Nosso inimigo quer nos humilhar, mas faremos tudo com modéstia e com devoção, e de nenhuma forma vamos nos portar da mesma maneira que eles."

Um dos hóspedes perguntou de surpresa a Drucker se ele acredita no Deus de Israel. Ao ouvir essa pergunta, Drucker abaixou a cabeça e disse: "Por meio de nossos pecados nos afastamos muito do Deus de nossos pais, de sua língua e de sua *Torá*. Agora, estamos no nível de alunos principiantes. O caminho é longo e começaremos a percorrê-lo nos próximos dias. Rezemos para que esse seja um caminho de aproximação com nossos corações, de aproximação com o Deus de nossos pais, com seus ensinamentos e com sua *Torá*. Quem quiser levar consigo um *Sidur* ou um *Makhzor*, ou qualquer livro judaico, pode ir à sinagoga e apanhá-lo. Nós, para a tristeza de nossos corações, ainda não sabemos ler como se deve. Porém, os livros nos ensinarão. O pensamento de que os nossos pais liam desses livros nos aproximará deles. A expedição será longa e fria, mas iremos para as cidades nas quais viveram o Baal Schem Tov e seus discípulos. Não há o que temer, meus caros. Estamos em mãos confiáveis".

66

Já se passou uma semana e as profecias dos camponeses rutenos foram desmentidas. A neve continua a cair sem parar e a tempestade continua a raivar. Rudolf aproveita todos os instantes do dia para os treinamentos. Os mais velhos entre nós têm dificuldade em rastejar, mas Rudolf não os dispensa desse treino. Max e eu fazemos todos os exercícios com agilidade, sem erros, e merecemos cumprimentos.

À noite, Rudolf pendura os mapas antigos nas paredes e nos mostra os lugares pelos quais passaremos, e onde vamos acampar.

Todos os deslocamentos serão fora da estrada principal, nas encostas das montanhas que podem ser alcançadas por encruzilhadas e por gargantas. O enfermeiro ainda está fraco e pálido, mas também participa e nos ensina como carregar um ferido nas costas, como tratar um ferimento, como fazer respiração boca a boca e como estancar hemorragias. Só de pensar que, em poucos dias, vamos estar entrincheirados nas montanhas nevadas, e que, ao comando de "fogo", vamos atirar e matar muitos inimigos, me encho de coragem e sinto meus músculos retesados.

Obedecendo às ordens de Drucker, vou de casa em casa avisar aos doentes que, em breve, pretendemos deixar a montanha.

Se alguém quiser se juntar a nós, que se prepare pois, terminada a tempestade, já sairemos para a estrada. Há hóspedes que reagem com resignação e dizem: "Nós já não sairemos para a estrada". Se eu tento encorajá-los, eles dizem: "Tomara que Deus olhe por vocês". Mas há, dentre os doentes, alguns que reagem com decisão: "Nós iremos, seja lá para onde for". Sempre me lembro de não me aproximar da porta, e de não entrar em contato com os doentes.

Quando tenho um minuto de tempo, entro na sinagoga. Por dias a fio, trabalhamos em sua arrumação, e agora ela está à espera de gente que reze. Quantas vezes rezamos ali com fervor? Mas agora, ninguém a visita. Uma luz derrama-se pelas janelas altas e cai sobre as mesas e as prateleiras. Fico triste por causa da sinagoga, que agora ficará vazia.

Os dias são como um sonho transparente – e às vezes como um pesadelo. Tudo por causa das grandes bebedeiras, à noite. Todos bebem, inclusive eu e Max. É melhor beber junto com Max. As preocupações práticas e o pessimismo dele se curaram, por hora, e ele fala do futuro com alegria. Até me disse: "Nas encostas das montanhas nevadas seremos como águias e não como coelhos".

Madame Fein anunciou que ela e suas moças não se juntarão à expedição. Drucker tentou persuadi-la, explicou-lhe os riscos e os perigos. Ela, porém, argumentou que suas moças falam romeno e alemão, e que todos os exércitos necessitam dos serviços que ela oferece. Os soldados, às vezes, são mais civilizados do que os civis. Outra vez vi Jetti diante de meus olhos, com seu corpo ereto e suas pernas longas, e me perguntei se só amei o corpo dela, ou se algo de sua alma também se apegou em mim.

"Você conhece Jetti?", perguntei a Max, de tolo que sou.

"É claro que conheço", ele logo respondeu.

"O que você acha dela?"

"O que posso dizer?"

"Ela é uma mulher decente, não é?", perguntei, sem gaguejar.

"Por que você pergunta?"

"Me pareceu."

"Eu não entendo a sua pergunta."

Quando Max não bebe, seu pragmatismo cinzento volta, e é muito difícil para mim ficar perto dele.

Drucker, deve ser dito em seu mérito, não é avaro com conhaque nem com queijos, e depois de dois ou três copinhos todos estão alegres, todos estão satisfeitos e todos veem a si mesmos como soldados na frente de batalha, galgando as montanhas, entrincheirando-se e espalhando o pânico pelas encruzilhadas.

Desde que o dono do hotel deixou crescer sua barba, ele não parece mais um dono de hotel, e sim um nazireu[26] isolado num sótão. Uma vez por dia, ele aparece e dá instruções aos cozinheiros e aos garçons, recomendando-lhes que não economizem em nada, e que prepararem comida em abundância. As ordens dele, por algum motivo, me deixam nervoso. Ele me dá um pagamento extra todas as semanas. Meus bolsos estão cheios de dinheiro, mas o que farei com ele? Enviar a Hanna é impossível, e o café está fechado. Eu prometo a mim mesmo que, se chegar à casa de Hanna, imediatamente lhe estenderei um maço de notas.

Não é só o dono do hotel que é generoso. Os hóspedes também não são parcimoniosos. Um dos hóspedes veteranos, Max Wiener, um viúvo ricaço, voltou-se para mim de surpresa e perguntou: "O que você quer ser depois da guerra?"

"Eu quero me inscrever no clube Spartacus e ser jogador de futebol," respondi apressadamente.

"Você tem certeza de que esse é o seu desejo?"

"Esse é o meu desejo desde a minha infância", não escondi dele.

"Se é assim, vou lhe conceder uma bolsa de estudos e uma bolsa de alimentação. Durante o dia, você aprenderá os

26 Em hebraico, *nazir*, espécie de eremita que aparece na *Bíblia* hebraica. Eram homens que cumpriam uma promessa e deixavam de aparar os cabelos e a barba, e se abstinham de uvas e de vinho.

ensinamentos do corpo e à noite estudará numa escola que vai prepará-lo para o exame de ingresso na universidade. Um bom esportista é também um homem culto."

"Obrigado", eu disse.

"Há anos que eu procurava o candidato adequado."

"Obrigado", voltei a dizer.

"Você não tem por que me agradecer. Já há muitos anos que me propus a oferecer essa bolsa, mas ainda não tinha encontrado o candidato adequado."

"Espero não decepcioná-lo", eu disse, sem conter a minha língua.

"Eu tenho seguido você desde que cheguei aqui. Você é um esportista nato. E o Spartacus é uma excelente escola. Os judeus precisam treinar e se tornar esportistas. Há conferencistas e professores demais entre os judeus. Trabalho mental sem trabalho físico causa desequilíbrio. Agora, precisamos de judeus musculosos. Os gregos conheciam a justa medida entre a matéria e o espírito, mas entre os judeus as coisas se atrapalharam."

Me espantei, e voltei a dizer: "Eu espero não decepcioná-lo".

"Você não vai me decepcionar, não tenho nenhuma dúvida."

"Quantos anos se estuda?", perguntei, por algum motivo.

"Normalmente estuda-se três anos no 'Spartacus', mas lá também há estudos para alunos adiantados. Se você quiser começar, o dinheiro não será nenhum impedimento."

"Obrigado!", eu disse.

"Tire todas as preocupações de seu coração. Depois da guerra, você estudará no 'Spartacus'. Os judeus têm que saber que sem corpo não há espírito. Um corpo fraco não é capaz de obedecer ao espírito."

"Certo", eu disse, distraído.

"A missão mais importante nos nossos dias é encontrar o equilíbrio entre o corpo e o espírito. Só com a força desse equilíbrio conseguiremos fortalecer nossa posição. Você entende?"

"Eu entendo", disse, e me alegrei por ter conseguido falar.

67

À noite, me lembrei do que me disse o homem milagroso em nosso último encontro, e estremeci. Já havia dias que eu não copiava os versos das orações no caderno, e que não escrevia cartas a Hanna. Eu corro de lugar em lugar e nunca paro em casa. Uma vez, vi com clareza o homem milagroso e me lembrei do que ele me disse. "Também Mosché Rabenu era gago e todo judeu gago tem em si um pouquinho do pai dos profetas. Você não é um homem das palavras, você vai se ligar às letras e delas vai sugar a vida." Nos dias em que copiava os versículos, me sentia sereno, e também quando escrevia cartas para Hanna meus pensamentos me conduziam até ela, e eu a via.

Ao que parece, eu ainda não tinha compreendido que o homem milagroso me deu a conhecer algo importante. Os vigias dele sabiam disso e, todas as vezes que eu estava perto deles, me olhavam como se eu fosse o portador de um segredo. Ao fim do *Schivá*, um dos vigias se aproximou de mim e me disse: "Lembre-se daquilo que lhe disse o homem milagroso e siga as palavras dele com todas as suas forças".

Me levantei da cama, me vesti e entrei no *lobby*. No *lobby*, àquela hora, estava sentado Herbert Sturm, o judeu que falava em alemão com o homem milagroso, aquele que se negou a obedecer às suas orientações, e que voltava sempre a argumentar: "Eu não compreendo como esse aprendizado poderá curar minhas depressões".

"Como vai Kuti?", ele voltou-se para mim. Era perceptível que ele castigara sua barriga com muitos copinhos de conhaque. Agora, não eram mais as depressões que o dominavam, e sim o álcool.

"É difícil para mim adormecer", não escondi dele.

"Você pensa demais. Os pensamentos são a mãe de todas as tristezas. No que você estava pensando?"

"No homem milagroso."

"O que ele aconselhou você a fazer?"

"Escrever os versículos das orações."

"Bizarro, a todas as pessoas ele dá a mesma receita."

"O homem milagroso pensava que minha cura não seria por meio da fala, e sim por meio da escrita", eu disse, como se minha gagueira tivesse desaparecido.

"Acredite em mim, copiar os versículos não vai ensinar você a escrever. A gramática e a sintaxe é que vão ensinar você a escrever, e também artigos de filosofia e de boa literatura."

"Mas copiar os versículos das rezas me alegra", não escondi dele.

"Se isso alegra você, então continue", ele concedeu.

"O homem milagroso me assegurou que, se eu me ligar às letras, saberei escrever."

"Se você acredita nisso, continue."

"E o que o homem milagroso aconselhou ao senhor?", ousei perguntar.

"Exatamente o mesmo que aconselhou a você. Aprender as letras hebraicas como remédio para as depressões. Isso é algo que não consigo entender. Eu não suporto coisas sem lógica. Coisas sem lógica me tiram da razão. São como as depressões. Nós estamos rodeados o suficiente de coisas inexplicáveis. Por acaso temos necessidade de acrescentar outras?"

Não sabia o que dizer e respondi: "O senhor pretende partir conosco?"

"Certamente. É melhor uma guerra desesperada do que a depressão. Uma guerra desesperada não continua por muito tempo. As depressões são intermináveis. Não um dia, não uma noite, não um ano, e não dois anos. Você quer aprender a escrever?"

"Sim."

"Você quer ser escritor?"

"Não sei."

"Você precisa aprender gramática, sintaxe e estilo. De uma coisa eu tenho certeza: os versículos das orações não vão ensinar você a escrever."

"Depois da guerra, vou aprender", eu disse, para satisfazê-lo.

"Você ainda é jovem, você ainda tem quatorze anos. Nessa idade um homem não sabe o que quer."

Depois disso, ele pediu mais um copinho e disse: "A depressão, você tem que saber, é uma doença caracteristicamente judaica. Em toda minha vida nunca vi um gói sofrer de depressão. Os judeus descobriram essa doença e fizeram dela sua doença particular. Eles a desenvolveram e a refinaram. Na minha família, todos sofrem de depressão. Meu pai era um artista da depressão. Quando ele caía em depressão, contagiava a todos. Minha mãe era saudável, porém trinta anos de casamento a tornaram como ele. Não é por milagre que os judeus trouxeram para o mundo todos os tipos de remédios. Todos os remédios são falsos. O que fazer, você pergunta. Tenho uma resposta decisiva: precisamos ser como os *góim*. Eles não têm depressões. Eles trabalham no campo, criam animais, tiram água dos poços, e à noite se embebedam e ficam alegres. Os judeus não sabem se alegrar, não é nenhum milagre que eles se deprimam o tempo todo. Você precisa dormir, Kuti. O sono na sua idade é agradável".

Meu sono não foi agradável. Sonhei que estava na praça e falava. Rudolf e Drucker estavam espantados com a fluência de minha fala.

68

No dia seguinte, sem querer, alguém se lembrou de Herma e logo despertaram as saudades dela. Na hora do almoço, alguns hóspedes tentaram ir até o seu túmulo, porém a tempestade os deteve. Como não havia outro jeito, sentaram-se no *Lobby* e puseram-se a recordar suas histórias. Alguns voltaram a falar da lealdade de Herma, enquanto outros falavam do seu amor. Nos dias do seu isolamento, eu costumava levar-lhe café preto. Certa vez, por engano, levei-lhe café com leite e ela se voltou para mim, tensa, num tom de súplica, e disse: "Herma não toma café com leite, ela toma apenas café preto. Ela precisa disso como de ar para respirar". O café preto era seu alimento nos seus dias de isolamento. Ela se recusava a deixar entrar sanduíches em seu quarto, chocolate ou qualquer outro tipo de comida. Depois disso, um dos hóspedes lembrou do nome de Laufer e disse: "É claro que o louco sabia o que estava sentindo. De agora em diante, não desprezem os loucos".

Rudolf, agora, não deixa que as pessoas se percam em divagações. Noite após noite, ele nos leva para fora, para as neves, e nos ensina como entrincheirar-se na tempestade. O treinamento não é fácil, mas se dominamos os ventos, se escavamos uma posição, ajudamos os retardatários e superamos os obstáculos, somos merecedores de seus elogios. Um bom soldado adapta-se a todas as condições climáticas e as aproveita para o seu próprio bem. Essa é a primeira regra da doutrina de Rudolf.

"Nesse dia falarão de nós como dos macabeus", brincou um dos hóspedes, "uma pena que nós não sejamos mais jovens".

"E o que dirão?", perguntou um hóspede no mesmo tom leve.

"Que pergunta! Dirão 'não iremos como ovelhas para o matadouro'."

"Estou contente. Eu não gosto quando dizem que os judeus são medrosos."

"Você acha que os treinamentos nos modificarão?"

"Tenho certeza que sim."

"Esperemos."

"Tenho certeza disso."

Nas últimas semanas, mudamos nossa vida por causa do frio. Comemos muito, bebemos e treinamos cinco horas por dia e duas horas por noite. Às vezes me parece que, apesar dos esforços corporais, as pessoas engordaram um pouco. As mulheres não são obrigadas a ir aos treinamentos, porém as que querem, estão convidadas. Rudolf se comporta com elas com fineza, explica e ilustra.

O café e o bar estão fechados. Os donos vêm conosco e treinam. Todos se lembram dos sanduíches duplos, do café e da sopa de verduras que eram servidos, por anos a fio, no café. Também o dono do bar sente-se bem entre nós. Todos se lembram do conhaque francês e da cerveja fresca. Depois da meia-noite havia, é verdade, brigas entre ele e os bêbados. Mas na maioria das vezes eram brigas sem golpes.

E o que será dos doentes? Todos os dias eu lhes levo pacotes com comida e os coloco na soleira da porta. Quando eles perguntam quando sairemos pela estrada, eu respondo: "Há tempo. A tempestade continua a raivar, e continuará a raivar.

Não sairemos". Em meu coração, sei que estou mentindo. Dentro de mais uns dias, vamos deixar este lugar, e os doentes ficarão e serão despedaçados pelo pelotão dos vingadores.

Num instante, levanto e digo em voz alta: "Coragem! Mais um pouco e sairemos para a estrada. Tentem se levantar. Se vocês se levantarem, serão capazes de sair para a estrada. Os mercadores de animais construíram trenós. Temos provisões e cobertores. O pelotão dos vingadores não poderá conosco. Treinamos durante o mês inteiro".

"Obrigado Kuti, vamos tentar."

"Coragem, tentem levantar-se", eu digo em voz alta. "Preparem roupas quentes, meias de lã e gorros de pele."

"E o que mais precisamos levar?"

"Uma tigela e roupas de reserva."

"Deus o abençoe, Kuti. Vamos fazer o possível para nos levantar."

Quando me lembro e falo sobre o perigo, sinto que a guerra iminente arrancará a minha gagueira.

Certa vez, quando voltei ao hotel, Herbert Sturm se aproximou de mim e disse, com alegria: "Se você quer se tornar escritor, precisa aprender gramática e sintaxe, ler livros de filosofia e boa literatura. Letras hebraicas e versículos de orações não vão servir para nada. Nós vivemos na era da razão e da ciência. As crenças religiosas morreram definitivamente". Sturm bebe dia e noite. E quanto mais ele bebe, mais se fortalece sua crença na razão. Já o ouviram gritar em altos brados: "Viva a razão! Viva a ciência!"

69

À noite, um dos hóspedes estava junto à janela e gritou, assustado: "A tempestade parou". Tudo estava claro, porém ninguém lhe deu atenção. As pessoas estavam mergulhadas em algum tipo de discussão e também, quando o homem voltou a gritar, ninguém veio ao seu encontro. Rudolf aproximou-se da janela e determinou imediatamente: "A tempestade parou. Devemos sair para a estrada".

"Justo agora", disse Haupt, "justo agora que está quentinho e queremos deitar na cama e estudar um livro, justo agora precisamos atar o cinto e o capacete? Quem é que precisa dessa guerra?" Ninguém reagiu.

Estava claro para todos que precisávamos sair imediatamente, mas ninguém se mexeu de seu lugar. Dois homens se aproximaram da janela, como se estivessem prestes a ver uma visão rara da natureza – e não um sinal de alerta.

"Levantem-se, vistam-se e peguem suas mochilas", disse Rudolf, do mesmo jeito que costumava exortar seus soldados.

Não foi preciso chamar os mercadores de animais. Eles se apressaram em preparar forragem, cobertores e peles. A mim, Rudolf incumbiu de passar de casa em casa e avisar aos doentes que a tempestade parara e que, a uma da madrugada, sairíamos para a estrada. Quem fosse capaz de se levantar, deveria vestir roupas quentes e o enfermeiro viria e o recolheria. Os vigias estavam fora, com lanternas nas mãos, e olhavam para as pessoas que se apressavam no hotel.

Dentro do hotel, os hóspedes se apinhavam no corredor, mediam roupas quentes, trocavam suéteres, blusas e casacos uns com os outros. Não havia nenhuma desordem. Ao contrário, havia um tipo de serenidade ante o que estava por vir. Drucker abriu os depósitos de comida e os que foram designados para essa tarefa levaram os baús e os sacos para a entrada do hotel. Um depósito ficou cheio, para as pessoas que ficariam.

Herbert Sturm, que duvidava do poder de aprender as letras hebraicas, colocou sobre os ombros um saco de farinha com a facilidade de um carregador jovem. Eu o ouvi dizer: "Quando eu trabalho, a depressão não cai sobre mim. Deveria ter sido um artesão e não um contador. O artesanato alegra seu mestre. Talvez eu devesse ter sido um soldado profissional. Nunca ouvi falar de soldados e de oficiais que sofrem de depressões".

"Você está certo", respondeu-lhe quem lhe respondeu.

A organização, evidentemente, fora exemplar. Quem tinha um sobretudo, o vestiu. Drucker distribuiu roupas de baixo quentes, camisetas quentes e meias de lã a todos os que pediam. Haupt apresentou-se entre os primeiros e parecia um soldado de combate. Durante a guerra anterior, ele servira por dois anos no exército e alguns gestos esquecidos de militar lhe restavam. Ainda assim, ele não se conteve e disse: "Outra vez guerra. Eu tenho cinquenta e dois anos, e nessa idade já se está livre até mesmo do serviço de reservista".

"Você não aparenta a idade que tem", alguém lhe disse.

Às onze horas, estávamos organizados de três em três e fomos contados. Rudolf falou conosco, com sua voz de baixo moderada, e disse: "Hoje vamos deixar nossas casas e sair para a guerra. Cada um tem um rifle, balas, duas granadas de mão e um cantil. Que ninguém se descuide do seu cantil, que deve sempre estar cheio. Se a sorte sorrir para nós, atacaremos o inimigo e teremos metralhadoras. Não tenham medo. Há, entre nós, homens fortes, muito bem treinados. Nós somos poucos, porém unidos. Os Cárpatos são montanhas maravilhosas e serão o nosso lar nos próximos meses".

"E o que será dos doentes?" perguntou um dos hóspedes, com voz preocupada.

"Levaremos os curados conosco, porém os doentes, os que estão febris, não podemos levar."

"O pelotão dos vingadores não vai se vingar deles?"

"Soldados decentes não maltratam doentes, nem velhos, nem mulheres e nem crianças."

Às onze e meia, trouxeram os trenós que os mercadores de animais fizeram. Os cavalos já estavam atrelados. Estavam jubilantes e soltavam vapor pelas ventas. Rudolf mandou carregar os trenós. Três trenós exatamente, conforme Rudolf calculara. Os mercadores de animais cobriram os trenós carregados com lonas e ficaram satisfeitos com o resultado.

Agora, o comando foi transmitido para o enfermeiro. Os saudáveis rodearam o enfermeiro como se ele não fosse um enfermeiro, e sim o pai deles. O enfermeiro perguntou se tinham vestido roupas de baixo quentes e deu a cada um mais um cobertor. Imediatamente os contou e voltou a contá-los. Dez. Exatamente a lotação de um trenó, um trenó coberto. Também para os velhos e para as crianças havia trenós fechados. Ao todo, eram três trenós cobertos.

Primeiro, passaram os doentes e depois deles os velhos, as mulheres e as crianças. Fiquei contente por estar entre os adultos. Nós subiríamos por último, nos trenós abertos.

O quarto grupo passava de hotel em hotel e de casa em casa e os homens examinavam se não havia alguém que queria se juntar a nós e que ficara para trás, sem motivo. Sarah Leah, a louca, estava parada na entrada de sua casa e gritava: "Vocês estão loucos. Por que vocês acordam as pessoas? Agora é noite, deixem as pessoas dormirem". E bateu a porta.

Drucker tirou, depressa, um livro de *Torá* da sinagoga, enrolou-o com um cobertor, agarrou-o junto ao corpo e o colocou num dos trenós. Alguns doentes estavam em pé junto às janelas e olhavam para nós, sem nos abençoar, mas também sem ralhar conosco.

Antes da saída, Rudolf deu as últimas ordens, examinou as armas de cada um, as balas e os cantis e nos disse para não colocar balas no cano, pois muitos soldados tinham morrido assim, pelo disparo de uma bala.

A noite era clara e estrelas grandes reluziam no céu. As árvores altas e sem folhas alçavam-se em silêncio, como se não fossem árvores altas e sim colossos gigantescos postados nas neves profundas. E não havia nenhum sinal de más notícias. Só o silêncio, que se alternava com mais silêncio.

Por algum motivo, me pareceu que cantaríamos um hino militar, ou uma reza. Me enganei. Rudolf ordenou: "Pelotão! Para os trenós na ordem dos grupos! Depressa!" Exatamente à uma hora, Rudolf ergueu a mão direita, subiu com um salto no último trenó e nossa caravana saiu pela estrada.

Posfácio

A Tradução Hebraica de um Conflito Europeu

Czernowitz, conhecida no século XIX como "a pequena Viena do Leste", foi, junto com Lemberg, um dos centros mais importantes de cultura germânica da Bucovina, na fronteira oriental do Império Austro-Húngaro. Ao longo de todo esse século, enquanto se empenhavam em assegurar sua presença política e ideológica nessa região fronteiriça com os reinos da Romênia e com a Rússia, os Habsburgos, que conquistaram esse território na partição da Polônia, em 1772, esforçaram-se para fazer de Czernowitz um polo de difusão da cultura germânica secular moderna, de maneira a assegurar sua presença numa região ainda estranha aos parâmetros da civilização europeia oitocentista, cuja sociedade se estruturava, em sua maior parte, segundo paradigmas medievais e feudais.

Instituições basilares de um novo modelo de organização social e cultural - uma universidade de língua alemã, um teatro alemão e uma ópera alemã - foram construídas no centro de Czernowitz, nas últimas décadas do século XIX, ao mesmo tempo em que um plano de urbanização, que tomava como modelo a grande reforma urbana de Viena promovida pelo *Kaiser* Franz Joseph, foi implementado ali, à mesma época, como a coroação do antigo projeto imperial de fazer de Czernowitz uma ilha de cultura numa região percebida como bárbara, regida pela irracionalidade e pela superstição, e estruturada em torno da tradição do feudalismo, vista como tirânica e injusta pela modernidade oitocentista, e ainda distante daqueles parâmetros epistemológicos característicos do século XIX austríaco, que Stefan Zweig definiu como "a superstição do progresso":

> Agora era apenas uma questão de décadas até que a última maldade e a última violência fossem superadas de maneira definitiva, e esta crença num "progresso" ininterrupto e incessante realmente tinha, para aquela época, o poder de uma religião. Já se acreditava naquele progresso mais do que na *Bíblia*[1].

A contraposição entre a religião do progresso e a religião da *Bíblia*, traçada por Zweig de maneira passageira em suas memórias, parece adequada para expressar o conflito central pelo qual passaram, durante o século XIX e parte do XX, os judeus não só da Bucovina, mas do Império Austro-Húngaro como um todo. Libertos, já no fim do século XVIII, do tradicional confinamento em guetos que marca boa parte da história judaica da Europa Central e do Leste, por meio do édito de tolerância promulgado por José II em 1782, os judeus do Império Austro-Húngaro logo se viram expostos aos parâmetros culturais do século XIX, introduzidos nas regiões orientais do Império por meio da língua e da cultura alemãs. As promessas de cidadania plena que se anunciavam nos éditos imperiais, bem como a possibilidade de exercer profissões até então proibidas a eles, levou grande parte dos súditos judeus dos Habsburgos ao abandono de uma forma de vida estruturada em torno das crenças messiânicas, dos estudos talmúdicos e da obediência às doutrinas religiosas, e à busca por um lugar ao sol na sociedade

1 *Die Welt von Gestern*, Detmold: Bertelsman, 1961, p. 16.

burguesa e liberal, caracteristicamente oitocentista, que se implantava, gradativamente, em toda a extensão dessa que foi a maior potência europeia do tempo.

Os sinais do "progresso" eram inequívocos, e pareciam anunciar o fim de uma era de exílio para os judeus, que doravante seriam cidadãos com plenitude de direitos: em 1789 foram revogadas, também por José II, por meio do *Judenordnungspatent für Galizien und die Bukovina* (Patente de Ordenação Judaica para a Galícia e a Bucovina), todas as restrições ao exercício de profissões por judeus nessa região, bem como os impedimentos à propriedade de terras e ao exercício da agricultura. E três anos mais tarde, em 1792, passou a ser obrigatório o uso de sobrenomes alemães por todos os judeus da região, aproximando-os, assim, do corpo de cidadãos de língua alemã do Império.

A adoção de nomes alemães e da língua alemã significava, para essa população até então confinada às margens da sociedade, a possibilidade de integração num império cosmopolita e regido por princípios humanos universais. A gradativa renúncia das especificidades judaicas e sua substituição por um modelo de cultura humanística e germânica representava, aqui, o bilhete de entrada para a civilização moderna e, de certa forma, a suspensão da condição de exílio que marcava a experiência judaica na Europa Central - com todas suas implicações teológicas e messiânicas. Para os judeus dessa região, a modernidade, e em particular a modernidade austro-germânica, tornou-se, em certa medida, uma substituta da Terra da Promisssão.

A Língua Alemã e *Kulturkrieg*

Czernowitz era também o centro de uma região marcada por uma rica diversidade étnica: ucranianos, judeus, romenos, poloneses, ciganos e alemães conviviam, ali como no restante da Bucovina sob administração habsburga, numa sociedade multilinguística. Os jornais da cidade eram publicados em seis línguas - alemão, ucraniano, romeno, polonês, ídiche e hebraico e, segundo a poesia de Rose Ausländer - que, juntamente com Paul Celan, é a mais célebre tradutora do legado judaico-habsburgo da Bucovina para o século XX -, "a carpa, em gelatina apimentada, calava-se em cinco idiomas" (*Der Spiegelkarpfen / In Pfeffer versultzt / Schwieg in fünf Sprachen*).

Em certa medida, a presença da cultura germânica na cidade tinha um caráter colonial: o papel civilizador e redentor da civilização alemã era considerado indiscutível e as ambições intelectuais e artísticas invariavelmente expressavam-se na língua e no espírito de Goethe e Schiller. A noção de superioridade cultural e, sobretudo, o caráter missionário da presença cultural germânica numa região pejorativamente chamada de *Bärenland* (terra de ursos), eram os princípios implícitos da dominação imperial nessa região, ao mesmo tempo em que o conhecimento e o domínio da cultura alemã eram pré-requisitos para o ingresso na era do progresso, que ali começou sob o reinado de José II, e que se estenderia por todo o século seguinte

José II reinou de 1765 a 1790 e seus decretos concederam liberdade de credo e reconhecimento de todas as religiões do Império. Foi também ele quem promoveu a formação de uma grande colônia alemã em torno de Czernowitz, formada, sobretudo, por imigrantes da Suábia, então parte de seus domínios, trazidos à Bucovina por iniciativa do monarca e que, por gerações a fio, se mantiveram fiéis às suas tradições e à sua cultura de origem.

A germanização do Império, por meio do deslocamento de alemães para o Leste, e o estabelecimento da língua alemã em suas regiões orientais era um aspecto essencial da política "civilizatória" de José II, arcano do despotismo esclarecido entre os Habsburgos. O esforço de germanização dos judeus da Galícia, Bucovina e adjacências insere-se em seu projeto político-nacional, que neles via aliados na luta contra os nacionalismos locais.

A burguesia local, em ascensão, empenhava-se, em demonstrar que não vivia numa terra de ursos, e sim numa ilha de cultura, estreitamente vinculada à *Mitteleuropa* e à capital imperial, da qual se via como uma espécie de sucursal. Ao mesmo tempo, a prosperidade crescente da burguesia – e sobretudo da burguesia judaica – de Czernowitz, era vista como decorrência direta da implantação da cultura alemã, em contraposição às tradições religiosas retrógradas que dominavam aquela parte da Europa até então, e que, em certa medida, continuavam a predominar, a pouca distância desse centro de aculturação, nos campos e nas montanhas da Bucovina e da Galícia.

A dimensão política da germanização dos judeus é um aspecto fundamental da transformação cultural por que passou essa região. Na medida em que, *grosso modo*, os judeus dali tradicionalmente eram marginalizados pelos demais grupos, de fé cristã, a germanização dessa população da fronteira oriental do Império, e sua integração nas instituições monárquicas, como cidadãos com igualdade de direitos, era, indiretamente, uma maneira afirmativa de fortalecer o poder dos Habsburgos.

O avanço da cultura austro-germânica entre os judeus cresceu ao longo de todo o século XIX. Já em 1875, o alemão se tornou a língua "oficial" na grande sinagoga de Czernowitz, e o rabino-mór Elieser Igel fazia seus sermões só no idioma dos monarcas. Os valores coletivos dos judeus das cidades da Bucovina se transformavam rapidamente e as normas talmúdicas só continuavam a receber atenção entre os judeus interioranos. Criava-se, assim, o que passou a ser chamado de *Kulturdeutschtum* ou "germanidade cultural" entre esses judeus do Leste do império.

O escritor galiciano Karl Emil Franzos (1848-1904), que passou em Czernowitz sua juventude, foi talvez o mais veemente defensor judeu da presença civilizadora da cultura germânica nas províncias orientais do Império Austro-Húngaro. Franzos empenhou-se, ao longo de toda sua trajetória literária e jornalística, em promover a germanização, a modernização e a "civilização" dos judeus da Galícia e da Bucovina. Ele voltava-se com fúria contra todos os aspectos irracionais do judaísmo tradicional – em especial o hassidismo. Assim, ele escreve, em "Markttag in Barnow" (Dia de Feira em Barnow), um de seus *Kulturbilder* –, espécies de vinhetas em que retratava, com amarga ironia, os costumes bárbaros e primitivos da população de sua província natal:

> Efetivamente não foi sua própria vontade nem seu próprio impulso à migração que os trouxe para cá [os suábios], isto foi obra de uma única mão, uma mão boa e poderosa, e há quase cem anos essa mão lhes acenou e os conduziu do Ocidente para o Oriente. Eles seguiram, eles seguiram de boa vontade, pois em sua terra-mãe as coisas tinham se tornado insuportáveis [...] E a distância inóspita, a *Polackei*, a terra dos ursos, não os assustou, pois eles sabiam que a mesma mão que os conduzira até lá também haveria de estender-se sobre eles para protegê-los. E assim foi, até que a mão se paralisou, até que o nobre coração do homem parou de bater. Não é preciso dizer qual era o nome desse homem: José II. Todos sabem com que energia ele atraiu os colonizadores alemães para as terras do Leste, para a Galícia e para a Bucovina, que acabavam de ser adquiridas, e necessitavam de mãos industriosas[2].

O crescimento da presença do Estado por meio de instituições destinadas a ampliar o alcance da nacionalidade alemã sobre o território austro-hungaro deu-se, também, por meio da expansão do uso da língua alemã nessas províncias do Leste, e a

2 Ver Karl Emil Franzos, Markttag in Barnow, *Vom Don zur Donau*, Berlim: Rütten & Loening, 1970, p. 68.

filiação dos novos cidadãos a essa língua e à sua cultura representava a constituição de novos poderes políticos e culturais.

A germanização judaica ocasionou uma verdadeira guerra entre facções judaicas tradicionalistas e modernizantes, pois representava, evidentemente, uma ameaça clara e crescente aos poderes clericais judaicos então constituídos. A Galícia e a Bucovina eram repletas de *Wunderrabbis* (rabis milagrosos), que gozavam de enorme prestígio e cujas cortes chegavam a rivalizar, em esplendor, com as dos nobres cristãos.

Na margem oposta do rio Pruth, por exemplo, a pouca distância de Czernowitz, ficava a cidadezinha de Sadagora, sede de uma célebre dinastia de rabis milagrosos, que recebia peregrinos de toda a Galícia e até mesmo de localidades mais distantes, e onde se buscava cura para todos os tipos de mazelas humanas. Esses sacerdotes milagrosos eram autoridades inquestionáveis em todos os setores da vida – do espiritual ao da implementação da justiça, do setor da educação ao da saúde. Suas doutrinas, julgamentos, lições e preces constituíam o alfa e o ômega da vida social e familiar dos judeus tradicionalistas, de maneira que eles se afiguravam, também, como ameaças à presença de um estado de feições modernas nessa região.

Os resquícios do *Kulturkrieg* que opôs, ao longo de todo o século XIX, os setores judaicos, germanizado e modernizado, de um lado, e tradicionalista e pietista, de outro, estenderam-se século XX adentro. Mesmo depois do desmantelamento do Império Austro-Húngaro, ao fim da I Guerra Mundial, e do estabelecimento da soberania romena na antiga Bucovina dos Habsburgos, esse conflito continuava a polarizar a sociedade judaica local.

Entre os judeus de Czernowitz, ainda no período entreguerras, a classe burguesa, intelectualizada e voltada para a modernidade, tinha com a cultura alemã suas afinidades eletivas, enquanto o proletariado judaico se mantinha apegado ao idioma ídiche e à religiosidade hassídica. Em sua maior parte, os judeus das cidades da Bucovina - como Czernowitz, mas também Sudzchava e Stroginetz - pertenciam a famílias germanizadas, ajustadas aos parâmetros da sociedade burguesa.

Adotando uma visão de mundo preponderantemente racionalista e cética, eles eram, como acontecia com a maior parte dos judeus das grandes cidades de língua alemã à época, praticantes de um judaísmo reformado e limitado, quando muito, ao âmbito dos rituais sinagogais e em momentos específicos do calendário semanal e anual. Distanciados da fé de seus ancestrais, que viam como retrógrada e impregnada de superstições incompatíveis com uma visão de mundo moderna, voltada para o progresso e para a ciência, sentiam-se vinculados, sobretudo, ao patrimônio cultural germânico, muitas vezes cultuado já por seus pais e avós, e implicitamente percebido como sinônimo de civilização e inteligência. Todos os aspectos irracionais da fé dos seus antepassados eram, de modo geral, vistos com desconfiança, quando não com escárnio, e só aqueles aspectos do judaísmo que poderiam ser reconciliados com uma visão de mundo humanista e racionalista lhes pareciam toleráveis.

De outro lado, no *Hinterland*, sobreviviam, ainda até as vésperas da ascensão do nazismo na Europa, remanescentes daquele modo de vida judaico que floresceu sob o feudalismo Leste-europeu, descrito por Irving Howe em *World of Our Fathers*[3], em que o passado bíblico e o futuro da redenção messiânica constituíam o horizonte existencial de um grupo étnico e religioso que percebia a si mesmo como exilado, e que via na fidelidade estrita aos ensinamentos herdados por antepassados remotos o único caminho possível para a redenção, e o único consolo para uma existência marcada por limitações opressivas de todos os tipos. Persistiam, também, de forma residual, as antigas cortes de *Wunderrabbis*. Os desdobramentos do processo de bifurcação e de polarização cultural judaica na

3 Nova York: Simon and Schuster, 1976.

região nesse século, fizeram-se sentir também ao longo de todo o século XX, e estão presentes, de maneira marcante, na obra do escritor israelense Aharon Appelfeld.

Um Legado de Conflitos

Aharon Appelfeld nasceu em Czernowitz, em 1932, quando a cidade já fora incorporada ao Reino da Romênia. Em seus romances ele se volta, de maneira insistente, sobre os ecos do *Kulturkrieg* que desenhou as identidades das gerações dos seus pais, avós e bisavós – um conflito que, como ele conta em entrevista concedida a Nancy Rozenchan, fazia parte de sua própria história familiar: "eu vinha de uma família assimilada que acreditava no progresso, que o mundo avançava para o bem. [...] Havia o símbolo do bom e do belo, a literatura alemã era a melhor literatura, a língua alemã era a mais bonita, Viena e Berlim, as cidades importantes"[4].

O conflito não resolvido entre o apego à tradição religiosa judaica, de um lado, e o desejo de integração na cultura austro-germânica, de outro, fez dos judeus da Bucovina, retratados por Appelfeld – e dos judeus de língua alemã da Europa Central de um modo geral – um grupo populacional inteiramente desorientado depois do desaparecimento do Império Austro-Húngaro, em 1918. Paralisados entre a superstição do progresso e da *Kultur*, de que fala Zweig, e a religião da *Bíblia*, cultuada por seus ancestrais, formavam uma coletividade dilacerada por conflitos irresolvíveis, pela perda de parâmetros, pelas transformações incompreensíveis e pelo aviltamento de todos os valores.

Esse legado de conflitos constitui-se na matéria de base da literatura de Appelfeld. Embora o autor tenha sido deportado de

4 Nancy Rozenchan, Entrevista com Aharon Appelfeld, *Cadernos de Língua e Literatura Hebraica*, São Paulo: Humanitas, n. 2, 1999, p. 130.

sua cidade natal aos oito anos de idade, a memória do mundo dos seus ancestrais - e dos conflitos dos seus ancestrais - preenche sua literatura e recria, em língua hebraica, um universo existencial tipicamente judaico e centro-europeu do período entreguerras.

Essa recriação de todo um ambiente psicológico e social é uma estratégia literária consciente e deliberada. Na mesma entrevista a Nancy Rozenchan, o escritor afirma: "Cada livro meu é uma construção. Construo minha vida. Construo a minha infância, construo a minha casa, o meu ambiente. Pego depois o que construí e transfiro para cá"[5].

Também numa entrevista concedida à revista *Aufbau*, Appelfeld declara:

> Eu cheguei à terra de Israel sem pais e não queria viver uma existência estéril de órfão. Então, reconstruí, para mim mesmo, meus pais e meus avós. Se meus pais eram judeus assimilados, eu queria tê-los junto de mim, e se meus avós se mantinham apegados à tradição, eu queria que eles estivessem comigo. Queria ter à minha volta a minha cidade, o meu ambiente, os Cárpatos. Escrever ajudou-me a reconstruir as minhas vivências da infância[6].

Neste *Expedição ao Inverno* (*Massa el ha-Horef*[7]), Appelfeld retoma a perplexidade dos herdeiros do conflito que contrapusera, sob a égide do império, o progresso e a germanização, de um lado, e a tradição do judaísmo, de outro. Foi em meio a essa cisão linguística, espiritual e cultural - uma cisão que já durava mais de um século e que, ainda assim, não se resolvia de maneira definitiva - que os judeus da Bucovina viram o desmantelamento do Império dos Habsburgos, em 1918, e sua transformação

5 Idem, p. 129.
6 Ver *Aufbau*, Zurique, ano 72, n. 5, maio de 2008, p. 17.
7 Jerusalém: Keter, 2000.

em súditos da Romênia. As mudanças políticas logo os expuseram a uma situação nova, e particularmente incômoda. Se a política imperial fora marcada por um espírito de conciliação e de negociação com as diferentes minorias étnicas e culturais, e, sobretudo, por uma política imperial no sentido do acolhimento e da integração dos judeus, os novos senhores não tardaram a implantar um sistema político opressivo, que tinha como objetivo esmagar as vozes de todas as etnias não romenas que habitavam a região. E os judeus, evidentemente, fossem eles tradicionalistas ou modernizados, estavam entre as mais eloquentes dessas vozes indesejáveis.

O nacionalismo romeno só fez acirrar-se no período entreguerras. Na década de 1930, o ministro Ion Nistor promulgou uma série de atos que tinham o objetivo explícito de enfraquecer a influência econômica e cultural das minorias não romenas, e que visava, sobretudo, a marginalização dos alemães e dos judeus. Planos de deportação maciça de não romenos, exclusão dos judeus das instituições de ensino do Estado e do serviço público, nacionalização de empreendimentos, todas essas medidas, tão próximas à política que Hitler implantava na Alemanha, aos poucos se tornaram realidade na Romênia em que Appelfeld passou sua primeira infância - um país dominado pela ideologia de molde fascista da Guarda de Ferro e do partido Cristão Social.

Assim, apesar de sua mudança de nacionalidade após o término da I Guerra Mundial, os judeus das cidades da Bucovina permaneceram estreitamente vinculados à cultura alemã, não obstante o fato de, a partir de 1937, serem obrigados a falar só em romeno, tanto em seus ambientes de trabalho quanto nas escolas e nos lugares públicos. A esse respeito, Appelfeld declarou:

> Em casa falava-se alemão e não ídiche; com os avós eu falava ídiche. As adjacências eram ucranianas. Quando nasci, o governo era romeno. De modo que eu falava quatro línguas

> e havia ali, naturalmente, vizinhos poloneses; mais uma das línguas que se falava ali era o francês, uma língua de elite; falavam-se muitas línguas, era uma cidade de cultura, com uma grande universidade e germanística[8].

Em conversa com Philip Roth, anos depois, ele reitera: "Minha língua materna era o alemão. Meus avós falavam ídiche. A maioria dos habitantes da Bucovina, onde passei a infância, eram rutenos, e por isso todos falavam ruteno. O governo era romeno e todos eram obrigados a falar romeno também"[9].

Enquanto os judeus das cidades constituíam uma espécie de comunidade exilada de língua alemã no coração de uma Romênia cada vez mais virulentamente nacionalista, os do *Hinterland*, numérica e economicamente menos importantes, ainda se esforçavam por manter atados os laços cada vez mais declinantes e residuais com a tradição - especialmente com a tradição do hassidismo, que floresceu naquela região a partir do final do século XVIII, e que viu o surgimento de dinastias rabínicas que, mesmo depois do Holocausto, ainda sobrevivem, de alguma maneira, sobretudo em Israel e nos Estados Unidos.

O apego dos judeus germanizados da Bucovina à língua e à cultura dos antigos imperadores da região, e sua oposição tenaz ao já declinante setor religioso e pietista, com seus ensinamentos e doutrinas e com seu culto em torno dos túmulos dos grandes seguidores do Baal Schem Tov (1700-1760), o fundador do hassidismo, persistiria até mesmo depois da queda do Império Austro-Húngaro: a geração do entreguerras, não obstante as mudanças no cenário político, continuava a ver a si mesma como pertencente àquele universo evanescente da *Kultur* e da *Bildung* e via no setor judaico tradicionalista o sinônimo da barbárie e do obscurantismo. Sobre esse grupo, em meio ao qual nasceu, Appelfeld diz:

8 N. Rozenchan, Entrevista com Aharon Appelfeld, op. cit., p. 125.
9 Philip Roth, *Entre Nós*, São Paulo: Cia. das Letras, 2008, p. 39.

> Os judeus assimilados construíram uma estrutura de valores humanistas e contemplavam o mundo externo a partir dessa estrutura. Estavam convictos de que não eram mais judeus e que tudo aquilo que se aplicava aos "judeus" não se aplicava a eles. Essa confiança estranha os transformou em criaturas cegas ou quase cegas. Sempre adorei os judeus assimilados, porque era neles que o caráter judaico, e também talvez o destino judaico, estava concentrado com maior força[10].

A cegueira desses judeus assimilados, que continuam a contemplar o mundo a partir de um conjunto de parâmetros excluído violentamente da história europeia após a I Guerra Mundial, é um dos temas recorrentes na ficção de Appelfeld – e talvez seja mesmo a temática central de toda sua obra, como ele mesmo diz: "Tento entender esse fenômeno denominado o 'judeu moderno', o que é o 'judeu moderno'. Quem somos nós; em algum sentido o que trouxemos conosco, o que e como é que isso funciona, todas as contradições que há no judeu moderno"[11]. A narrativa de *Expedição ao Inverno*, como vimos, não é uma exceção a essa regra.

Exílio e Desterritorialização

Se, como vimos, Aharon Appelfeld nasceu em uma família burguesa judaica, fortemente ligada à cultura alemã, e ao legado dos Habsburgos, o alemão de sua casa paterna, depois do final da I Guerra Mundial, e sobretudo com a gradual expansão do nacionalismo e do fascismo romenos, se tornou, em Czernowitz, uma espécie de língua de exílio. Como acontecera com tantas outras famílias de literatos judeus germanizados

10 P. Roth, op. cit., p. 39.
11 N. Rozenchan, Entrevista com Aharon Appelfeld, op. cit., p. 128.

da Europa Central no entreguerras - dentre as quais a mais notável talvez seja e de Bruno Schulz - Appelfeld passou sua infância numa espécie de ilha cultural em suspensão: o alemão não era uma língua judaica, nem era a língua de seu país. Mas era por meio dessa língua que seus familiares, e o seu meio de convívio social, se mantinham estreitamente vinculados ao universo destruído em 1918, preservando, como uma espécie de relíquia, a memória de um mundo evanescente, irremediavelmente desaparecido, mas cujo poder de atração, não obstante, permanecia intacto.

Para esses antigos súditos dos Habsburgos, agora confrontados com a barbárie nacionalista romena, a língua e a cultura alemãs tornaram-se uma espécie de território sagrado e de paraíso ainda não inteiramente perdido: o mundo destruído pela história continuava a lhes servir como uma espécie de pátria metafísica, acolhedora e criadora de sentido, um território abstrato e portátil, e como um refúgio, no que guarda certas analogias com o próprio legado cultural judaico, ancorado, durante os milênios de exílio, numa língua perdida e em livros sagrados.

A singularidade dessa cultura judaico-alemã no exílio centro-europeu no entreguerras, e o seu caráter de desterritorialização, levado ao paroxismo, foram responsáveis pelo florescimento de uma literatura de caráter único, em que os parâmetros de marginalidade e de centralidade parecem invertidos. E Aharon Appelfeld, que constrói sua carreira literária em língua hebraica, é um tradutor contemporâneo dessa situação de desterritorialização. Seus romances, ambientados numa Europa Central declinante e desorientada, são escritos em hebraico, mas seus personagens são falantes de alemão e ídiche, ucraniano e romeno - nunca de hebraico.

Sua obra poderia ser vista como a tradução hebraica de um legado tipicamente diaspórico, e como a voz contemporânea de um judaísmo assimilado e germanizado do século XIX, praticamente banido do mundo atual. Essa circunstância faz de Appelfeld um escritor que leva o deslocamento, e com o deslocamento a necessidade de tradução, a uma espécie de paroxismo. Falando sobre Appelfeld, Philip Roth afirma:

> [Appelfeld é] um escritor deslocado, deportado, expropriado, desarraigado. Appelfeld é um autor deslocado de obras deslocadas, que soube se apossar, de modo inconfundível, do tema do deslocamento, da desorientação. Sua sensibilidade - marcada quase desde o nascimento pelas caminhadas solitárias de um menino burguês por um lugar-nenhum ameaçador - parece ter gerado de modo espontâneo um estilo marcado por precisão, despojamento, progressão atemporal e impulso narrativo coibido[12].

Embora tenha conhecido relativamente pouco desse mundo dos judeus assimilados e germanizados, já que, como foi dito, ele foi deportado, com o pai, para um campo de concentração nazista em 1940, esse universo é, afinal, a sua *Heimat*, o seu território nativo, perdido no espaço e no tempo, mas pacientemente recriado e reconstruído ao longo de sua obra, a partir de fragmentos de memórias, que ganham expressão por meio da tensão, da densidade e da economia características da língua hebraica.

Tradução da Melancolia

Em *Expedição ao Inverno* Appelfeld retrata, de maneira particularmente eloquente, a atmosfera de desorientação e desalento em que viveu a geração de seus pais às vésperas da chegada dos invasores nazistas e da aniquilação de todas as vertentes

12 Op. cit., p. 29.

judaicas da região. A negação veemente dos paradigmas da tradição judaica, de um lado, e a perda súbita da cidadania austro-húngara e da possibilidade de uma continuidade de sua identidade cultural judaico-germânica, de outro, são, implicitamente, as responsáveis pela sensação de estar pairando no vazio que acompanha os percursos patéticos dos personagens do romance – gente que paira no tempo como balões de ar quente cujas chamas se extinguiram, e que se sabem condenados à queda e ao desaparecimento.

Ambientado num lugar imaginário, denominado apenas *Har*, ou montanha, uma aldeia perdida nos Cárpatos orientais, no limite leste da região denominada *Waldkarpaten* (Cárpatos florestados), o romance apresenta os nomes de localidades mais ou menos próximas dessa aldeia: Radautz, Kimpolung, Suczawa, Dorna Vatra, Stroginetz – todas elas no extremo sul da antiga Bucovina, e cujos nomes evocam paisagens caras à memória do escritor.

Essa aldeia na montanha atrai um grande número de judeus das cidades, e todos eles, curiosamente, são vítimas de uma mesma epidemia: a bile negra, ou seja, a melancolia ou depressão – uma síndrome que infecta os judeus das cidades da Europa Central dos anos de 1930, criando um sufocante microcosmo de aporias judaicas. Essa doença é considerada por Herbert Sturm, um dos personagens do livro, como a doença judaica por excelência. Sturm é um contador judeu de Czernowitz, que veio hospedar-se na montanha em busca de cura para suas próprias depressões, e que fala a Kuti, o protagonista do romance, que trabalha como mensageiro do hotel onde reside:

> A depressão, você tem que saber, é uma doença caracteristicamente judaica. Em toda minha vida nunca vi um gói sofrer de depressão. Os judeus descobriram essa doença e fizeram dela sua doença particular. Eles a desenvolveram e a refina-

ram. Na minha família, todos sofrem de depressão. Meu pai era um artista da depressão. Quando ele caía em depressão, contagiava a todos. Minha mãe era saudável, porém trinta anos de casamento a tornaram como ele. Não é por milagre que os judeus trouxeram para o mundo todos os tipos de remédios. Todos os remédios são falsos. O que fazer, você pergunta. Tenho uma resposta decisiva: precisamos ser como os *góim*. Eles não têm depressões. Eles trabalham no campo, criam animais, tiram água dos poços, e à noite se embebedam e ficam alegres. Os judeus não sabem se alegrar, não é nenhum milagre que eles se deprimam o tempo todo. Você precisa dormir, Kuti. O sono na sua idade é agradável[13].

A montanha atrai esses judeus melancólicos por uma singular conjunção de fatores, que é também emblemática da condição existencial e espiritual dos judeus germanizados do antigo império. A beleza natural das serras, dos picos nevados e das florestas, é propícia a restituir a *joie de vivre* de quem se encontra mergulhado na inação e na desorientação – como essa geração de Herbert Sturm, vinculada a uma ideia imperial desaparecida e sepultada para sempre, e que não é capaz de formular um novo conjunto de ideais convincentes, um sistema de valores pelos quais valha a pena lutar, e que nem mesmo espera poder transmitir a seus descendentes a cultura na qual se formou, de vez que esta se tornou anacrônica e distópica depois de 1918.

A natureza, que nada sofreu com os acontecimentos da política e da história, tem o poder de restaurar tempos menos sombrios – e, sobretudo, tem o poder de tocar, intimamente, uma geração profundamente vinculada ao legado do romantismo germânico, da *Bildung* germânica oitocentista, em que o culto à natureza aparece como um dos temas poéticos preferidos, e onde a experiência do sublime, que é o antídoto da

13 Ver p. 223.

melancolia e da depressão, está diretamente vinculada a esse contato íntimo e direto com os encantos de montanhas, bosques, fontes e cachoeiras.

A *via regia* para os estados de espírito exaltados, no universo da cultura romântica germânica, de há muito passa longe das igrejas e das casas de oração e deslocou-se, bem ao gosto das elegias greco-romanas, para a simplicidade e a majestade das montanhas, dos picos nevados, das matas virgens, fontes e regatos. De certa forma, esse *Har*, essa montanha bucovinense, é uma versão mais simples e mais despojada, do *Davos Platz* concebido por Thomas Mann em *A Montanha Mágica*: como no romance de Mann, trata-se de um refúgio para o mal-estar da civilização europeia, onde os indivíduos buscam curar-se da ausência de significado que aflige suas existências, perdidas em sociedades cujos valores constitutivos se corroeram, e que caminham para um obscurecimento cada vez maior das consciências de quem já não mais vê sentido em sua continuidade.

Os deprimidos de Appelfeld, assim, são indivíduos fragmentados, que aos poucos se desprendem de um corpo cultural morto para mergulharem no isolamento crescente e na irremediável sensação de vazio. Suas melancolias poderiam ser compreendidas a partir do ponto de vista do desenraizamento e do exílio, temas centrais da reflexão filosófica e da especulação mística do judaísmo europeu, que voltam a preocupar um grupo que se sentia profundamente ligado ao Estado, à cultura e à terra de sua nascença, mas que se vê, a cada tanto, mais segregado e excluído da sociedade - e até mesmo privado de seu idioma.

Assim, multiplicam-se, nessa geração retratada por Appelfeld, "aqueles que morrem prematuramente, os suicidas, os expulsos, os deportados, os assassinados, os exilados, os emudecidos, os seguidores de doutrinas salvacionistas"[14].

14 Peter Motzan, apud Helmut Braun (org.), *Czernowitz: Die Geschichte einer untergegangenen Kulturmetropole*, Berlim: Christoph Links, 2006, p. 27.

Mas não são apenas os encantos naturais da região que atraem os hóspedes judeus a esse lugar. Eles vêm, das cidades da Bucovina e até de mais longe, em busca não só de ar puro e de paisagens deslumbrantes, mas também das bênçãos do chamado *isch ha-mofet* ou homem milagroso. Os hóspedes estão à procura de uma doutrina salvacionista, porém não conseguem se desfazer da reticência e das reservas ante esse velho *Wunderrabbi*, último representante de uma dinastia em desaparecimento, cuja simples existência é um contraponto a todos os parâmetros culturais em que se formaram.

Appelfeld conta que os antepassados desse velho milagroso atraíam fiéis de toda a Bucovina e Galícia. Mas o mesmo tédio e a mesma ausência de perspectivas que se instalou nas vidas dos judeus citadinos derrama-se, como aos poucos se torna evidente, sobre o interior do próprio quarto do homem milagroso, já cego e incapaz de se erguer de seu leito, e que recebe os consulentes recostado em travesseiros.

Todos os pacientes vêm em busca de cura para a depressão e a melancolia, e a todos ele recomenda uma mesma receita: aprender as letras hebraicas, e proferir ou escrever as preces judaicas tradicionalmente pronunciadas ao amanhecer, à tarde e à noite. Evidentemente o declínio do judaísmo depois de mais de um século de germanização dos judeus do antigo império é um fenômeno inquestionável: até mesmo o alfabeto hebraico se tornou ilegível para uma geração que se voltou com todas as forças para a modernidade, enquanto seus antepassados, ainda que vivendo em condições materialmente precárias, sempre se orgulharam de não terem homens analfabetos em seu meio.

Essas recomendações do homem milagroso são recebidas com ceticismo por esses judeus urbanos, que mergulham nos prazeres mundanos para tentar atenuar suas dores de alma, enquanto seu mundo de nascença aos poucos se desfaz. Eles frequentam o café e o bar, embebedam-se, visitam o bordel de Madame Fein - ela, também, judia, assim como suas funcionárias. À medida que o tempo avança, mais e mais judeus vão chegando à montanha, foragidos da invasão que já alcança as cidades da planície: a transformação do lugar de veraneio em campo de refugiados, e de campo de refugiados em prelúdio de um campo de concentração é um processo que se dá aos poucos, imperceptivelmente, com a sutileza que caracteriza os desdobramentos das narrativas de Appelfeld - desdobramentos radicais, mas que se processam sorrateiramente e só são percebidos por meio de sinais sutis.

Os judeus das cidades continuam a falar alemão e continuam a alegrar suas noites com trechos de óperas alemãs e com a poesia de Heinrich Heine. Heine é talvez o autor mais emblemático do sonho judaico de ingresso na cultura moderna. É como se estivessem esperando pela volta de algo que parecem fingir não saber que desapareceu irreversivelmente. Em outras palavras, esses personagens desenham um retrato pungente da perplexidade, da ansiedade e da desolação dos antigos súditos judeus do império.

É nesse meio de desolação e de ausência de perspectivas que se desdobra a trajetória de Kuti, um órfão cujo nome original, bem ao gosto germânico, era Kurt, mas que, com o passar do tempo, se perdeu e se tornou Kuti, como a testemunhar a gradativa degeneração da língua alemã num ambiente cujos laços com os centros da cultura germânica vão se desfazendo, de maneira inexorável, à medida que o tempo passa.

Entre a língua perdida dos pais e a imposição de idiomas do meio que o circunda, Kuti, de quem jamais ficamos sabendo, ao longo da narrativa, em que língua falava, torna-se gago e sua gagueira parece, mais do que nada, ser causada por sua perplexidade ante o desmantelamento de seu próprio mundo. Sua mãe, conta-nos o romance, morreu no instante de seu nascimento, e o pai é um caixeiro viajante que passa a maior parte do tempo nos caminhos enlameados da Bucovina, lutando para sobreviver, e só aparece em casa ocasionalmente.

Totalmente avesso a qualquer espécie de fé religiosa, esse pai encarna o espírito prático, rude e tacanho daqueles que percebem as próprias existências reduzidas à dimensão de uma luta de vida ou morte contra a pobreza. Casado em segundas núpcias com uma mulher de nome Hanna, ele a proíbe até mesmo de acender velas em casa às sextas-feiras. "O que é essa magia?" pergunta-lhe, rispidamente, cada vez que detecta alguma vela acesa na casa, na sexta-feira à noite.

Appelfeld traça um panorama das angústias e das dúvidas existenciais de uma geração dividida entre os projetos redentores da modernidade e a tentativa pouco séria, mas igualmente desesperada, de retomar algum tipo de contato com uma tradição espiritual de há muito abandonada. Se o pai de Kuti proíbe qualquer tipo de religiosidade ou de expressão de sentimentos metafísicos em sua casa, Hanna, a madrasta, que nasceu de uma família de agitadores comunistas, faz questão de acender as velas do Schabat quando o marido está ausente em suas andanças. Hanna recita as preces sempre que pode, e recomenda a Kuti que vá se consultar com o homem milagroso a fim de curar-se da gagueira:

> Hanna não vai à casa de orações no Schabat, mas o rosto dela é como o rosto de alguém crente. Ela persegue com o olhar os pássaros que estão nas árvores. Se acontece de um gato ou um cão aparecer no quintal, ela lhes oferece uma tigela com restos de comida. Na noite de sexta-feira, ela acende velas. Quando papai está em casa, ela não as acende. Todo tipo de coisa religiosa tira papai do sério, e mais de uma vez eu o ouvi dizer: "Eu não gosto dessa magia". Quando ele diz "magia" me parece que está falando de um tipo de doença da qual é preciso se curar. Hanna escuta, abaixa a cabeça e fica sem resposta. Ela evita falar com papai e às vezes tenho

a impressão de que eles simplesmente não se falam, mas quando papai sai para as estradas, a boca dela se abre e ela me conta coisas maravilhosas.

"Por que papai não acredita em Deus?" abriu-se a minha boca, por algum motivo.

"Há pessoas que não o veem", ela disse, e o espanto cobriu seu rosto.

"E eu o verei?"

"Tenho certeza que sim", disse Hanna, e riu[15].

Entre Dois Mundos

Ao mesmo tempo em que tenta, timidamente, reatar laços com uma tradição abandonada na casa paterna, Hanna se esforça em fazer com que seu enteado, Kuti, estude alemão, de um livro que se chama *Germanit la matchil*, ou *Alemão para o Principiante*. A língua que simbolizava o projeto cosmopolita de integração social dos judeus austro-húngaros parece ainda não ter perdido a aura de passaporte para a cultura e para a civilização. A questão dos idiomas judaicos no universo desenhado por Appelfeld nesse romance é também intrincada: o ídiche, um dialeto particular e local do alemão, e o *Hochdeutsch*, que é a língua dos hóspedes judeus que vêm à montanha das grandes e distantes cidades, convivem com o ucraniano dos personagens cristãos, conforme nos vai informando o autor ao longo da narrativa.

Trata-se de uma mistura particularmente intrigante num romance escrito em língua hebraica e a resposta para essa babel linguística parece estar, de alguma maneira, vinculada à própria trajetória de Appelfeld: nascido numa casa em que o alemão era a língua corrente, ele conseguiu sobreviver à guerra, em meio

15 Ver p. 21.

a ucranianos, dos quais escondia sua condição judaica, junto com os *partisans* nas florestas e, posteriormente, protegido pelo exército russo. Ao longo dessa adolescência conturbada, ele aprendeu uma série de línguas - o romeno, o ucraniano, o russo - para, finda a guerra, abrigar-se em Israel, em 1946, onde o aguardava o idioma hebraico, que aprendeu a duras penas e no qual vem descrevendo sua trajetória literária.

A gagueira de Kuti, a confusão linguística do romance e a própria confusão linguística do autor, são os sintomas do deslocamento, da deportação, da expropriação e do desarraigamento, em que as referências a um mundo desaparecido ainda parecem orientar os perplexos e deprimidos judeus das grandes cidades, tornando-os figuras desvinculadas da realidade em que vivem, e cuja depressão parece decorrer do fato de conduzirem suas vidas de acordo com parâmetros cuja validade se esgotou. Por isso, dois personagens-chave encarnam, na vida dos turistas na montanha, os parâmetros judaicos do mundo em vias de extinção: de um lado, o baluarte e o emblema da assimilação judaica ao ideário germânico-Habsburgo, Rudolf, gerente do hotel onde Kuti trabalha, de quem só na segunda metade do romance ficamos sabendo que nasceu judeu; de outro, o decrépito homem milagroso que representa um último vínculo com a tradição judaica dos ancestrais:

> Tudo ele [Rudolf] faz com muito profissionalismo, como se tivesse estudado numa escola de boas maneiras. Mas ele não estudou numa escola de boas maneiras. Ele serviu no exército austríaco por cinco anos sucessivos e atingiu o grau de sargento. Sua força está no interior de seu corpo, mas suas boas maneiras vêm dos tempos de exército. No exército ele aprendeu a barbear-se meticulosamente e a manter seu uniforme sempre limpo e passado, e a conter suas palavras. Suas boas maneiras não são sinal de fraqueza, mas de contenção das suas forças abundantes.

> Na minha opinião, o supervisor é agnóstico, mas se alguém quer acreditar, por que incomodá-lo? Mesmo assim, ele não acredita em Deus. Nem acredita nos homens. Não acredita em Deus porque não pode vê-lo, e não acredita nos homens porque os vê e porque sabe que são propensos ao pecado. Ele acredita na ordem e nas boas maneiras. A ordem, ele responde e argumenta, é como uma rédea. Sem ordem a vida se torna uma confusão, sem clareza, e é impossível alcançar o conhecimento[16].

Rudolf é um nostálgico dos tempos do império que guerreou nos Cárpatos, entre 1914 e 1918, no exército do *Kaiser*. Nas montanhas, consegue encontrar uma espécie de continuidade para seu mundo perdido. Trabalhando no hotel, dá uma espécie de seguimento póstumo àquela trajetória linear que o levou ao posto de sargento, e assim permanece imune ao avanço do nacionalismo romeno. Continua a falar alemão, continua a cumprir suas rotinas, consegue encontrar para si uma forma de consistência quando o mundo à sua volta se desfez, ainda que à custa de uma certa cegueira para com o entorno, que o leva a voltar-se, sempre, para um sistema de valores próprio, profundamente influenciado pela ética militar imperial, impermeável às mudanças, e às vezes irremediavelmente divorciado da realidade. Certa vez, ele confessa e diz:

> Certa vez, ele confessou e disse: "Se o Império não tivesse se desintegrado, eu teria alcançado o grau de oficial. No Império, não perguntavam sobre a sua origem, mas examinavam suas características. Eu tinha todas as características necessárias, muitas medalhas de distinção e cartas de recomendação de comandantes importantes. Realmente, nasci judeu, porém em minha alma estava a marca de uma outra

16 Idem, p. 72-73.

> tribo. A maior parte dos judeus, estou pronto a admitir, não causa dano. Mas, o que fazer? Há algo neles que vai contra a natureza. Às vezes tenho um desejo ardente de passar de casa em casa e de levar os homens jovens para a praça, vesti-los com roupas de recrutas e conduzi-los diretamente ao campo de treinamento"[17].

Sua trajetória, de certa forma, é emblemática das trajetórias dos judeus germanizados que vêm à montanha das grandes cidades, e que, de alguma forma, parecem querer esquecer que o seu mundo aos poucos está deixando de existir. Todo seu esforço é no sentido de provar, para si mesmo e para os outros, a continuidade de uma tradição amputada de suas raízes pelos acontecimentos históricos, e nesse sentido Rudolf é também um personagem especialmente caro aos hóspedes do hotel, que nele enxergam a devoção às virtudes imperiais:

> Cada vez que um grupo de hóspedes novos se reúne, Rudolf os leva numa excursão para um dos picos e lhes mostra as maravilhas das nossas montanhas. Rudolf, como se sabe, não é um homem de palavras e de explicações. Mas o ar livre e o ar puro o fazem lembrar-se dos dias do exército e, então, palavras daqueles tempos voltam à sua boca. Ele conta aos novos hóspedes os nomes das montanhas, e conta quando esses nomes foram inventados, e diz os nomes dos rios que correm por ali. Se está com o ânimo exaltado, conta um pouco da história do lugar, fala sobre os turcos depravados e, especialmente, sobre o Império Austro-húngaro. Rudolf, como se sabe, é um remanescente dos partidários do Império que desapareceu, e não apenas por causa de seu serviço no exército por cinco anos consecutivos, mas também por causa dos bons costumes

17 Idem, p. 139.

que o *Kaiser* Franz Joseph cultivou no coração de todos os habitantes do Império[18].

De outro lado, como representante de um retorno impossível à tradição, está o homem milagroso, velho e sem descendentes, que fala a pessoas cheias de dúvidas acerca de suas palavras, os turistas judeus bem vestidos das grandes cidades, que vêm à procura de algum tênue vínculo com uma tradição negligenciada há gerações e já em vias de desaparecimento, e que o veem como uma espécie de último vínculo com as crenças dos ancestrais:

> Há mulheres com vestidos decotados e meias de seda. As crianças também não são como nós. Vestem roupas bem cuidadas e passadas e falam somente alemão.
>
> Eles são judeus? A essa pergunta, o dono do hotel responde em alto e bom som: "Sim!"
>
> Eles vieram de longe e subiram para cá para ver o homem milagroso.
>
> "O que faz o homem milagroso?"
>
> "Você não sabe?"
>
> Um colega de trabalho, Max, menino de recados como eu, já trabalha aqui há dois anos. Ele conhece todos os segredos do lugar e me revelou que o velho Iechiel é conhecido em toda a região por causa de seu poder de arrancar a melancolia do coração das pessoas, e que as pessoas também vêm a ele para receber conselhos e bênçãos. As pessoas se apegam a ele. Quem vem a ele uma vez, volta.
>
> "Eles são religiosos?"
>
> "Não, mas às vezes acontece que durante as férias aqui eles começam a rezar"[19].

18 Idem, p. 104-105.
19 Idem, p. 47-48.

Os judeus da montanha, como Kuti e seu amigo Max, tampouco se sentem vinculados à fé religiosa, que sobrevive apenas de forma residual, e se veem em dúvida entre uma germanização anacrônica, de um lado, e a manutenção de uma fé desacreditada, de outro. Os demais judeus do lugar abandonaram as tradições, e tentam, desajeitadamente, encontrar seu lugar no mundo em que vivem - um mundo que, de alguma maneira, já não lhes pertence mais. A velha sinagoga da cidade, abandonada há décadas é, junto com o decrépito homem milagroso, um emblema do declínio do judaísmo tradicional.

Assim, depois da morte do pai de Kuti, quando seus colegas de profissão, caixeiros viajantes, se juntam para rezar o Kadisch, fica claro que nenhum deles preservou a antiga fé em sua integridade, e que o que fazem é apenas uma espécie de resíduo de crença religiosa:

> Um dos mercadores, para quem papai costumava vender mercadorias, disse o Kadisch. Ficou claro que ele tinha dificuldade de falar as preces, mas ainda assim ele fazia questão de vir todos os dias. Certa noite ele se aproximou de mim e perguntou. "Você estuda?" Fiz que não com a cabeça. Ele olhou para mim e disse: "Você precisa estudar muito". Era como se ele tivesse esquecido que eu era meio mudo.
>
> O resto dos participantes do *minian* também eram comerciantes e ficou claro que eles não rezavam habitualmente. O líder das rezas era um judeu velho que só com dificuldade conseguia ficar sobre os próprios pés. Ao fim das rezas os mercadores se aproximavam dele e o abençoavam com genuflexões. Ele voltava os olhos para eles, como se estivesse dizendo: "É uma vergonha que somente a morte seja capaz de reunir vocês para rezar". Eles, ao que parece, não compreendiam a repreensão do velho, baixavam as cabeças e deixavam a casa[20].

20 Idem, p. 56.

A vida do lugar gravita em torno do homem milagroso, mas a maior parte dos moradores da montanha já não mais acredita nele, nem na doutrina sobre a qual ele se apoia. Só os pobres, os aflitos e pessoas vindas de longe acreditam e o seguem. A comunidade judaica local desvincula-se da tradição, à maneira do que fizeram os judeus da cidade, porém, num quadro caracteristicamente moderno, não parece encontrar referências adequadas para substituir essa tradição e, pairando sobre o vazio, também afigura-se em busca de âncoras existenciais:

> Já percebi: o homem milagroso não produz milagres aqui, ainda que se fale disso. A quem vem para cá, ele pede para permanecer por algum tempo. Como já disse, há pessoas que ficam aqui por uma estação, por duas estações, às vezes por um ano inteiro. De manhã, o hotel mais parece uma escola onde se ensina letras exóticas e onde se repetem preces. O aprendizado das letras é um dos primeiros deveres que o homem milagroso impõe aos que vêm a ele.
>
> Um outro assunto: o esquecimento. O esquecimento é a raiz e a causa de muitas doenças, segundo o homem milagroso. Há judeus cujo esquecimento chega até o fundo do poço. Por dias inteiros o homem milagroso chora por causa do esquecimento. Várias vezes foi ouvido gritando: "O esquecimento, o esquecimento!" Vêm aqui pessoas que já há duas gerações estavam afastadas do judaísmo e da *Torá* dos judeus. E há outros que até esqueceram que uma vez foram judeus"[21].

O legado de ceticismo do pai de Kuti lança uma sombra de dúvida sobre tudo o que diz respeito à tradição religiosa, e a crença que subsiste tem um aspecto apenas residual no ambiente cada vez mais cético dos judeus da montanha:

> A neve derreteu e a primavera já está chegando. Os judeus que observam as tradições preparam suas casas para o Pessakh.

21 Idem, p. 81.

> Aqui e ali surge um homem, e há uma *kipá* sobre sua cabeça, mas os comerciantes, os donos das bancas, para não falar dos comerciantes de animais, se divertem no café ou no bar. Ninguém mais os levará de volta à fé. Em seu tempo, o homem milagroso costumava sentar-se na porta de sua casa, chorando por causa daqueles que abandonaram a religião, e os chamava de "meus filhos perdidos". Agora ele mal consegue se levantar da sua cama. Agora sua voz está fraca e é difícil ouvi-lo[22].

O declínio da religião caminha paralelamente ao declínio das condições sociais e econômicas dos judeus germanizados, e em ambas as frentes do antigo *Kulturkrieg* o clima é de desolação e declínio: "Em algumas casas ainda estão celebrando o Seder, abençoando e lendo a *Hagadá*[23], mas na maior parte das casas já não há mais qualquer lembrança da festa. O clube de xadrez e o café estão abertos. Só o bar fecha nas festas"[24].

Um Mundo em Descompasso

Entre esses hóspedes melancólicos e desorientados, paira um nervosismo indefinido e inexplicável, que se manifesta em descontrole das emoções, crises de choro, acessos de ódio inexplicáveis, descritos em diferentes passagens ao longo da narrativa:

> Durante o dia, o hotel fica tranquilo a maior parte do tempo. As pessoas dormem até tarde, e não fosse pelos telegramas urgentes, ninguém acordaria antes do meio-dia. Mas à noite o hotel se torna febril. Palavras duras escapam do interior

22 Idem, p. 77.
23 Livro que contém a história da libertação dos judeus do cativeiro no Egito, liderados por Moisés, e as rezas apropriadas para o jantar de Pessakh.
24 Ver p. 86.

dos quartos e soam como longos discursos diante de um público numeroso. Às vezes, as frases são curtas e soam como reprimendas severas. Também há explosões de medo e fugas súbitas. Ontem à noite, uma mulher fugiu de seu quarto e os homens correram atrás dela, agarraram-na e a trouxeram de volta à força. Meu amigo Max já conhece alguns dos segredos do hotel, mas também ele se surpreende às vezes.

[...]

Já reparei. As pessoas aqui brigam, gritam e às vezes até rosnam. Mas logo estão se beijando com fervor. É difícil para mim compreender essa confusão.

[...]

O outono está em seu auge e o hotel está lotado. O turno do dia é mais fácil do que o turno da noite. Há dias em que os hóspedes só acordam depois do almoço e por um momento parece que teremos uma noite tranquila. Mas essa sensação é um engano. Chega a noite e a agitação toma conta do hotel, e imediatamente começam as discussões amargas.

Ontem à noite uma jovem chamada Henni sumiu e todos se voluntariaram para procurá-la.

Vasculhamos o terreno em volta do hotel. O clube de xadrez e o café. No fim encontraram-na numa ruína, ao lado dos currais dos mercadores de animais. O pai da jovem ficou tão feliz que, de tanta alegria, chorou como uma criança. O chefe dos funcionários a cobriu com um cobertor e a conduziu nos braços de volta para o hotel.

Quando comecei a trabalhar aqui, me parecia que os judeus da cidade eram pessoas silenciosas e satisfeitas. Agora eu sei que o silêncio deles é da boca para fora. Nos quartos paira uma raiva tremenda. As brigas às vezes se alongam noite adentro, até o raiar do dia[25].

25 Idem, p. 51-54.

Divididos entre o ceticismo religioso que acompanha, de certa forma, a filiação ao legado humanista europeu, e um retorno pouco convincente à fé ancestral, que se limita, no mais das vezes, ao aprendizado das letras hebraicas, os personagens urbanos de *Expedição ao Inverno* não são capazes de enxergar uma solução coletiva para os judeus enquanto grupo - ainda que eles mesmos venham sendo alvo de perseguições enquanto grupo e enquanto coletividade. A noção de *Klal Israel*, à qual se referem tanto o homem milagroso quanto Herbert Drucker, o filantropo que ampara e sustenta todos os necessitados que se encontram na montanha, perdeu-se para uma geração formada no espírito do individualismo característico da modernidade burguesa e apenas os acontecimentos históricos, em particular a perseguição nazista, conseguem despertar, outra vez, do esquecimento, essa noção de destino compartilhado, que é um dos pilares da teologia bíblica.

A fé incondicional, fundamento da vida judaica no *schtetl*, assim como um sentido agudo de responsabilidade coletiva, persiste apenas entre os mercadores de animais - um grupo que vive distante do centro da aldeia, e que não tem qualquer tipo de contato com os transtornados judeus da cidade que vêm à montanha. Para esses judeus que falam uma estranha língua própria, uma mistura de ídiche com ucraniano, a realidade de Deus é algo tão indiscutível e evidente quanto as próprias forças da natureza, com as quais estão acostumados a comungar e a lidar. São eles que, assim como o homem milagroso, constituem o contraponto às dúvidas intermináveis que atormentam os judeus modernizados - dúvidas que acabam por levá-los à passividade, à indecisão e, no limite, à perdição nos prazeres mundanos. Ante esses homens quase selvagens, pertencentes a um mundo diferente da "civilização", Kuti sente-se mais perto da verdade e da transcendência. Assim, ele comenta: "Já ouvi um mercador de animais dizer: 'Não tenha medo. É melhor morrer pelas mãos de Deus do que morrer pelas mãos dos homens. Os judeus da cidade têm medo da morte, como se a morte fosse o fim. A morte não é o fim'. Os mercadores de animais são homens que têm fé"[26].

As dúvidas, porém - e em especial as dúvidas de caráter religioso e existencial - devoram as vidas dos hóspedes. Certa vez, Kuti ouve um deles dizer: "Eu sempre acreditei em Deus e só nos últimos anos comecei a ter atitudes práticas"[27]. A fé recebe, no mais das vezes, o epíteto pejorativo de medieval. A oração é um gesto inaceitável para os orgulhosos membros da *Bildungsbürgertum* (Burguesia ilustrada), que veem os costumes dos judeus tradicionalistas e primitivos da montanha como bárbaros. É assim que, no enterro de Herma - uma das hóspedes deprimidas do hotel que não consegue mais suportar suas crises e comete o suicídio -, os judeus da cidade, presentes ao funeral, revoltam-se contra os membros da Chevra Kadisha[28] local porque os mesmos se recusam a esperar que o tempo melhore para fazer o enterro:

> Ao entardecer, arranjou-se o enterro. Uma chuva forte caía e os hóspedes se amontoavam junto à cova aberta e se zangavam com a Chevra Kadisha, que se recusou a acomodar a morta. Só os judeus sepultam sob a chuva. As pessoas cultas esperam pela chegada de um dia de sol. Colocar no fundo de um buraco de lama uma pessoa que ainda há poucas horas expressava suas vontades entre nós é um ato bárbaro[29].

A velha contrapartida entre "civilização" e "barbárie", que enviesou os olhares da Europa Ocidental sobre a Europa Oriental ao longo de todo o século XIX, e que foi transposta para a esfera

26 Idem, p. 198.
27 Idem, p. 54.
28 Chevra Kadisha, que em hebraico significa Fraternidade Sagrada, é como se denominam as sociedades de voluntários encarregadas de todos os rituais fúnebres - desde a purificação dos corpos até o sepultamento. Esta edição manteve na grafia do nome a forma adotada pela própria instituição.
29 Ver p. 153.

judaica primeiramente por Karl Emil Franzos, sobrevive aqui, intacta, mais de um século depois de seu surgimento, às vésperas da catástrofe nazista.

Esses judeus "civilizados" repetem um antigo cacoete oitocentista, segundo o qual tudo o que diz respeito à tradição e, sobretudo, aos aspectos irracionais e místicos da fé judaica, recebe o nome de "barbárie", ao mesmo tempo em que a cultura judaica local se encontra em processo de declínio irreversível.

No passado, a montanha fora um lugar famoso. Pessoas crentes iam para lá da Bucovina e da Galícia, para se atirarem sobre os túmulos dos antepassados do homem milagroso. Vinham, especialmente, em Rosch Haschaná e em Iom Kipur. Quando pararam de vir e por quê, ninguém sabe dizer. Nos últimos anos vêm apenas judeus de lugares distantes, doentes incuráveis, desesperados. Antigos crentes praticamente não vêm mais. Ao mesmo tempo, há alguns judeus da cidade que, depois de um período na montanha, começam a olhar com um certo respeito para o legado desprezado dos "primitivos" – como o benemérito Drucker, que entra na velha sinagoga abandonada e se surpreende com as riquezas ali depositadas:

> Drucker disse: "Eu contei dois mil livros. É uma pena que sejamos ignorantes e não saibamos lê-los. Que cultura rica!" Nem todos concordaram com ele. Houve alguns que disseram: "Essa é uma cultura que desapareceu do mundo, e é bom que tenha desaparecido. É melhor que os judeus estudem medicina, direito e engenharia"[30].

Essa visão de mundo pragmática e racionalista é também defendida por Herbert Sturm, o contador de Czernowitz, que se dirige a Kuti com as seguintes palavras: "Se você quer se tornar escritor, precisa aprender gramática e sintaxe, ler livros

30 Idem, p. 164.

de filosofia e boa literatura. Letras hebraicas e versículos de orações não vão servir para nada. Nós vivemos na era da razão e da ciência. As crenças religiosas morreram definitivamente"[31]. Sturm bebe dia e noite. E quanto mais ele bebe, mais se fortalece sua crença na razão. Já o ouviram gritar, bêbado, em altos brados: "Viva a razão! Viva a ciência!" [32]

O pragmatismo, talvez a maior das superstições do século XX, é a única atitude possível ante um mundo desencantado, em que a experiência do sublime alienou-se da vida das pessoas confinadas à lógica das grandes cidades. Os judeus das cidades, com suas existências normatizadas e civilizadas, e agora ameaçadas pela crescente hostilidade política, não conseguem suportar essas existências desnaturadas, e vêm para a montanha em busca de um remédio para a sensação de vazio que parece acompanhá-los em toda a parte. Mas nem todos são capazes de suportar a cura:

> Ontem à noite uma mulher alta e bonita saiu de seu quarto e se dirigiu ao jardim do hotel. Me parecia que ela ia dar uma volta pelos canteiros de flores e depois se sentar num banco. Me enganei. Ela começou a vomitar. Chamei a irmã dela, que imediatamente acorreu para acalmá-la. Depois que ela se acalmou, disse: "Por que vocês me trouxeram aqui? Eu não suporto esse lugar e não suporto esse curandeiro. Esse curandeiro me deixa louca". A irmã falou com delicadeza e tentou convencê-la de que muitas pessoas tinham sido ajudadas pela cura, enumerando os nomes daqueles que haviam sido curados.
>
> "Me levem de volta para casa", a mulher gritou, ignorando as palavras da irmã.
>
> "Nós logo voltaremos", pediu a irmã, tentando convencê-la. "Ainda hoje à noite."

31 Idem, p. 226.
32 Idem, ibidem.

"Não há carruagens à noite."

"Você vai se arrepender; eu vou sumir", ameaçou a mulher com uma frieza de espírito assustadora.

Antes eu tinha ouvido o pai dela gritar, um velho vestido meticulosamente, e ele também lhe falou, mas ela insistiu: "Eu quero ir para casa".

"Nós estamos todos aqui. A casa está vazia", disse o velho pai, olhando nos olhos dela.

"Se não formos para casa eu vou sumir", ela respondeu, ameaçando.

O pai baixou a cabeça e se resignou.

Na mesma noite eu chamei uma carruagem e toda a família - o pai velho, a mãe velha e as duas irmãs - partiu pela estrada. Ajudei o cocheiro a pegar as malas e os baús. A irmã que eu chamara botou na minha mão um punhado de moedas[33].

A modernidade do século XX, que chega à Bucovina em forma de fascismo e desenraizamento, é o pano de fundo do refúgio proporcionado pela montanha, que torna esse refúgio apenas uma espécie de paliativo, capaz de adiar, mas não de evitar, a grande catástrofe. O conflito entre a visão de mundo racionalista e germanizada e a tradição e a fé ancestrais permanece irresolvido e precipita os que nele se encontram mergulhados na perplexidade, na angústia e nas aporias.

Ao aguardar sua vez para ser recebido pelo homem milagroso, Kuti, que seguiu as recomendações de sua madrasta, presencia um diálogo entre um judeu germanizado e o homem milagroso, que, mais uma vez, traz à tona os conflitos judaicos herdados do século XIX, ao mesmo tempo que mostra como, ante as circunstâncias da iminente chegada de uma nova guerra, esses conflitos se tornaram anacrônicos e distópicos:

33 Idem, p. 56-57.

Do quarto do homem milagroso, ouvia-se a voz de um homem que falava um alemão que não era o dialeto local. O homem milagroso não o interrompia e ele contava que, havia anos, sofria de depressões e que, no ano passado, sua memória se enfraquecera. O homem milagroso perguntou quais eram os nomes do pai e da mãe do homem que falava, e qual o seu nome judaico. O homem pronunciou os nomes alemães de seu pai e de sua mãe e pediu desculpas por não ter um nome judaico. Ele não deu a importância devida às perguntas breves do homem milagroso e começou a contar mais detalhes sobre os seus sofrimentos.

"Você precisa aprender as letras hebraicas", disse o homem milagroso.

"Para quê?", surpreendeu-se o homem.

O homem milagroso respondeu no dialeto local do alemão: "Isso vai aproximar você da comunidade de Israel. Nós não rezamos isoladamente, e sim com a comunidade de Israel. As letras são o princípio da comunidade de Israel".

"O que é comunidade de Israel?", admirou-se o homem.

"As letras vão ensinar a você", disse o homem milagroso em voz baixa.

"Por que isso é um segredo? Por que é proibido para mim saber por que e para quê?"

"Aprenda as letras e saberá", disse o homem milagroso, dessa vez em ídiche.

"Eu não entendo como aprender as letras hebraicas vai curar as minhas depressões."

"Vai curar", disse o homem milagroso, agora impaciente.

O homem voltou a argumentar com insistência que não entendia como as palavras haveriam de curar suas depressões[34].

Para Rudolf, que se mantém aferrado aos parâmetros do cosmopolitismo dos Habsburgos, a solução para as depressões

34 Idem, p. 131-132.

judaicas está no retorno aos instintos e ao corpo, numa espécie de apologia às doutrinas de Max Nordau:

> "Os judeus, os judeus", tomou um gole do copinho, e completou: "Eles estão sempre submersos em suas disputas, e vasculham e vasculham. O que, por todos os diabos, há aí? Acreditem em mim, aí não há nada, só fantasias. Eles não sabem se alegrar com nada! Eles não sabem beber, não sabem comer e, me desculpem, não sabem foder. Precisamos transformá-los, seremos forçados a virá-los do avesso. Eu eduquei alguns judeus jovens que chegaram à minha divisão. Eles aprenderam a marchar, a rastejar por baixo das grades e também a cavar. Ao fim, eu os enviei com cuidado ao bordel. Acreditem em mim, eles mudaram. Um homem sem açoite não muda"[35].

A atitude de Rudolf ante as depressões dos judeus da cidade passa pelo militarismo e pelo espírito guerreiro - trata-se de uma espécie de "des-sublimação" e de volta aos princípios vitais básicos, que também está na raiz do movimento pioneiro do sionismo. A volta ao campo, ao corpo e à natureza é uma espécie de reação ao que era percebido como o excesso de espiritualismo e de intelectualismo do judaísmo diaspórico.

E é essa terceira via que, na narrativa apresentada em *Expedição ao Inverno*, se apresenta como solução para os dilemas dos judeus divididos entre o intelectualismo e esteticismo da alta cultura germânica e o misticismo declinante da tradição pietista: nos capítulos finais, os judeus que vivem na montanha - mercadores de animais, com seu encanto e sua força primitivas, e judeus deprimidos das cidades - se aliam numa grande expedição às montanhas, que é também um prenúncio do próprio movimento migratório e colonizador nas terras de Israel.

35 Idem, p. 135.

Este livro foi impresso em Cotia
nas oficinas da Meta Brasi,
para a Editora Perspectiva Ltda.